LE JOUR OÙ TOUT A BASCULÉ

À propos de l'autrice :

Après *Trois de tes secrets* et *Trouver les mots,* traduits dans vingt-cinq langues, *Le jour où tout a basculé* est le troisième roman young adult de Julie Buxbaum, autrice américaine confirmée qui a abandonné sa carrière d'avocate pour se consacrer à l'écriture. Julie vit avec son mari, ses deux enfants et leur poisson rouge qu'elle soupçonne d'être immortel.

De la même autrice
dans la même collection

Trois de tes secrets
Trouver les mots

JULIE BUXBAUM

LE JOUR OÙ TOUT A BASCULÉ

Traduit de l'anglais (États-Unis)
par Benjamin Kuntzer

POCKET JEUNESSE
PKJ·

Titre original :
Hope and Other Punchlines

Collection « Territoires » dirigée
par Pauline Mardoc

Loi n° 49 956 du 16 juillet 1949 sur les publications
destinées à la jeunesse : mars 2022

ISBN : 978-2-266-32342-0
Dépôt légal : mars 2022

Pour ma grand-mère Charlotte,
qui aurait adoré voir ça

Par son absence de points de comparaison à tous les niveaux possibles, cet événement affirme sa singularité. Il y a quelque chose de vide dans le ciel. L'auteur essaie d'accorder mémoire, sensibilité et sens à toute cette absence criante.

— Don DeLillo, *Harper's Magazine*,
décembre 2001

Toutes les photographies sont précises. Aucune d'elles n'est la vérité.

— Richard Avedon

Now, Andy, did you hear about this one ?
(Eh, Andy, tu la connais, celle-là ?)

— R.E.M., « Man on the Moon »

AVANT

Mardi, le jour le moins remarquable de la semaine. Ni le début, ni la fin, ni même son ventre mou.

Un jour de rien.

Un *avant*.

Imaginez un beau ciel bleu.

Vous en inspirez une grande goulée. Tout ce bleu.

Quand vous expirez cet air pur pour la dernière fois, vous levez les yeux.

Et le monde s'est scindé en deux.

(QUINZE ANS ET DIX MOIS...)

APRÈS

Chapitre un

Abbi

J'ai toujours détesté l'inévitable phrase d'ouverture des contes de fées « Il était une fois ». Au moins, « ils vécurent heureux » signifie quelque chose. Les protagonistes finissent leurs jours dans la joie. Une évidence non négociable, le strict minimum pour conclure une bonne histoire.

Mais « il était une fois » ? De quelle fois parle-t-on ? Aujourd'hui ? Hier ? Demain ? Comment peut-on être « une fois » ?

Je ne lis plus de contes depuis longtemps, mais j'ai toujours du mal avec le concept de temps. Peut-être parce que mon existence est une anomalie temporelle : j'ai survécu alors que j'aurais dû mourir. Ainsi, l'histoire que je vais vous raconter connaît deux débuts distincts.

Le premier commence – et n'hésitez pas à râler – par « il était une fois ». Du moins, c'est l'impression que j'en ai, car je ne me souviens de rien. Et pourtant. *Il était une fois* un déclic d'appareil photo qui a bouleversé la trajectoire de mon existence, le mardi 11 septembre 2001, à environ 9 h 59 du matin. Le jour de mon premier anniversaire. Sur cette photo, qui m'a fait passer d'Abbi Hope Goldstein à « Baby Hope », je suis dans les bras de Connie Kramer, l'une des employées de la crèche du World Trade Center. Je porte une couronne en papier sur la tête et je tiens un ballon rouge à la main ; derrière moi, la première tour s'écroule. Un photographe d'une agence de presse a, par je ne sais quel miracle, réussi à immortaliser cet instant plein de poussière.

Vous connaissez sans doute cette photo. Elle est partout. On la trouve accrochée au mur dans des salons, des dortoirs, des cliniques ou des musées, et même imprimée sur des tee-shirts ou des sacs en toile.

Comme dans un vrai conte de fées, il y a des passages tristes, c'est une nécessité narrative malheureusement incontournable. Débarrassons-nous-en le plus vite possible.

Connie est morte il y a soixante-quinze jours. D'un cancer des ovaires de stade quatre.

Elle n'avait que quarante-six ans.

Elle en avait trente, le 11 septembre 2001.

Mais tout le monde sait qu'en réalité, elle a succombé au syndrome du 11 Septembre, une appellation fourre-tout pour désigner tous les problèmes de santé provoqués par l'exposition aux produits chimiques qui flottaient dans l'air à Ground Zero[1]. Pour certains survivants, tout a commencé par une inflammation des poumons. Pour d'autres, comme Connie, c'étaient des mutations et des tumeurs, l'attaque subie se reproduisant au niveau cellulaire.

Le 11 septembre 2001, quatre-vingt-dix mille litres de kérosène ont explosé. Tous les gens présents ont respiré un mélange détonant de silice cristalline (pas bon), d'amiante, de monoxyde de carbone, de sulfure d'hydrogène (gaz d'égout) et de Dieu sait quoi d'autre.

Non, en fait, on sait tous quoi d'autre : de la cendre et de la poussière d'os humains.

Des cheveux, des dents, des ongles et des rêves partis en fumée.

Avant d'aller plus loin dans le macabre, laissez-moi vous raconter un morceau important à classer dans le « et ils vécurent heureux ». Non seulement j'ai survécu au 11 Septembre (avec presque seize années bonus jusqu'à présent), mais en dépit de toutes les probabilités, mes parents aussi. Ma mère et mon père travaillaient tous les deux dans la tour nord du World Trade Center, respectivement aux cent unième et cent cinquième étages. Il n'y a eu aucun rescapé au-dessus du quatre-vingt-onzième. Quatre-vingt-quinze pour cent du personnel de l'entreprise qui les employait ont été tués. S'ils s'étaient trouvés à leur poste comme ils auraient dû l'être, je serais orpheline. Au lieu de

1. Lieu où se sont effondrées les deux tours du World Trade Center. (*N.d.T.*)

quoi, quand les avions ont frappé les tours, mes parents sirotaient des Frappuccino trois rues plus loin, dans un *Starbucks*.

En 2001, mes parents ont assisté à cinquante-trois enterrements en un mois. Ils ont acheté un énorme paquet de cartes de condoléances.

On habite à Oakdale, dans le New Jersey, la ville où il y a eu le plus de victimes du 11 Septembre après New York. Tout le monde était endeuillé : les collègues, les voisins, les amis. Rien que dans ma classe, cinq enfants ont perdu au moins un parent le même jour, dont mon ancienne meilleure amie, Cat. Seize ans plus tard, le lycée d'Oakdale est devenu un curieux mélange entre ceux qui s'en fichent pas mal, et ceux dont la vie a été façonnée par l'attentat. Pour les premiers, il s'agit d'un événement parmi tant d'autres dans nos livres d'histoire, à l'instar de Pearl Harbor, de la guerre du Vietnam ou du téléphone fixe. Pour les autres, cela restera toujours dans notre champ de vision. On ne s'en souvient peut-être pas, mais on n'oubliera jamais.

Voilà donc le premier début, dont je vous parle uniquement pour que le reste ait une logique. Faire la connaissance d'Abbi Hope Goldstein, c'est faire la connaissance de Baby Hope. Dans ma ville, des gens me montrent du doigt ; des gens connaissent mon nom, alors même que je ne les ai jamais rencontrés ; et, parfois, certains viennent me parler alors que je fais la queue au supermarché, les bras encombrés de déodorant ou de houmous, et me disent où ils étaient ce matin-là, comme s'il s'agissait d'un détail de leur vie que j'avais envie de connaître.

Le pire, c'est quand je fais pleurer des inconnus.

Mais, comme promis, voici le deuxième début. Juste ici, juste maintenant, dans un rare instant de grâce, durant les premiers jours des vacances d'été. Dimanche soir, 21 heures ; j'ai seize ans, et je m'éclate toute seule dans ma chambre. Je massacre une chanson féministe dans un microphone improvisé, en l'occurrence une bouteille de shampoing sec, à défaut d'avoir pu trouver ma brosse.

Trémoussements, trémoussements, cheveux en arrière, trémoussements.

Demain, j'attaque un job de monitrice pour des enfants de quatre ans dans le camp de vacances des chevaliers, à deux villes de chez moi. Le jour de mon entretien d'embauche, il y avait des pelouses verdoyantes, une vieille grange rouge et ce qu'ils appellent le « plac », un mélange entre une piscine et un lac. Il va y avoir une journée pyjama, un château gonflable avec toboggan à eau et une guerre des couleurs. Mais aussi des ateliers de loisirs créatifs, des courses en sac et même un coin Dance Dance Revolution. Le camp est un chouette endroit, sans doute le lieu le plus gai que j'ai pu trouver dans les environs de New York ; et croyez-moi, j'ai fait des recherches. Je suis même allée jusqu'à taper « endroits joyeux dans le New Jersey » sur Google. Et maintenant, je vais y passer huit heures par jour, cinq jours par semaine, et ce pendant deux mois, sans que personne me regarde en voyant Baby Hope.

Le temps reste toutefois confus et insaisissable. À cause d'évolutions médicales inattendues, je risque de ne plus en avoir beaucoup. Mais pour les huit merveilleuses semaines à venir, je serai simplement Abbi Goldstein.

Et je ferai rire des enfants, au lieu de faire pleurer des inconnus.

Chapitre deux

Noah

Je ne vais pas fondre en larmes, ni laisser tomber mon café, ni faire une scène, ni rien de ce genre. J'ai vu un truc comme ça se passer au *Blue Cow Cafe* au printemps dernier, c'était n'importe quoi. Abbi Goldstein, alias Baby Hope, est entrée, et un type d'âge moyen a renversé un mug et s'est mis à pleurer devant tout le monde.

On a tous nos blessures, surtout dans une petite ville comme Oakdale. Les miennes sont assez horribles. Mais j'avais envie de dire à ce mec de se ressaisir. De trouver un palliatif. Pour ma part, je consomme des comédies comme d'autres se droguent, et je ne m'en porte pas trop mal. Il devrait se faire un marathon Chris Rock.

Faut pas exagérer, ce n'est qu'une adolescente. Pas le Messie. Il n'a aucun droit de se délester de son fardeau sur elle.

C'est du moins ce que je me suis dit à ce moment-là. Car quand je vois Abbi Goldstein traverser le terrain du camp de vacances, je ne vais pas vous mentir : j'entends un déclic dans mon cerveau. Comme si toutes les pièces d'un puzzle sur lequel je travaillais depuis des années venaient subitement de se mettre en place.

J'ai l'impression que c'est la destinée, un concept auquel je ne crois pas d'habitude. C'est le domaine des mauvais poètes, des cartes de vœux et, aussi, des imbéciles.

Mais elle – enfin, Baby Hope – incarne *précisément* ce dont j'ai besoin.

Chapitre trois

Abbi

Quand quelqu'un me reconnaît, je le sais. Il y a ce double regard, ce double effet que j'éprouve autant que je le vois, un léger picotement à la base de la nuque.

Aujourd'hui, je le ressens au bout de deux heures passées au camp, chez un garçon de l'autre côté de la pelouse. Merde.

— Pour info, tu devras t'occuper des accidents, me dit Julia, ma responsable pour tout l'été.

J'en profite pour me tourner vers elle. À présent, il ne voit plus que mon dos. C'est mieux.

— Pas de problème. Mes parents m'ont fait suivre des cours de premiers secours, je réponds chaleureusement.

On est debout dans un champ sous un soleil de plomb, et j'essaie d'imaginer à quoi ressemblera cet endroit demain, à l'arrivée des enfants. Jusqu'à la mort de mon grand-père, il y a quelques années, je passais tous mes étés chez mes grands-parents, dans le Maine. Après ça, avec Cat, ma meilleure amie de l'époque, on travaillait à *Torn Pages*, le bouquiniste d'Oakdale ; c'est donc ma première fois en camp de vacances.

Je saurai gérer les petits bobos. Un coup de désinfectant et un pansement, si possible avec un personnage de dessin animé dessus, et ces petits monstres seront prêts à repartir.

En revanche, je n'ai aucune idée de la manière dont je vais gérer ce garçon.

— Je ne parle pas de genoux écorchés. Nos gamins auront quatre ans, me rappelle Julia. À cet âge-là, ils ne maîtrisent pas encore très bien leurs sphincters.

— Oh, c'est donc une affaire de caca. Pigé.

Julia est noire, elle doit avoir la vingtaine, et elle est d'une beauté ensorcelante. Ce n'est pas immédiat, mais dès qu'on l'a remarquée, on ne peut s'empêcher de la dévisager. Un petit piercing en forme d'étoile orne sa narine droite, ce qui confirme qu'elle sait être cool sans effort. Elle est petite, comme moi, mais la différence, c'est qu'elle a plutôt un corps de gymnaste que de garçon prépubère. Je me demande s'ils nous ont affectées aux plus jeunes pour qu'on ne risque pas de nous confondre avec les enfants à notre charge.

— Et mon futur petit copain s'occupera des quatre ans garçons, on fera donc beaucoup d'activités mixtes. Il s'appelle Zach.

Julia me désigne un grand blond au sourire en coin un peu niais. Il porte un tee-shirt bariolé avec le logo du camp, un pantalon de jogging informe découpé en short et un chapeau à large bord avec une mentonnière en Velcro. Évidemment, il se trouve juste à côté du garçon que je cherche à éviter, et qui doit être, j'imagine, son assistant.

— Ça le fait, non ? me demande-t-elle.

Je considère sa question comme rhétorique, car ça ne le fait pas du tout. Ça fait suer, à la rigueur. Je me demande comment il a réussi à s'attifer de cette manière – les heures qu'il a dû passer à découper son pantalon et à se renseigner sur YouTube sur les meilleures techniques pour teindre son tee-shirt. Je me désole que mes projets d'anonymat n'aient duré que deux heures au lieu des huit semaines initialement prévues.

— On va dire bonjour.

Je n'ai d'autre choix que de suivre Julia. Le deuxième garçon, malgré ses vêtements normaux fabriqués à la chaîne et vendus en magasin, a l'air encore plus benêt que Zach. Les cheveux hirsutes, il porte de grosses lunettes à monture en plastique noir et des Converse noires défoncées.

Quand on se rapproche d'eux, je me rends compte qu'il est une classe en dessous de moi, à Oakdale. Je me dis de ne pas paniquer. Qu'il est possible que mon sixième sens m'ait trahie, que ce soit moi qui l'aie reconnu et pas l'inverse. Si ça se trouve, il ne sait même pas comment je m'appelle.

— J'adore ton style. Normcore à fond, genre hipster-geek, lance Julia au plus jeune des deux garçons dès qu'on a traversé le terrain. (Puis elle se tourne vers moi, m'observe de pied en cap d'un œil attentif et scrutateur.) Comme elle, en fait. Mais ça rend bien.

Son commentaire est tout à fait justifié. En règle générale, en apparence comme en tenue, je suis l'équivalent humain d'une fougère : pas particulièrement déplaisante, mais personne ne va se retourner sur moi en se disant : « Waouh, cette fougère est magnifique ! Quel mélange incroyable de nutriments et de lumière a pu donner un résultat aussi spectaculaire ? » Je me sens généralement mieux quand je me fonds dans la masse.

— Merci, répond le garçon, légèrement désarçonné par Julia. Je m'appelle Noah. On va dans le même lycée, en fait.

Il me regarde à nouveau, et les picotements reviennent. Il va griller ma couverture dans trois… deux… un…

— Tu es B…

Je secoue la tête une seule fois, sèchement, la seule technique que je connaisse – en dehors du placage – pour lui intimer de ne pas prononcer les mots *Baby Hope*.

— Tu es Abbi, c'est ça ? se corrige-t-il.

J'éprouve alors un profond soulagement. Je décide finalement que j'aime bien sa tête. Il a l'air sympa : de grands yeux marron curieux, des oreilles cherchant autant que les miennes à se faire remarquer. Sa tignasse et ses lunettes lui confèrent une allure loufoque, une sorte de petit frère de Clark Kent, à fond dans les *anime*.

— Salut.

Je lève la main pour lui adresser un coucou débile.

— Je sais que c'est l'été, mais il s'avère que je vais passer rédacteur en chef du journal de l'école. C'est le meilleur moyen d'améliorer ton dossier pour la fac, si tu veux te joindre à nous à la rentrée.

Il agite volontairement les mains de façon ridicule pour mimer l'enthousiasme, puis il m'adresse un immense sourire que je suis obligée de lui rendre.

— Cool, merci.

Il a l'air gentil. Ce n'est pas lui qui trahira mon passé de Baby Hope.

— « Cool, merci » ? m'imite Julia. Ça me donne envie de pincer tes petites joues. Tu n'es pas trop content d'avoir quitté le lycée, Zach ?

— Tu m'étonnes, déclare-t-il, comme si ça répondait à la question.

— On ira boire un café ? propose Noah d'un ton naturel, en se désintéressant complètement de Zach et de Julia.

Il ne cesse de me détailler du regard, comme s'il effectuait une foule de calculs mentaux complexes.

Attends, est-ce qu'il vient de me proposer un rencard ? Non. Pas possible. Ce genre de truc ne m'arrive jamais. À Cat, mon ancienne meilleure amie, oui – une fois, elle a même emballé un mec à un enterrement –, mais jamais à moi.

— Pourquoi pas demain, en fin de journée ? suggère-t-il.

— Mmm.

— Il vient de lui demander de sortir avec lui ? s'étonne Zach. Devant nous ?

— Je crois bien que oui, répond Julia.

Je pique un gros fard.

— Mais non, pas du tout ! se défend Noah sans me quitter des yeux. Je ne t'ai pas proposé de sortir *sortir*. Juste d'aller prendre un café. Ça n'a rien de tordu.

— Si, un peu, intervient Julia.

— Je ne te pensais pas comme ça, le taquine Zach en lui décochant une tape dans le dos.

Le sourire de Noah disparaît, et il rougit peut-être encore plus que moi.

— Juste un café, ça me va très bien, je réponds.

J'essaie toujours de faire en sorte de mettre les autres à l'aise dans les situations les plus gênantes, et je ne suis pas certaine de pouvoir survivre plus longtemps à une scène aussi embarrassante.

— On dit demain, alors, je confirme.

— Super, tu ne le regretteras pas, *Abbi*, m'assure Noah en insistant inutilement sur mon prénom, comme s'il était fier de ne pas céder à la tentation de m'appeler *Baby Hope*.

— J'ai l'impression que ces deux-là vont être encore plus mignons que nos petits vacanciers, lance Julia à Zach.

— Carrément.

Chapitre quatre

Noah

Jouons cartes Magic sur tables : aurais-je pu être plus délicat ? (*On ira boire un café ?* Sérieux ?) Bien sûr. Mais ne soyez pas trop durs avec moi. Je n'étais pas préparé. Si on m'avait dit ce matin qu'il y aurait une autre élève d'Oakdale au camp de vacances des chevaliers – qui plus est *Baby Hope* ! –, je ne l'aurais pas cru. Les voies de Dieu, Yahvé, Allah ou l'incroyable Monstre en spaghetti volant – je ne sais pas qui gouverne – sont véritablement impénétrables.

Non mais, Baby Hope quoi !

Pourquoi pas, après tout ?

Dès qu'oncle Maurice – c'est comme ça qu'on est censés appeler le directeur du camp, un type grisonnant avec une moustache terrible des années 1970 – et Zach, mon responsable direct, ont le dos tourné, je sors discrètement mon téléphone pour envoyer un texto à Jack. Ce n'est pas seulement mon meilleur pote, mais aussi la seule personne au monde susceptible de comprendre ce que ça signifie pour moi exactement.

Moi : BABY HOPE EST AU CAMP. ON PREND UN CAFÉ DEMAIN. C'EST UN SIGNE
Jack : Pourquoi tu cries ?
Moi : Tu as raison. Les majuscules c'était too much
Jack : Content d'avoir réglé ce pb. Par contre, C'EST PAS UN SIGNE
Moi : Je pense vraiment qu'elle pourrait aider
Jack : Ce n'était qu'un bébé, à l'époque
Moi : J'ai un plan
Jack : Lâche l'affaire, sérieux. Tu passes pour un dingue
Moi : Tu as vu les photos
Jack : Tout le monde a un sosie. C'est prouvé

— Eh, range-moi ça ! me lance Zach en donnant un coup sur mon téléphone. C'est comme ça que des gamins se noient.

Mon nouveau responsable craint à mort. Jusqu'à présent, et je ne le connais que depuis environ six heures, il m'a déjà soufflé « prems » trois fois quand on rencontrait une nouvelle fille, et il n'arrête pas de parler de ses « gars sûrs », toujours pour faire allusion à une farce débile, comme remplacer du shampoing par de la crème dépilatoire. Apparemment, « C'était ouf, mec, trop ouf. »

Et alors que je me demandais comment on pouvait sympathiser aussi vite sans avoir un fût à disposition, il s'est mis à me parler de ses techniques de méditation et de son engagement végane. Tout ça pour dire : sa vie est compliquée.

— Aux dernières nouvelles, on ne peut pas se noyer dans l'herbe, je réplique.

Jack détesterait Zach, parce que Jack déteste tous ceux qu'on peut facilement ranger dans des cases ; et même si ce type entre dans deux catégories contradictoires – le hippie zen et le fêtard lourdingue –, je suis sûr qu'il le détesterait quand même.

— Et oncle Maurice nous a laissé dix minutes de pause, je lui rappelle.

— On ne répond pas à ses aînés, rétorque Zach.

Puis il laisse échapper un rire de vieux potes – une sorte de *hé* rocailleux – et s'éloigne.

Je brandis bien haut le majeur en pensée.

Moi : Mon responsable est un boulet, va pas gâcher le seul truc qui rend cette journée supportable

Jack : Cette histoire de Baby Hope… c'est malsain. Et quand je dis malsain, je veux pas dire trop calorifique

Moi : De quoi tu parles ?

Jack : Je me suis rendu compte aujourd'hui qu'on n'utilisait pas le mot calorifique assez souvent. Calorifique. C'est marrant, non ? J'ai l'impression que ça peut prendre

Moi : Ça m'étonnerait. Bref, Abbi a l'air cool

Jack : Un peu petite à mon goût

Moi : Un peu trop fille à ton goût

Jack : Pas faux. Bon, tu es prêt ?

Moi : À quoi ?

Jack : Je vais être sérieux cinq minutes, et ça risque de te faire bizarre parce qu'on fait jamais ça. Mais après, on pourra recommencer avec nos conneries habituelles

Moi : OK
Jack : Laisse tomber ces histoires de 11/9. Sérieux. Ça suffit. Considère ça comme une intervention
Moi : Je ne suis pas fou. C'est lui
Jack : Fin de la pause. Je dois retourner faire l'œuvre de Dieu en bipant tampons et aubergines. Ça m'a fait plaisir de te parler, mec

Chapitre cinq

Abbi

La première fois que j'ai compris que j'allais mourir, qu'on allait *tous* finir par mourir, j'étais en CE2. Bien sûr, je savais alors déjà que personne n'était éternel et que cela ne s'appliquait pas seulement aux vieux et aux malades, mais aussi aux bébés, aux mamans, aux adolescents et aux agents immobiliers. Ainsi qu'aux pilotes. Et aux orthodontistes. Je comprenais que la mort était cruelle et qu'il n'y avait pas de justice. En revanche, j'étais depuis toujours la *survivante*, et pour une raison ou pour une autre – je suis sûre que le Dr Schwartz, notre psy familial, avait une théorie là-dessus –, je ne pensais pas être concernée par les règles normales de la mortalité.

J'étais en retard juste comme il faut à la grande fiesta de la panique existentielle.

Jusqu'à ce jour de CE2 où je me suis retrouvée à faire pipi sur Orange, mon poisson rouge, qui était simultanément en train de faire la planche dans la cuvette des toilettes et de nager gaiement dans son bocal sur le plan de travail de la cuisine.

— Maman ! je me suis écriée en pensant d'abord que je m'étais soulagée sur un pauvre poisson remonté par les canalisations.

Quand ma mère a compris ce qui s'était passé – elle avait oublié de tirer la chasse quand elle avait secrètement remplacé mon poisson mort –, elle a souri face à mon expression horrifiée.

— Au moins, maintenant, tu sais.

Elle a prononcé cette phrase comme s'il s'agissait d'une bonne nouvelle, en employant le même ton que le jour où elle m'avait fait visiter la maison qu'elle avait achetée peu après le divorce, à deux pas de celle de mon père, ou que lorsque je lui avais annoncé mes premières règles. Avec un mélange d'optimisme et de pragmatisme au regard d'une situation bien sinistre.

— C'était Orange numéro 9, qu'il repose en paix. Numéro 10 semble apprécier son nouveau bocal.

Lorsque j'ai enfin saisi, j'étais aussi surprise qu'embarrassée par mon innocence passée. Bien sûr qu'il n'y avait pas de petite souris qui échangeait des canines visqueuses contre une pièce de monnaie. Et bien sûr que j'allais mourir. J'avais du mal à admettre que j'avais été assez stupide pour croire le contraire.

Je suppose qu'il est plus facile d'abandonner tous ses mythes à la fois.

Quand je me suis mise à tousser, il y a un mois de ça – une toux rêche, irrégulière et inattendue –, je ne suis pas tombée des nues. J'avais toujours su qu'être *La Survivante* ne pouvait être sans conséquences. J'attendais que cela me tombe dessus.

J'avais lu des articles sur la « toux du World Trade Center », une affection assez courante parmi les survivants pour qu'on lui donne un nom. J'avais vu les notices nécrologiques dans les journaux, ces morts liées au syndrome du 11 Septembre, qui semblaient augmenter de façon exponentielle autour du quinzième anniversaire. Et je savais ce qui était arrivé à Connie.

Debout dans la salle de bains, avec mon tas de mouchoirs sanguinolents, comme si je venais de débarquer sur une scène de crime, j'ai compris : j'étais la prochaine sur la liste. En quelques secondes, mon espérance de vie était passée de plusieurs dizaines d'années à quelques années tout au plus, si j'avais de la chance.

J'aurais alors pu me précipiter dans les jupes de ma mère en pleurant, comme après avoir pissé sur Orange. Cela m'aurait permis de transmettre la responsabilité de ce fardeau à une personne mieux à même de la gérer. J'aurais tout au moins pu paniquer.

Pas du tout.

Au lieu de ça, j'ai jeté les mouchoirs dans les W.-C., nettoyé les taches rouges sur le tapis de bain. Je me suis lavé la figure et les mains. J'ai supprimé mon historique de recherche sur mon téléphone, au cas où il remonte d'une manière ou d'une autre sur l'ordinateur de ma mère. En d'autres termes, j'ai effacé mes traces.

Durant les jours suivants, chaque fois que je sentais mes poumons se serrer et la toux me gratter le fond de la gorge, je trouvais une excuse pour quitter la pièce. C'est avec ce même calme glacial que j'ai pris une décision. Je savais que je ne pourrais pas garder ce secret éternellement, que je finirais par avoir besoin d'une assistance médicale. Mais je pouvais bien m'octroyer un petit cadeau en attendant : huit semaines.

Un dernier été. Un dernier été avant la mobilisation générale, la cavalerie des rendez-vous médicaux et les blouses d'hôpital en papier. Un dernier été à me voiler la face, durant lequel ma toux ne serait rien qu'une toux. Un dernier été durant lequel personne ne parlerait de Baby Hope. (Et si je dois prendre un café avec un inconnu pour m'en assurer, ainsi soit-il.)

Je veux que ce dernier été soit rempli de joie pure : je veux apprendre à faire des scoubidous, entonner des chansons de colonie, danser sur des carrés fluorescents.

Quand on y pense, comparé à tout ce qui m'attend, je n'ai franchement pas l'impression que ce soit trop demander.

Chapitre six

Noah

Voici les faits, directs et sans détour : toutes les personnes identifiées sur la photo de Baby Hope – Chuck Rigalotti, Constance Kramer, Abbi Hope Goldstein, Jamal Eggers, Sheila Brashard et Raj Singh – ont survécu aux attentats du 11 Septembre. Leur portrait a ensuite été dressé dans le journal du 1er novembre 2001. À ce jour, trois personnes en arrière-plan restent non identifiées, et aucune information les concernant n'est accessible au public :

→ Une femme au chemisier froissé et à la jupe moulante, dont le visage disparaît derrière une immense paire de lunettes.

→ Un homme chauve en costume et cravate à rayures qui regarde par-dessus son épaule, si bien qu'on ne le voit que de profil.

→ Un homme portant une casquette bleue de l'université du Michigan, un jean et une chemise en flanelle débraillée, aux joues couvertes d'une barbe de deux jours ; il regarde droit vers l'objectif.

Aucun d'entre eux n'a pu être identifié, même si l'on suppose que tous ont survécu.

C'est l'homme à la casquette qui m'empêche de dormir.

Chapitre sept

Abbi

— Pourquoi tu ne veux pas que les gens sachent que tu es Baby Hope ? me demande Noah alors qu'on franchit les portes du camp.

On se dirige vers le *Starbucks* le plus proche, ce qui, selon son appli, ne devrait pas nous prendre plus de huit minutes.

Fallait-il qu'il attaque directement par la photo ? Je n'aurais pas été contre un peu d'échauffement avant de plonger dans des eaux aussi tumultueuses. On aurait pu parler du camp. De Zach et Julia qui font du yoga ensemble sur la pelouse tous les matins, même si tout le monde trouve ça bizarre. On avait des tas d'autres sujets de conversation potentiels !

Je hausse les épaules et regarde la route se dérouler droit devant nous. Il y a moins d'arbres ici, et le soleil de cette fin d'après-midi estivale est encore vif et brûlant, sans qu'aucun obstacle ne vienne le dissimuler. Je considère mon ombre, remarque que mes bras semblent trop longs comparativement à mon petit corps. Comme chez les chimpanzés.

— C'est bizarre de vouloir cacher ça. Tu es une héroïne nationale, insiste-t-il, ne comprenant manifestement pas que mon haussement d'épaules était censé signifier : *Parlons d'autre chose. On en discutera plus tard, ou peut-être jamais.*

— Je ne suis pas une héroïne, je réplique.

— D'accord, un trésor national, alors.

Je ricane, et regrette aussitôt de ne pas pouvoir remonter le temps pour empêcher ce son de sortir.

— Je voulais oublier tout ça l'espace d'un été, c'est tout.

— Comment ça ?

— Je me demande s'il va pleuvoir.

Je dis ça de but en blanc – il n'y a pas un nuage en vue –, mais j'ai besoin de changer de sujet. Je décide de croiser les bras devant moi pour ne pas les laisser pendouiller le long de mes flancs. *Depuis quand je ne sais plus marcher ?*

— Abbi, j'ai un truc à t'avouer, et je préfère le faire tout de suite, me dit Noah avec une gravité si soudaine que mon ventre se serre. (Il doit avoir de terribles arrière-pensées pour m'inviter à boire un café.) Je suis nul pour faire la conversation. Comme si j'étais biologiquement incapable de parler de la pluie et du beau temps. Je suis désolé.

— D'accord, je réponds, plus détendue. Alors dis-moi, de quoi es-tu biologiquement capable de parler ?

— Pourquoi pas de grands projets de vie ? C'est suffisamment intéressant pour ne pas me faire paniquer. Qu'est-ce que tu comptes faire, après Oakdale ?

— Comme boulot ?

— Ouais. Et pitié, ne me dis pas météorologue. Parce que je me sentirais con d'avoir critiqué ta passion.

— Non. Je n'ai rien décidé pour l'instant. Et toi ?

Je préfère rester vague. Inutile de m'avancer sur le terrain miné de mon avenir.

— Dans un monde idéal, j'aimerais entrer dans l'une des facs de l'Ivy League[1]. Puis emménager à New York. Travailler dans la politique. Faire du stand-up le soir. Et finir par créer ma propre émission de comédie politique. Plutôt en ligne, à mon avis, parce que la télé traditionnelle sera alors complètement obsolète. (Il énumère sur ses doigts chaque étape, comme s'il s'agissait d'une liste maintes fois répétée ou couchée sur le papier quelque part.) Pour info, je sais de quoi ça a l'air. Atrocement ambitieux. Presque odieux. Sans doute pompeux. Probablement prétentieux. Merde, je ne trouve plus de mot en – *eux*. Je croyais en avoir encore quelques-uns en réserve.

— Waouh. Ça, c'est du projet.

Il me sourit, l'air ravi. Ces derniers temps, je ne m'autorise qu'un rêve limité concernant mon

1. Huit universités privées du nord-est des États-Unis comptant parmi les plus prestigieuses du pays. (*N.d.T.*)

avenir : entrer à la fac. Dans mon esprit, c'est la gloire : un sweat à capuche avec le nom de mon université, des *food-trucks* à gogo et des bibliothèques immenses. Des dortoirs mixtes, des cours sur les théories féministes, des fêtes pleines de gens venant de partout sauf d'Oakdale. Je m'imagine boulotter tranquillement jusqu'à prendre les cinq kilos traditionnels, ce qui pourrait résoudre mon problème de poitrine inexistante, et rire jusque tard dans la nuit avec ma nouvelle bande d'amis, avant de dormir jusqu'à midi sans me soucier des heures perdues. J'aimerais m'installer sur un campus urbain, mais dans une ville moyenne pas trop menaçante. Pas de New York, pas de Washington. Peut-être Philadelphie ?

Ma seule chance d'accepter que ma durée de vie est limitée est de disposer – et j'y crois vraiment, *il le faut* – d'au moins quelques bonnes années pour me faire à l'idée.

Connie a été malade pendant cinq ans. Il n'y a pas de raison que je ne suive pas la même trajectoire. Cinq ans, c'est gérable. Je peux bien m'autoriser à ignorer mon problème de toux pendant juste un été.

— Et donc tu veux faire de la comédie, hein ? Tu es drôle, au moins ?

— Hilarant, me répond-il d'un ton juste assez impassible pour que je me surprenne à pouffer.

On s'assied face à face dans la partie la plus confortable du *Starbucks*, là où les chaises sont rembourrées et les tables basses ; subitement, notre conversation, qui se déroulait de façon assez fluide depuis le faux départ initial, commence à se tarir.

— Tu te demandes sans doute pourquoi je t'ai demandé de prendre un café avec moi.

Noah se racle la gorge, comme s'il s'apprêtait à attaquer la partie sérieuse de notre rendez-vous. Il est à la fois bêta, sérieux et sarcastique, ce qui lui confère une espèce de charme insidieux. Je me suis rendu compte que les garçons qui avaient recours au sarcasme avaient également une fâcheuse tendance à être sur la défensive. Lui ne semble pas s'encombrer de cela. Il plaisante uniquement pour le plaisir de le faire.

— Je pensais que tu voulais parler de la météo, je réplique.

Je m'arme de courage, même si je ne sais pas à quoi m'attendre. Ce n'est pas comme si quelqu'un risquait de jaillir de derrière la vitrine de muffins pour me sauter dessus. On est bien assez loin d'Oakdale.

— J'ai une proposition à te faire. Et cela a un lien avec, euh, la photo.

La déception me tord les tripes. Avant même qu'il entame son baratin, je sais déjà ce que je vais lui répondre. De la façon la plus douce possible ce sera : *non*.

— J'aimerais que le premier numéro du journal de l'école de l'année prochaine soit consacré à tous les autres survivants qui apparaissent sur la photo de Baby Hope, et j'aurais besoin de ton aide pour y parvenir.

Après m'avoir tout balancé en bloc, il me regarde droit dans les yeux et écarte les mains, comme pour écrire un gros titre dans le vide. Il me sourit, certain que l'idée me paraîtra excellente. Drôle et excitante, comme sécher le travail pour passer la journée à la plage.

— Je ne crois pas, non.

— Pourquoi pas ? insiste-t-il. Avec ton aide, je suis sûr qu'on pourrait obtenir une couverture médiatique nationale.

Il sourit à nouveau, même s'il le fait cette fois plus timidement. Il a ce ton curieusement enthousiaste, comme si cela pouvait m'intéresser d'obtenir une « couverture médiatique nationale » pour le *Oakdale High Free Press*, alors que je souhaite surtout ne pas attirer la moindre attention sur moi.

— Non, mais merci quand même.

Je me lève pour partir, sans savoir pourquoi je l'ai remercié exactement. Sans doute par réflexe. J'aurais dû lui répondre un *non* poli et en rester là. Voilà exactement le genre de capacité que j'aurai besoin d'acquérir pour mes hypothétiques cours sur le féminisme.

— Abbi, s'il te plaît. Attends.

Noah me fait signe de me rasseoir. J'obtempère, mais seulement parce que je n'ai plus de batterie, que mon chargeur de secours est dans ma voiture et que je n'ai aucune idée de la manière dont regagner le camp.

— J'ai dit quelque chose qu'il ne fallait pas ? plaisante-t-il.

Je ris malgré moi.

Je croise une fois de plus son regard, et de façon inexplicable et gênante, je sens mes yeux s'embrumer.

— Sérieusement, pourquoi tu ne veux pas ? Tu n'es pas curieuse ? Qui sont-ils ? Que sont-ils devenus ?

Sa voix se fait pressante. Il semble avoir encore l'espoir de me convaincre. Il ne remarque pas mes larmes naissantes, ou il choisit de les ignorer.

— Tu le sais ?

— Non, je réponds.

Plutôt une absence de réponse. Je ne parle pas de Connie. Je ne lui révèle pas que je sais qu'au moins une personne sur cette photo, la plus importante d'entre toutes, est déjà morte. Que je soupçonne que nous avons tous plus en commun que ce terrible instant.

— De toute façon, ça n'intéresse plus personne. C'était il y a très, très longtemps.

— Écoute, essaie Noah en changeant d'approche. J'ai l'impression que le monde a vraiment besoin d'entendre ta version de l'histoire.

— Je n'ai pas de version de l'histoire. Je n'étais qu'un bébé. C'est du passé tout ça.

Je repense aux articles intitulés *Qu'est devenue Baby Hope ?* qui ont tendance à fleurir autour de la date anniversaire. L'année dernière, quinze ans après les faits, et après que j'ai refusé de répondre à une interview, le magazine *People* a quand même décidé de publier une manchette avec ma photo de classe de l'année. Bien sûr, cela m'a valu d'autres confessions larmoyantes et étreintes interminables avec des inconnus dans la file d'attente de *Home Depot* ou de *Smoothie King*, et même une fois dans les toilettes du *Bloomingdale's*. Je n'ai pas la moindre idée de ce qu'il adviendrait si le reste du monde découvrait l'existence de ma toux.

— S'il te plaît, plaide-t-il d'une voix remplie d'espoir, comme si cela allait beaucoup plus loin qu'un simple numéro spécial pour le journal de l'école.

— Désolée, je réponds.

C'est un mensonge éhonté. Je ne regrette pas le moins du monde.

Chapitre huit

Noah

J'aide Jack à rassembler les caddies durant le dernier quart d'heure de sa journée de travail. Assembler ces longues chenilles métalliques se révèle être assez relaxant. Et puis, c'est toujours mieux que de rester chez moi, où mon beau-père Phil m'aurait encore sermonné en m'expliquant que j'aurais mieux fait d'accepter un stage dans son cabinet d'avocats au lieu de passer mon été à torcher des culs au camp de vacances. Plus tard, on a prévu de manger ensemble, de jouer à la Xbox dans son sous-sol et de regarder des vidéos de stand-up sur nos téléphones. Avec peut-être grignotage de Curly en supplément.

Si quelqu'un vous dit que je n'ai pas une vie de rêve, ne le croyez pas.

— Je n'aurais pas dû la lancer sur le projet Baby Hope. C'était débile.

Je rentre un train de six chariots dans son enclos, manquant de me faire renverser par une voiture au passage. Jack se tient légèrement à l'écart ; il me regarde faire son boulot en grattant ses ongles couverts d'un vernis bleu fluo écaillé.

— Tu crois ? demande-t-il.

— Il est temps de passer au plan B, je décrète.

— Ça s'achète en pharmacie ? Il y en a une juste au coin de la rue, me lance-t-il avec un sourire, comme chaque fois qu'il est fier de sa repartie.

— Tu ne comptes vraiment pas m'aider, hein ?

— À ranger les caddies, ou à te lancer à corps perdu dans un trou sans fin de théories du complot et de pensées magiques déplacées ? me demande Jack.

Il parle véritablement comme ça. Comme les ados à la télé : en employant un vocabulaire recherché et en formant des phrases complètes.

— Les deux.

— Cette histoire avec Abbi est sans doute la pire idée que tu aies jamais eue, et je dis ça alors que je n'ai pas oublié la fois où tu as appris tout un tas de tours de magie pour draguer les filles au collège. Alors non, *nein* et *niet*. Mais je veux bien ranger un chariot ou deux. C'est le moins que je puisse faire.

Il ne fait cependant pas mine de bouger, mais suit du regard un type tatoué au tee-shirt blanc et portant le badge du magasin qui rentre dans la boutique. Il doit s'agir du célèbre « Nettoyage, allée 5 » dont Jack m'a parlé plusieurs fois depuis qu'il travaille ici. Je décide de ne pas le dénoncer.

— J'essaie d'écrire un sketch sur la ressemblance entre les mots *testicules* et *tentacules*, dis-je.

— Mouais. Et tu en es où, de ta blague sur le 11 Septembre ? me demande-t-il en se retournant vers moi, tandis qu'une femme poussant un caddie rempli de soda s'arrête pour nous dévisager froidement.

L'un de mes buts dans la vie est d'écrire la blague parfaite sur le 11 Septembre. Mais mieux vaut éviter d'en parler au milieu d'un parking à Oakdale.

J'ai compris. Cette journée n'a rien de drôle. Bas les pattes. Il sera toujours trop tôt. Le simple fait d'envisager d'en faire une comédie est mal. Aux yeux de cette dame furieuse, le 11 Septembre, ce n'est pas une plaisanterie. Mais pour moi non plus.

D'où l'intérêt.

Je n'imagine rien de plus cathartique que le fait de regarder cette abomination en face et de massacrer ce dragon d'un coup d'épée dans son gros bide plein de pus. J'aimerais lui balancer un grand coup de latte de ninja qui déchire tout.

J'ai bien étudié ce qui existait déjà. Pete Davidson parle de son père pompier. Kumail Nanjiani aborde le sujet sous l'angle de l'islamophobie. Seulement deux blagues à moitié réussies sur le 11 Septembre dans toute l'histoire de la comédie. *Deux*. J'imagine qu'il y a de la place pour en faire d'autres.

— Nulle part.

Ou plus précisément, tout ce que j'ai pu trouver jusqu'à présent est dégueulasse. Mes chutes sont trop brutales, comme un coup de genou dans les noix.

— Tu as essayé de commencer par « Dix-neuf djihadistes entrent dans un bar » ? me suggère Jack.

Et même si ce n'est pas très drôle, voire pas drôle du tout, on éclate tous les deux de rire. Si on a la chance un jour de se lancer véritablement dans le stand-up, on a intérêt à avoir appris à ne plus rire bêtement à nos propres vannes.

Chapitre neuf

Abbi

Plus tard, je vais m'acheter une glace à Oakdale avec ma mère, je n'ai donc pas à me soucier de la position de mes bras ni des conversations à venir. L'air est un peu moins humide et le soleil estival perce au travers des arbres pour venir me réchauffer les épaules. Nos tongs claquent en rythme, et je profite pleinement de cette soirée parfaite.

On ne dit rien jusqu'à avoir dépassé le parc commémorant le 11 Septembre, une magnifique étendue herbeuse juste à côté de la gare. Le nom du père de Cat est gravé sur une grosse pierre au centre de la cour, l'une des nombreuses stèles, même si quand elle parle de son père aujourd'hui, elle évoque plutôt Stewart, son beau-père.

Chaque année, le 11 Septembre, mes parents et moi nous rendons sur place pour égrener à voix haute le nom des disparus. Nous faisons également deux offrandes aux dieux de la culpabilité des survivants. La première est un magnifique bouquet, si lourd qu'on est obligés de parcourir en voiture les huit cents mètres qui nous séparent du parc. La seconde est mon absence de fête d'anniversaire – je n'en ai jamais eu, jamais. Pas quand j'étais petite et que je rêvais qu'une artiste me maquille en Spiderman dans le jardin, comme chez Cat ; pas non plus pour célébrer ma bat mitzvah.

Ce sont des sacrifices minuscules. En vérité, ce ne sont même pas des sacrifices, mais de petites choses matérielles auxquelles nous avons de la chance de pouvoir renoncer pour remercier d'être restés vivants. Ne vous donnez pas la peine de sortir les violons. On ne les mérite pas.

Parce que la honteuse vérité, c'est que le reste de l'année, on regarde droit devant nous pour ne pas apercevoir le monument aux morts. On ne prend même pas un instant pour lire silencieusement le nom des victimes.

On se comporte comme si ça n'était jamais arrivé.

— Il faut qu'on parle, Abbi, me dit ma mère alors que nous faisons la queue chez le glacier.

On a les yeux levés vers le menu et on contemple, bouche bée, la liste des parfums. Depuis quelques années, Oakdale a vu déferler un certain nombre de familles riches venues de Manhattan pour trouver de la surface immobilière et de bonnes écoles publiques – et comme ces gens semblent préférer que leur glace n'ait pas le goût de glace mais d'un mélange de saveurs des plus aléatoires – fenouil, panais ou même canard laqué –, nous n'avons plus accès aux traditionnelles boules chocolat ou vanille. Tout est *artisanal*, un mot signifiant élégance, prix excessif et goût infect. J'étais justement sur le point de proposer à ma mère de jouer une nouvelle fois à celle qui imaginera les goûts les plus immondes pour lesquels certains seraient prêts à payer six dollars la boule – j'ai gagné haut la main la dernière fois, en suggérant œufs de lump, bacon, vanille.

— D'accord, dis-je, un peu nerveuse.

Si elle était au courant pour ma toux, elle ne l'évoquerait pas ici. En public. Cela provoquerait un état de panique générale. J'imagine qu'elle va plutôt aborder le thème des inscriptions à la fac.

— Mamie a été retrouvée dehors sans pantalon, aujourd'hui, déclare-t-elle.

Le parfait opposé de ce que j'avais imaginé. Enfin, pas exactement, parce que je me serais attendue à ce qu'elle dise que mamie avait été retrouvée dehors *avec* un pantalon, ce qui ne m'avait pas effleurée non plus.

— Heureusement qu'on est en été, je réponds.

J'ai conscience que ce n'est pas le meilleur moment pour plaisanter, mais c'est plus facile d'en rire que d'en pleurer.

— Elle était à un pâté de maisons de chez elle, poursuit maman. Quelqu'un a prévenu la police.

Elle arbore un sourire affligé. Le genre de sourire qui n'en est pas un, plutôt une mine triste déguisée en sourire, parce que les mines tristes sont mal perçues par chez moi. Quand j'avais neuf ans, mes parents m'ont demandé de m'asseoir avec un sourire si grand que j'étais persuadée qu'ils m'avaient enfin acheté un chiot. En fait, ils avaient décidé de se séparer.

Généralement, mes parents jurent aux yeux du monde entier que, quoi qu'il advienne, tout ira bien chez les Goldstein ; voilà pourquoi ma mère trouve ça parfaitement normal de m'annoncer une nouvelle pareille chez un glacier. (Malgré le divorce, on se considère toujours comme une seule famille, car mes parents sont à la fois meilleurs amis et voisins, et non, je ne comprends pas non plus.) Tout ce qui entre en conflit avec cette philosophie de la perfection est accueilli avec un faux sourire ridicule et un enthousiasme feint à l'égard des défis à venir. Cela s'accompagne bien souvent de slogans aussi originaux que *On ne lâche rien* ou *Impossible n'est pas Goldstein*.

— Je sais qu'on en a déjà parlé, mais ça empire. L'état de mamie empire.

Je devrais lui faire remarquer que j'ai deux grand-mères. Les parents de mon père vivent en Floride, dans l'une de ces résidences avec piscine, court de tennis et « club-house » qui revendiquent de pouvoir vieillir en société. Cette grand-mère-là a une peau marron qui ressemble à un jouet pour chien tant elle passe de temps à se faire rôtir au soleil ; elle a aussi une voix rauque de fumeuse, qui est sans doute plutôt due à une certaine sympathie de longue date pour le gin. Elle sent toujours le Chanel et m'embrasse en gardant ses distances, sans doute pour éviter de se salir. Je l'appelle GiGi, parce que le terme *mamie* la fait se sentir vieille.

Ma grand-mère maternelle, en revanche, habite seule dans le Maine, dans une maison bien trop grande pour elle et avec une maladie qui nous effraie tous beaucoup trop. Ainsi, je sais aussitôt de quelle grand-mère ma mère parle.

Même si j'adore ma GiGi, la mère de ma mère a toujours été ma préférée. Mes étés passés dans le Maine comptent parmi mes meilleurs souvenirs ; l'odeur iodée d'un maillot de bain qui sèche, de l'herbe chaude et du maïs grillé. Je passais des journées entières avec elle, toutes deux pieds nus, à courir avec des passoires en inox sur la tête, faisant mine d'être des extraterrestres en visite sur la planète Terre pour la première fois. « Oh, quel est ce bidule étrange ? » demandait-elle parfois en désignant un objet quelconque dans la maison, et on en réinventait l'utilité. Les toilettes servaient à se laver les cheveux ; une agrafeuse à décorer les murs ; une pince à épiler à punir les enfants désobéissants.

C'est l'une des rares personnes à m'avoir toujours comprise, à voir le monde par le biais de la même lentille déformante que moi. C'est elle qui me lisait des contes de fées, tout en inventant des fins plus excitantes quand je me plaignais que le *happy end* n'avait pas trop d'intérêt si l'héroïne restait coincée dans un château plein de courants d'air avec son prince au teint terreux. Si j'avais dû me confier au sujet de ma toux à quelqu'un, je me serais adressée à ma grand-mère. Mais je ne peux pas. Plus maintenant.

— Je crois qu'il est temps qu'elle vienne habiter chez nous, que ça lui plaise ou non, déclare ma mère.

Ma grand-mère souffre d'une forme d'Alzheimer précoce qui, à l'instar du syndrome du 11 Septembre, ne fait que s'aggraver au fil du temps. Encore une pente qu'on ne remonte jamais.

— Je sais qu'elle tient à son indépendance, mais j'ai besoin de la savoir en sécurité. Les aides-soignantes qu'on a engagées ne suffisent plus, ajoute ma mère d'une voix de nouveau joyeuse, comme s'il s'agissait de bonnes nouvelles.

Elle se raconte des histoires (qu'elle ressortira bientôt à ses amis et à tout le monde) en affirmant que sa mère va venir habiter chez nous, tout en sachant pertinemment que ma grand-mère a toujours clamé qu'elle ne quitterait sa maison du Maine que les pieds devant.

— Papa a déjà proposé de la prendre deux jours par semaine.

— Il a obtenu la garde partagée pour elle aussi ? je m'étonne.

— Très marrant, répond ma mère sans sourire.

— Je peux aider, dis-je le plus sérieusement du monde, car je vois ses yeux se remplir de larmes, et je ne suis pas certaine de supporter de la voir pleurer, surtout ici, alors qu'il n'y a plus qu'un client dans la queue devant nous.

Au moins, quand des inconnus vident leur sac devant moi, je sais que quand je les aurai pris dans mes bras et qu'ils auront séché leurs larmes, on repartira chacun de son côté. Je n'ai aucune obligation d'emporter une partie de leur chagrin. Mais avec ma mère, dont le martyre joyeux ne s'accompagne habituellement pas de larmes, ce n'est pas aussi facile.

Je ne sais absolument pas qui étaient mes parents avant le 11 Septembre, mais le fait qu'ils aient tous deux fait partie des chanceux, des heureux survivants, explique sûrement beaucoup de choses sur leur comportement d'aujourd'hui.

— On va trouver une solution, je lui promets.

— Bien sûr que oui. Ça va aller, finit par répondre ma mère après quelques instants. (Elle sourit à nouveau et rajuste son masque de façade juste à temps pour commander.) On s'en sort toujours. Du chocolat au chanvre avec un ruban de moelle osseuse, je vous prie, demande-t-elle en s'adressant au vendeur.

Quand vient mon tour, je jette mon dévolu sur ce qui ressemble le plus à un parfum reconnaissable – vanille de Madagascar au curcuma grillé et cristaux de sel de mer –, et réclame une pluie de vermicelles de chocolat multicolores et deux cerises confites pour égayer le tout.

Je détends volontairement mes sourcils froncés.

Après tout, je suis la fille de ma mère.

Moi aussi, je fais partie des chanceux.

Et je souris donc à mon tour. Parce qu'elle a raison.

On s'en sort toujours. Et ce sera toujours ainsi.

Chapitre dix

Noah

Je devrais préciser que ce n'est pas la première fois que j'essaie d'obtenir des informations sur la photo de Baby Hope. J'ai déjà tenté des approches moins directes. Sur Internet, bien sûr, ce qui ne m'a mené nulle part. Il n'existe pas tant de combinaisons que ça quand on tape « Université du Michigan », « Baby Hope » et « Homme à la casquette bleue » sur Google.

Il y a quelques années, j'ai traîné Jack dans une mission de recherche au mémorial du 11 Septembre, qui s'avère être, au moins pour moi, l'endroit le plus bizarre et flippant sur Terre. L'entrée est gratuite pour les membres de la famille des victimes, mais personne ne devrait avoir à payer. Clairement. Je ne comprends même pas pourquoi les gens y vont.

Peut-être qu'un jour, quand je serai plus vieux et plus sage, je trouverai l'endroit cathartique, beau ou respectueux de la mémoire des disparus, et peut-être que je serai alors heureux qu'il existe. Mais pour l'heure, il me fout hors de moi. Je ne comprends pas ce qui peut nous pousser à aller voir le site où ce qu'on peut imaginer de plus horrible s'est produit. Le pire, c'est qu'ils en font une attraction touristique.

Est-ce que certains visiteurs se disent : *Tant qu'on y est, on devrait s'acheter un chapeau commémoratif à la boutique souvenir. J'ai toujours rêvé de transformer une tragédie collective en un objet de décoration !*

Je suis à peu près sûr que ce n'est pas ça, le devoir de mémoire.

Il y a toute une zone réservée aux VIP, où se trouve une *salle de méditation* dans laquelle on peut accéder à *l'observatoire des restes*. Ce sont les véritables termes, comme si les clients ne pouvaient supporter que des euphémismes. Il s'agit d'un point de vue souterrain – une fenêtre donnant sur une pièce caverneuse remplie de tiroirs éclairés par une lumière tamisée. Un bon point à celui qui saura deviner ce qui se trouve dans ces chouettes rangements. Ouaip, ce sont bien les petits veinards qui ont été tellement incinérés qu'on n'a pas pu retrouver la moindre trace d'ADN.

C'est là-dessus qu'on est censé « méditer ». Ils offrent même les mouchoirs.

Des restes non identifiés.

Le plus étrange, c'est que le musée possède son propre compte Twitter. *Un putain de compte Twitter.*

Autant dire que le musée du 11 Septembre était une piste à enterrer. Sans mauvais jeu de mots.

J'espère sincèrement que ce ne sera pas le cas avec Abbi.

Chapitre onze

Abbi

Les filles se baignent avec deux maîtres-nageurs, tandis qu'un sauveteur baptisé Charles – tout en abdos bronzés et en regard désintéressé – les surveille depuis son perchoir au bord du plac, une bouée sur les genoux.

— Tu me rappelles quelqu'un, dit Julia. (Ce sont les premiers mots qu'elle m'adresse aujourd'hui et qui ne ressemblent pas à des ordres.) On s'est déjà rencontrées ?

— On me le dit souvent. Je dois avoir un visage passe-partout.

Je mets les mains en visière au-dessus de mes yeux et fais mine d'être fascinée par les progrès de nos deux stagiaires. Je n'ai pas fait tout ça pour être démasquée maintenant.

— Alors, comment ça se passe entre toi et Zach ?

— Je le trouvais cool – tu savais qu'il faisait de la méditation tous les matins ? – mais on est sortis hier soir, et il a déjà l'air de vouloir passer à autre chose. Ça ne fait que deux jours, mais ça équivaut à un mois sur le camp. Cela dit…

Elle laisse sa phrase en suspens, et on porte toutes deux notre attention sur Charles-le-Sauveteur, parce qu'il a le sifflet entre les lèvres et qu'il suffit qu'il fasse ça pour que toutes les filles le regardent.

Comment on décompte le temps sur le camp ? Comme des années chien ? J'ai peut-être eu une sorte de sixième sens en acceptant ce boulot – je savais peut-être que cet été me paraîtrait plus long qu'il ne l'était quand tout serait terminé.

— Tu devrais monter en gamme, alors, je suggère en désignant discrètement Charles, qui a désormais lâché la bouée, nous offrant une meilleure vue sur son torse parfait.

— Nan, il est aussi stupide qu'il en a l'air.

— Mais ces abdos…

Julia le détaille de pied en cap, lentement, sans gêne ni honte. Comme s'il lui appartenait de mater qui elle voulait.

J'aimerais être comme elle.

J'aimerais reluquer Charles-le-Sauveteur avec autant d'assurance.

J'aimerais reluquer Charles-le-Sauveteur avec autant d'assurance et savoir ce que ça fait de me faire reluquer en retour. Avoir l'impression que le monde entier m'appartient.

Je n'ai jamais eu de petit copain, c'est à peine si j'ai embrassé un garçon, sauf si on compte une partie un peu trop animée du jeu de la bouteille en troisième. Je ne possède pas même un minuscule coin de monde.

— Tu as complètement raison. Je pourrais oublier le côté stupide pour une nuit.

— Fais attention. Ça fait genre dix jours en temps de camp.

Ma réplique la fait rire. Je m'en félicite mentalement.

Quand j'aperçois Noah cet après-midi-là, je fais mine d'observer intensément un point dans le vide pour faire croire que je ne l'ai pas vu. J'échoue. Noah, qui est apparemment aussi éhonté que Julia, va droit au but.

— Coucou, dit-il en se plantant devant moi. Bien essayé.

— De quoi ?

— De m'ignorer.

— Mais pas du tout…

Je me tourne vers la scène, où oncle Maurice fait entonner aux enfants des chansons enthousiastes. C'est mon moment préféré de la journée. Tous les gamins s'asseyent en tailleur et usent ce qu'il leur reste d'énergie en chantant à tue-tête. J'adore ce sentiment de camaraderie, la clarté de leur voix, comme si on faisait tous partie d'une espèce de club magique plein d'émerveillement et de joie.

— J'étais perdue dans mes pensées.

— Et tu réfléchissais à quoi ?

Pendant un instant, j'ai presque l'impression qu'il a envie de savoir. Je pourrais lui dire que ces rassemblements m'emplissent de nostalgie, me rappellent les fois où je dansais sur les Beatles dans la cuisine de la ferme de ma grand-mère, les *avant* heureux. Puis je me souviens d'hier, de son intérêt pour Baby Hope, et j'ai envie de lui balancer un coup de pied dans le tibia.

— Bon, écoute, reprend-il. À propos d'hier…

— La réponse est toujours non. Désolée.

Une fois encore, je m'excuse par réflexe. Je devrais mettre une pièce dans un bocal chaque fois que je dis *désolée*.

— Mais…

— Sérieux. Je ne peux pas.

— Il y a forcément un moyen de te convaincre. Je pourrais peut-être te soudoyer ? Je suis prêt à donner de ma personne.

Je souris alors, et dès que j'en prends conscience, je m'efforce de reprendre un air grave.

— J'ai vraiment, vraiment besoin de ton aide sur ce projet, insiste-t-il. Personne n'acceptera de me parler si tu n'es pas là. Crois-moi, j'ai essayé.

Il est désormais extrêmement sérieux, c'en est presque touchant. Il s'ébouriffe les cheveux d'une façon charmante, ce qui le couvre d'épis. En fond sonore, j'entends mes filles entonner d'une voix tremblante et dissonante : « Chevaliers un jour, chevaliers toujours ! » Je sais que ça va me tourner en boucle dans la tête pendant tout le reste de la journée, mais ça ne me dérangera pas.

— Trouve quelqu'un d'autre.

— Il n'y a personne d'autre. C'est *toi*, Baby Hope.

Il le dit juste un peu trop fort, à l'instant précis où la musique s'arrête.

— Je te l'ai déjà dit, je souffle. C'est juste Abbi. S'il te plaît.

Je jette alors un coup d'œil autour de moi, pour m'assurer que personne de plus de quatre ans ne l'a entendu.

— Et à quel point tu tiens à garder ça secret ?

Noah s'est penché vers moi pour me chuchoter cette réplique, et je sens le chatouillis de son souffle sur mon oreille. Je frissonne.

Est-ce qu'il croit que je suis en train de jouer ? Il ignore ce qu'on ressent quand tout le monde se comporte comme s'il vous connaissait. Ce que ça fait d'être traitée comme un symbole, pas comme une personne. Les gens regardent cette photo et y voient du patriotisme, de la résilience ; parfois même, de façon perverse, ils y perçoivent une forme de *happy end*. Rien de tout cela n'a de rapport avec moi. Un article du *New York Times* s'est répandu comme une traînée de poudre à sa parution l'année dernière ; l'auteur reprochait la guerre en Irak à Baby Hope. En contemplant cette photo, il me voyait comme une fausse idole, un leurre, un commutateur. C'est complètement ridicule. Et pourtant, je ne suis pas certaine qu'il ait complètement tort. Peut-être que la photo a joué un rôle dans tout ça.

— Comment ça ? Attends… Tu veux me faire chanter ?

— Quelle est ta définition du chantage ?

— Arrête.

— Si tu refuses de m'aider pour cet article, je serai sans doute moins motivé pour garder ton secret. Je te file un coup de main, tu me files un coup de main.

— Je ne te file pas de coup de main.

— Les autres monos vont forcément me poser des questions sur toi, vu qu'on est les deux seuls à venir d'Oakdale. Je ne peux pas te promettre de ne rien leur révéler…

Il hausse les épaules de façon exagérée et regarde autour de lui, comme s'il ne pouvait pas se retenir. Comme s'il s'apprêtait à hurler : *Eh, tout le monde, devinez quoi ? Abbi est Baby Hope !*

— Personne ne va t'interroger sur moi.

Je me rassure en me disant que j'ai maquillé mes traces du mieux possible. J'ai même omis de mentionner mon deuxième prénom dans mon contrat pour que ce soit plus difficile de me retrouver en ligne. Même oncle Maurice ignore tout.

— Le sauveteur l'a déjà fait.

— Charles ?

Il y a une sorte d'impatience avide dans ma voix. Ce qui est ridicule pour tout un tas de raisons, notamment le fait qu'il ne m'intéresse pas plus que ça. Je ne suis pas totalement indifférente à ses muscles de surhomme, mais il s'agit d'une curiosité purement scientifique. Combien d'abdos fait-il par jour ? Combien de temps tient-il en faisant la planche ? Est-ce qu'il a d'autres loisirs ?

— Je savais que Captain America retiendrait ton attention.

— Arrête ça. Il ne t'a pas parlé de moi.

— Peut-être bien que si. Et je suis sûr que Julia trouverait ça très intéressant.

Les enfants chantent désormais « Cette terre est la tienne », oncle Maurice a sorti une vieille guitare acoustique toute cabossée. J'ai envie de m'asseoir avec eux et de me fondre dans la masse. Que ma voix se perde dans la foule. J'aimerais profiter de cet instant de nostalgie, ce mélange d'optimisme et d'aspiration, saupoudré d'une pincée de tristesse liée à la certitude que quelque chose, un jour, n'existera plus, alors même que ça vient de commencer.

— S'il te plaît, j'ai vraiment besoin de ton aide, insiste-t-il.

Son ton n'est plus joueur, mais grave, comme si cela avait réellement de l'importance. J'aimerais lui expliquer que c'est au contraire futile, que cette photo n'est qu'un cliché réunissant un groupe de veinards à un instant bien précis.

Je me tourne vers Julia, qui m'indique qu'elle a besoin de moi. Ses signes de la main semblent plus amicaux que ce matin encore. Plus *Viens voir* que *Fais ça, MAINTENANT*. Livi, qui est déjà ma gamine préférée parce qu'elle est toujours perdue dans son monde, serre fermement les paupières en beuglant « De San Francisco à New York ». J'éprouve un accès de tendresse en la voyant essuyer un filet de morve du revers de sa petite main.

Mon cœur gonfle au rythme de la musique. Vendredi prochain, je dois venir déguisée en superhéroïne. À midi, on a mangé des nuggets de poulet en forme de dinosaure et des pommes noisette.

Cet après-midi, on a créé des attrape-rêves à l'aide d'assiettes en papier et de plumes colorées. Je me suis accordé huit semaines de répit. Je ne laisserai pas Noah m'en dépouiller.

— D'accord, je finis par céder. Je vais le faire.

— Génial ! s'exclame-t-il en m'attrapant par les épaules. (Je me libère d'une secousse.) Je savais que tu changerais d'avis.

Chapitre douze

Noah

Je suis en mission de sauvetage intergalactique, pour venir en aide aux autres colons de Mars attaqués par des prédateurs extraterrestres. Dans ce jeu, mon personnage ne me ressemble en rien. Il a un bouc, des cheveux vert fluo, une banane à la Elvis, un tatouage sur la joue et une cicatrice allant de la lèvre jusqu'à l'œil. Jack, qui est en train de boulotter un taco, incarne généralement une fille aux cheveux bleus qui arbore un signe *anarchie* sur le front. Elle me lamine systématiquement.

— Baisse-toi ! me hurle Jack tandis qu'un dinosaure de l'espace rugit devant moi.

Au lieu de l'écouter, j'ouvre le feu, et l'animal explose, m'arrosant d'une gerbe de boyaux.

— Je n'arrive pas à croire que tu en sois venu à faire chanter Baby Hope, lance-t-il de but en blanc.

— Merci pour ton soutien, mec. Ça compte beaucoup pour moi.

Je me laisse tomber sur un rocher et roule de côté pour balancer une grenade sur un essaim d'envahisseurs en contrebas. Je suis nul en jeux vidéo, mais on a épuisé toutes les comédies de Netflix et toutes les nouveautés en ligne, et je ne suis pas d'humeur à regarder de vieux sketches sur YouTube.

J'ai envie de faire péter des trucs.

— Je te le dis comme je le pense. Tu te souviens de celui qu'on appelle « Nettoyage, allée 5 » ? Brendan ? me demande-t-il.

Sa voix est un peu trop haut perchée. Nerveuse. Je sais ce que ça signifie. Nouveau coup de cœur.

— Le mec avec les tatouages ? je demande en essayant vainement de me souvenir d'autres détails qu'il aurait pu me donner.

Jack parle plus que je ne l'écoute.

— Ouais. En fait, il n'a pas laissé tomber le lycée, mais il en a l'air. Il a un look délinquant-sexy.

— Ça ferait un super nom de groupe. Les Sexy Délinquants. Ça peut aussi marcher pour le nom de ma comédie sur Netflix. Imagine un peu : Moi en pauvre type. Grosses lunettes, chaussettes remontées, peut-être même des bretelles. Et le gros titre en dessous : *Noah Stern : Délinquant sexy.*

Alors que je lâche la manette pour tracer le titre dans le vide, je me prends une balle dans le buffet. Ça m'apprendra.

— Ça marcherait aussi pour un film porno, renchérit Jack.

— Je suis à peu près sûr qu'Abbi craque pour le sauveteur du camp. Il est vachement taillé.

Exactement le genre de type qui pourrait se reconvertir dans le porno.

— Tu es le seul hétéro de ma connaissance qui se foute de passer pour gay. C'est sans doute dans mon top trois de ce que je préfère chez toi.

Je prends ça pour un compliment. M'inquiéter de savoir si j'ai l'air homo – ce qui, pour information, n'est pas le cas – m'apparaît comme une perte de temps colossale. Et je dis ça alors que ça fait trois heures que je gâche ma vie à faire semblant de buter des dinosaures extraterrestres.

— On est vraiment obligés de tout rapporter à Abbi ? me lance Jack.

— Désolé. Continue.

Jack meurt d'envie de me parler de ce type lambda sur lequel il a jeté son dévolu cet été, et en tant que meilleur ami, il est de mon devoir de faire semblant de l'écouter. Je recharge, ramasse un booster et me planque dans un coin derrière une porte métallique de la station spatiale.

— Eh bien, j'envisage un scénario plus poussé que sur un porno basique d'Internet. Ce serait l'histoire d'un jeune délinquant qui, *spoiler alert*, serait aussi un très vilain garçon.

— Arrête. Je voulais dire : continue de me parler de Brendan.

— Ah, d'accord. Il a dix-sept ans. Il est auditeur libre à la fac du New Jersey. Son tatouage au biceps gauche est de très mauvais goût.

Jack se met à faire les cent pas derrière la télé, ce qu'il fait chaque fois (a) qu'il répète un rôle, ou (b) qu'il parle d'un mec. Un jour, alors qu'il voulait profiter de son passage sur la scène libre de l'école pour demander à Alfonso Simeon de sortir avec lui, c'était même (c) les deux.

— C'est quoi, son tatouage ?

— Disons que c'est un poisson…

— Genre Némo ?

— Non, un poisson… avec des glandes mammaires.

— Une sirène ?

— Une sirène sexy. Je ne veux pas en parler. Bref, c'est vraiment un type bien. Parfois, quand des clients sont à la rue, il ajoute des petits trucs dans leurs sacs sans les leur faire payer. Il croit que personne ne le remarque, mais je l'ai vu faire à plusieurs reprises. C'est une sorte de Robin des Bois de l'épicerie super canon. Il a toujours un livre dans sa poche arrière, je n'ai jamais rien vu d'aussi mignon. Attention ! En haut à gauche. Utilise ton coup spécial.

Je l'ignore, et me fais descendre une fois de plus. Normal.

— Merde.

— Tu ne m'écoutes jamais. Bref, je sais que tu penses que la plupart du temps, je me fais des films, mais cette fois, c'est différent. Je l'aime vraiment bien.

Et comme je ne suis pas un enfoiré, je me retiens de répondre qu'il dit ça chaque fois.

— C'est super.

Même si j'adore me payer la tête de Jack, j'essaie de ne pas le taquiner sur sa vie sentimentale. Ce n'est pas facile d'être l'un des rares homos assumés d'Oakdale, et n'importe quel mec aurait de la chance de tomber sur lui. Je le pense sincèrement. On est comme des frères, et ce n'est pas une promesse en l'air qu'on s'est faite un soir après avoir picolé cinquante bières, et qui nous donne l'impression d'être amis pour la vie. On le restera vraiment.

— Non, je pense qu'il est hétéro. Pff. Pourquoi on est tous les deux aussi nuls ?

— Nuls en quoi ? je demande.

Car en vérité, il y a des tas de domaines dans lesquels on touche le fond.

— À peu près en tout, sauf quand il s'agit de traîner ensemble et de faire des blagues pourries.

— Au moins, on sait qu'on n'aura pas atteint notre apogée au lycée.

Je balance une roquette dans le vide. Le ciel explose comme un soir de fête nationale. C'est tellement beau que ça me donne encore plus l'impression d'être ridicule.

— Heureusement, répond Jack. Ce serait horrible d'être déjà au top.

— Abominable, je confirme alors qu'un dinosaure extraterrestre ouvre ses mâchoires démesurées pour m'engloutir tout entier.

Chapitre treize

Abbi

— Ta mère se fait du souci pour toi, m'informe mon père alors qu'on dîne chez lui.

Enfin, techniquement, c'est aussi chez moi, puisque j'habite autant au 11 qu'au 15 Lexington Road, ma garde étant partagée à cinquante-cinquante, conformément à l'acte de divorce. Même s'il m'importe peu de savoir où je dors : les deux maisons sont si proches l'une de l'autre qu'on a tendance à les considérer comme interchangeables. Parfois, le lundi ou le jeudi matin, quand on est à court de lait, mon père et moi allons petit-déjeuner chez ma mère. Et les mardis et vendredis, maman et moi passons remplir nos thermos, parce que papa dépense des fortunes en excellent café.

Je ne réponds pas immédiatement à mon père. J'enfourne une bouchée de pizza pour gagner du temps, et tente de deviner où cette conversation va nous mener.

Encore mamie ? Je pensais m'en être sortie comme une pro chez le glacier. Les inscriptions pour la fac ? J'ai demandé en ligne un paquet de catalogues. Me faire de nouveaux amis ? J'y travaille. Depuis notre petit divorce amical, à la suite duquel Cat a obtenu la garde du reste de notre bande, j'ai largement laissé tomber les relations sociales. Le truc, c'est que je faisais partie d'un heureux quatuor – Ramona et Kylie s'ajoutant à Cat et moi. Toutes avaient dans les cheveux des couleurs qu'on ne trouve pas dans la nature, étaient couvertes de piercings et maîtrisaient les codes actuels. En bonne fougère, j'ai des cheveux châtains, même pas de trous aux oreilles et des goûts basiques, ce qui explique qu'on n'ait jamais été parfaitement assorties. Quand je traînais avec mes désormais ex-amies, je m'amusais du fait que ma tendance naturelle à me fondre dans la masse me faisait en réalité sortir du lot.

Cat et moi avions échangé des colliers de meilleures amies, effectué un pacte de sang et on passait nos week-ends l'une chez l'autre depuis toujours. On était tellement impliquées dans la vie de l'autre qu'il ne faisait aucun doute que cela se perpétuerait. J'aimerais pouvoir expliquer ce qui s'est passé, pourquoi on s'est éloignées l'année de première, évoquer vaguement une querelle amoureuse – je n'ai jamais eu de petit copain, et Cat aimerait mieux mourir que s'engager –, préciser que l'une est devenue méchante ou quelque autre sujet de dispute classique entre filles. Au lieu de quoi, avec le recul, c'est comme si on s'était délaissées mutuellement. C'est aussi simple et triste que cela.

Ce qui m'irait très bien, si je m'étais trouvé un autre groupe pour combler le manque.

— Il n'y a pas de quoi, je réponds à mon père. Je vais bien.

Je n'imagine même pas qu'il puisse s'agir de ma toux. Car dans ce cas, on serait déjà dans la salle d'attente du pneumologue. J'y allais tellement souvent à cause de mon asthme que toute ma famille a été invitée à la bar mitzvah du fils du Dr Cohen. J'ai dansé mon premier slow sous une grande roue en carton annonçant *Coheny Island*, et l'année dernière, je suis allée aux seize ans de sa fille, où j'ai mangé de délicieux petits fours.

Je n'ai aucune intention de mentir effrontément au sujet de ma toux. Je ne compte toutefois pas en parler la première. Si mes parents venaient me voir et me disaient : *Hé, Abbi, est-ce que tu tousses du sang, as la respiration sifflante et souffres potentiellement du syndrome du 11 Septembre ?* je répondrais : *Ah, il se trouve que oui. Désolée, j'ai oublié de vous le dire.*

— Maman m'a dit que tu semblais préoccupée, ajoute-t-il d'un ton faussement nonchalant, comme si mes parents n'avaient pas manigancé cette petite soirée pizzas-pêche aux infos.

Ma mère a toujours préféré sous-traiter les conversations délicates. C'est mon père, pas elle, qui m'a interpellée au printemps dernier pour me demander si je voulais prendre la pilule. *J'apprécie ton ouverture d'esprit, mais est-ce que tu vois des garçons quelque part autour de moi ?* j'ai répondu.

C'est pas en regardant des films avec Cat que je risque d'être en cloque.

Oui, j'ai tout à fait conscience que mes parents ne ressemblent pas aux parents des autres ados, et que leur sollicitude est gâchée avec une fille aussi prude que moi. D'un autre côté, il est tout à fait possible qu'ils en aient conscience, qu'ils sachent qu'il y a peu de risques que je perde ma virginité au lycée, et que ce soit justement pour ça qu'ils sont si tolérants.

— Non, je m'éclate au camp de vacances.

— Tu t'es fait de nouveaux copains ?

Je prends une grande inspiration. Je perçois un infime sifflement s'élever de mes poumons. Si léger qu'il en est presque indétectable. Le bruit d'une allumette contre le grattoir de la boîte.

Il y a quelques mois, quand il est devenu évident que Cat et moi ne nous fréquentions plus, mon père m'a demandé de façon très franche : *C'est toi qui as arrêté d'être son amie, ou c'est le contraire ?* Une question cruelle, même si je sais qu'il ne pensait pas à mal. Il ne se rendait pas compte que c'était comme si je lui demandais : *C'est toi qui as quitté maman, ou l'inverse ?*

Mon père travaille encore dans la même boîte qu'à l'époque du 11 Septembre. Il était alors opérateur de marché, mais au fil des années, il a gravi les échelons, en partie grâce au fait qu'il faisait partie d'une toute petite poignée de survivants. Il va bosser en ville tous les jours, prend un ascenseur jusqu'au trente-quatrième étage d'un gratte-ciel flambant neuf de Midtown et enchaîne les réunions ; je ne sais même pas s'il lui arrive encore de penser à tous ses anciens collègues disparus. Tous ont une plaque à leur nom dans le hall, comme à Oakdale, sauf que l'installation y est nécessairement plus grande.

L'entreprise de mon père a perdu près de trois cents employés. C'est l'équivalent de toute ma promo de terminale.

Je me demande s'il prend parfois le temps de s'arrêter devant les plaques.

Sans doute pas.

— J'aime vraiment beaucoup ma responsable.

Je déteste ça, quand mes parents s'en font pour moi. Pour mon premier anniversaire, il leur a fallu quarante-huit heures pour obtenir confirmation que j'étais bien saine et sauve. Quarante-huit heures de traque dans une cité éventrée. J'ai épuisé le quota d'inquiétude de toute une vie en deux jours à peine.

— Pourquoi est-ce que j'ai l'impression que tu me caches quelque chose ?

— Papa, s'il te plaît. Maman a déjà bien assez de soucis avec mamie. Dis-lui que tout va bien.

Je fais courir mon doigt sur l'un des sets de table plastifiés que j'ai réalisés en maternelle, il y a un million d'années de cela, et que mon père tient encore à utiliser. J'ai dessiné dessus des bonshommes bâton symbolisant notre famille avant la rupture. On se tient tous la main auprès d'une maison carrée coiffée d'un toit triangulaire.

La perfection géométrique enfantine.

— Tu sais que vous discutez beaucoup trop pour un couple divorcé ? C'est louche.

Quelques heures plus tard, alors que je suis de retour dans ma chambre et que mes poumons trouvent que c'est le bon moment pour faire la foire, je réagis avec calme. Ça ne me fait plus peur. Je considère ça comme une petite trahison corporelle, genre une intolérance au gluten ou une entorse à la cheville. Rien de grave, juste un phénomène auquel s'habituer et à contourner au mieux.

Pendant ma quinte de toux, je monte le son de ma musique pour que mon père ne m'entende pas.

Je reçois un premier texto de Noah. Je ne sais même pas où il a pu avoir mon numéro, puisque j'ai pris soin de ne pas le lui donner.

Noah : Par où on commence ? Qui tu connais le mieux ? Connie Kramer ?

Je pourrais lui révéler que Kramer est le nom de jeune fille de Connie, qu'elle s'est mariée il y a dix ans de ça, et que s'il cherche Connie Greene sur Google, il trouvera sa rubrique nécrologique dans le journal du coin. Au moins, pour une fois, ils se sont focalisés sur elle et non sur moi. Le titre disait : *L'héroïne locale qui a secouru Baby Hope est morte à quarante-six ans*. J'y ai appris des tas de choses que j'ignorais encore : elle avait deux enfants (un garçon et une fille, de huit et quatre ans), avait passé la dernière décennie à enseigner à des CP aux besoins particuliers, parlait couramment le français.

Parfois, je m'amuse à imaginer ma propre rubrique nécrologique : *Abbi a vécu les dernières années de sa vie entre les deux maisons de ses parents aimants mais dysfonctionnels ; elle ne possédait que des comptes anonymes sur les réseaux sociaux, puisqu'elle se méfiait des gens qui sont malsains et généralement antisémites.*

Moi : Ce n'est pas comme si on avait fondé l'amicale de la photo de Baby Hope. Je ne les connais pas vraiment
Noah : Oh
Moi : Tu croyais que j'allais faire tout le sale boulot ?
Noah : Alors commençons par Chuck Rigalotti, juste derrière toi
Moi : Tu n'as pas besoin de moi pour ça
Noah : Si ! Tu me donnes une légitimité. Si je les contacte en sortant de nulle part, ils ne me répondront jamais. Écoute, je sais que je me comporte comme un con pour ce tout petit truc. Je suis désolé
Moi : Il y a de quoi l'être
Noah : Je vais contacter Chuck. Organiser une interview
Moi : OK
Noah : Et, Abbi : je suis sincèrement désolé

Avant d'aller au lit, je cherche « Noah Stern » sur Internet. Et c'est là, à la toute première occurrence, exactement ce que je ne m'attendais pas à trouver. Un article issu du *New Jersey Courier* daté du 10 octobre 2001.

... Mme Stern, habitante d'Oakdale, dit avoir espéré retrouver son mari vivant pendant toute une semaine après les attentats, puisqu'elle ignorait qu'il prévoyait de se rendre à Manhattan ce jour-là. Toutefois, les relevés de sa carte de métro indiquent qu'il se trouvait dans un périmètre d'un kilomètre et demi autour du World Trade Center au matin du 11 Septembre. Ce jour-là, le bébé de Mme Stern, Noah, se trouvait en soins intensifs dans l'unité néonatale de l'hôpital de Garden State, et luttait pour sa propre survie. Le 13 septembre, il a été opéré en urgence d'une anomalie cardiaque. Aujourd'hui, après avoir analysé toutes les preuves disponibles, y compris les relevés de carte de crédit, un juge du comté a déclaré Jason Stern officiellement décédé. Il sera ajouté à la liste des victimes des attentats du 11 Septembre, ce qui porte le bilan officiel à 2 604 morts, même si ce nombre ne cesse de varier et augmentera sans doute lorsque des disparitions similaires seront confirmées. Pour terminer sur une note plus optimiste, Noah est sorti de l'hôpital il y a une semaine et se remet parfaitement.

Merde, merde, merde. J'aurais dû m'en douter. Les familles des victimes ont toujours été les plus intéressées par l'histoire de Baby Hope. Ce ne sont pas ceux qui aiment se rappeler où ils étaient ce jour-là, comme si leur emplacement exact au moment où ils ont appris la nouvelle était particulièrement significatif. Ni les autres adolescents, qui considèrent le 11 Septembre comme une tragédie d'un lointain passé ou comme un truc de parents, comme les New Kids on the Block ou les Pages Jaunes. Pas non plus les survivants eux-mêmes qui, comme moi, aimeraient qu'il ne s'agisse que d'un vague souvenir.

Je comprends que cette photographie soit une relique historique, qu'elle trouve éventuellement sa place dans un musée, mais pas dans une chambre à coucher ni sur un sac fourre-tout. Je sais que je suis l'autre face de *L'Homme qui tombe* et de *La Dame de poussière*, deux autres célèbres clichés de cette journée. Sur le premier, on voit l'indicible : un homme qui a sauté dans le vide. Sur le second, une femme noire couverte d'une poussière jaune de la tête aux pieds, l'air fort logiquement traumatisé, debout dans un décor postapocalyptique. Par contraste, l'image de Baby Hope est optimiste, voire joyeuse. Un soupçon d'innocence dans une tornade de douleur. Le triomphe au cœur du chaos.

Quand je mourrai, est-ce que les gens décrocheront leurs posters de moi ? Se sentiront-ils trahis ? Comme si je n'avais pas été à la hauteur de ce que Baby Hope leur avait promis durant toutes ces années ?

Ce sont ceux qui restent qui ont le plus soif d'informations, ceux qui soupèsent chacune de ces reliques tels des talismans et veulent en savoir toujours *plus, plus, plus*. Cat posait toujours des tas de questions à ma mère sur le 11 Septembre – Est-ce qu'il y avait beaucoup de bruit ? Comment tu es rentrée chez toi ? Ça sentait mauvais ? Comme si elle essayait de transformer une abstraction, un rêve brumeux et évanescent, en quelque chose de réel. Maman lui répondait chaque fois patiemment, lui affirmait qu'elle pouvait poser toutes les questions qu'elle voulait ; pourtant, chaque fois que mon amie rentrait chez elle, j'entendais ma mère téléphoner à celle de Cat pour lui proposer de lui donner le numéro de téléphone du Dr Schwartz.

Elle a besoin de parler à quelqu'un, Mel, disait-elle. *Vous en avez besoin toutes les deux.*

On était alors encore gamines. Aujourd'hui, Mel est remariée à Stewart et Cat a un demi-frère. Quand on les croise ensemble dans la rue, jamais on ne se douterait que la mort de quelqu'un a pu donner naissance à cette famille.

Cat a cessé de poser des questions il y a bien longtemps.

Je ne comprends pas ce qui peut pousser Noah à s'interroger encore maintenant.

Chapitre quatorze

Noah

Une autre des questions qui m'empêchent de dormir : Andy Kaufman est-il mort ? Aujourd'hui, la plupart des gens ne savent même plus qui il est, ce que je trouve déprimant – comment quelqu'un d'aussi drôle a-t-il pu être oublié ? Quand j'en ai parlé à Phil, mon beau-père, il m'a répondu : « Le type de la chanson de R.E.M. ? Bien sûr qu'il est mort ! » Ce qui n'a rien d'étonnant : Phil ne brille ni par son imagination ni par son sens de l'humour.

Andy Kaufman est peut-être le plus grand humoriste de l'histoire. Sérieusement. Et même s'il est mort d'un cancer en 1984, à trente-cinq ans seulement, il est malgré tout resté culte. Mais le plus cool, et c'est un fait avéré (vous pouvez vérifier si vous voulez) : les vrais fans de Kaufman pensent que sa mort si soudaine et choquante n'est en réalité qu'un canular au long cours. Les « Kaufmanheads » sont convaincus qu'il reparaîtra un jour, reviendra à la vie publique et reprendra le cours de son existence comme si de rien n'était.

S'ils disent vrai, et j'aime à le croire, la résurrection de Kaufman restera comme la plus longue plaisanterie de l'histoire.

Chapitre quinze

Abbi

— Qu'est-ce que tu fais, ce week-end ? je demande à Julia, assise en tailleur dans l'herbe près de moi.

J'essaie de parler d'une voix neutre, comme si je ne la suppliais pas de m'inviter quelque part, tout en restant ouverte à cette idée. Personne ne nous explique comment se faire des amis quand on n'a plus quatre ans et qu'il ne suffit plus de détester les princesses pour créer un lien.

— Comme d'hab. La fête du camp, répond-elle.

L'été est entamé depuis presque deux semaines, et chacune des tenues qu'elle a enfilées jusqu'à présent était calibrée à la perfection. Aujourd'hui : une jolie combinaison fleurie avec des sandales en corde. Elle arbore également une paire énorme de lunettes de soleil en plastique rétro, ainsi que deux bracelets en cuir cloutés qui pendent à ses poignets. J'aimerais tellement qu'elle me relooke.

— Cool.

— Ouaip.

— Ça a l'air chouette, dis-je en insistant un peu trop sur le mot *chouette*.

Merde.

— Ouaip, répète-t-elle, sans mordre à l'hameçon.

— Moi, encore un vendredi soir d'ennui dans la grande méchante banlieue.

J'ai apparemment dit ça à voix haute. J'adorerais être de ceux qui savent la fermer et laisser se dissiper un silence gênant. Si je pouvais choisir le superpouvoir de mon choix, ce serait celui-là : d'être naturellement à l'aise sans parler.

Un truc de vraie dure.

— Ouaip, enchaîne Julia pour la troisième fois.

Elle fait mine d'être captivée par la partie.

— C'est organisé par qui ?

Apparemment, je n'ai aucune dignité.

— Natasha, répond Julia en haussant une épaule en direction d'une fille d'une beauté remarquable, aux longs cheveux châtains ondulés.

Elle tient un stand de tir à l'arc un peu plus loin. La Wonder Woman de Captain America. Elle porte un débardeur par-dessus une brassière de sport élaborée – tout en bretelles et sans réel maintien –, ainsi qu'un pantalon de yoga moulant qui lui arrive aux mollets. Ses vêtements épousent les formes d'un corps combinant à la perfection génétique avantageuse et trois entraînements de cyclisme sur piste par semaine. Ses sourcils sont également superbes. Épais, joliment arqués, assurés.

— Ses parents ne sont pas là ce week-end, précise-t-elle.

— Cool.

— J'ai une idée. Si tu veux venir, tu n'as qu'à me dire : « Hé, Julia, je peux m'incruster à la fête de ce soir ? » Ce serait beaucoup moins gênant pour tout le monde.

Elle me balance ça sans me regarder, et je devine que je l'ai poussée à bout. Puis je me rends compte qu'elle lorgne Zach, à qui Natasha apprend de façon assez intime à bander un arc. Pendant ce temps, Noah porte les garçons sur son dos. Il a l'air étrangement abruti-mignon avec ses chaussettes remontées, son bermuda et son tee-shirt annonçant : *Ce tee-shirt est lavé à sec, ce qui signifie qu'il est sale – Mitch Hedberg.*

— Hé, Julia, je peux m'incruster à la fête de ce soir ? je demande d'un ton que j'espère pas trop implorant.

J'aimerais savoir si j'arriverais à me décoincer avant de mourir. C'est encore plus honteux que la forte probabilité que j'ai de mourir vierge.

— Bien sûr.

— Je peux même te servir de capitaine de soirée.

— Ce serait super.

— Et je peux apporter de quoi grignoter.

— Arrête de parler, Abbi.

— D'accord.

Et pour une fois, je la ferme. Comme une vraie dure.

— Tu conduis ? me demande mon père.

Pas même un bonjour. Il me téléphone alors que je suis en train de quitter le parking pour reprendre la route de la maison. Je suis dans ma Toyota Prius de 2009, la voiture que mon père a achetée à ma mère comme cadeau de divorce il y a huit ans de ça, et qui m'appartient désormais. Il fait régulièrement des trucs bizarres dans le genre. Une fois, bien après leur séparation, ma mère a trouvé une machine à laver et un sèche-linge flambant neufs devant la maison en rentrant du boulot. Quelqu'un de cynique affirmerait sans doute que c'est sa manière d'apaiser sa culpabilité de nous avoir laissées, mais en vérité, comme je l'ai répété au Dr Schwartz pendant des années, il n'est jamais parti. Il a emménagé deux maisons plus loin. Je crois plutôt qu'il dépense l'argent qu'il gagne durement pour faire plaisir à celles qu'il aime le plus au monde, même s'il n'est plus marié à l'une d'elles.

— Je suis en Bluetooth.

— Mais quand même.

— Papa, dis-je sur le ton qu'emploient les filles depuis des millénaires.

— S'il te plaît, gare-toi. (Je m'exécute, même s'il ne peut pas me voir.) J'appelais pour savoir si tu voulais regarder un film à la maison avec ta mère et moi ce soir. On pensait à cette version d'*Orgueil et Préjugés* qui se passe sur Mars parce que la Terre a été détruite par une apocalypse nucléaire. On n'a pas pu le voir en salle, et tu sais que j'adore les adaptations de Jane Austen.

— Maman et toi avez prévu de regarder un film ensemble ce soir ?

— Eh bien, on espérait surtout regarder un film avec *toi* ce soir.

C'est alors que je comprends ce qui se trame vraiment. Ma situation sociale précaire inquiète tant mes parents qu'ils ont décidé de se liguer pour combler le vide. J'ai atteint un nouveau seuil de pathétiquitude, ce qui n'est pas un mot mais mériterait de l'être. En dessous de sa définition, en guise d'exemple, ils devraient écrire : *Abbi Hope Goldstein actuellement.*

— Je ne peux pas. J'ai une soirée avec des amis du camp.

— Oh, génial ! s'exclame mon père avec un enthousiasme et un soulagement démesurés. C'est vraiment super, ma puce !

— La plupart des parents s'inquiètent quand leurs enfants *vont* à des soirées, pas l'inverse.

— La plupart des parents ne sont pas aussi cool que moi. Tu as besoin que j'achète des petites choses à grignoter ?

Je pose alors la tête sur le volant et ferme les yeux. Je resterai toujours exactement celle que je suis, et je ne pourrai rien y changer.

— Je pourrais prendre les chips aux oignons et à la crème que tu aimes bien. Ou des Doritos ? Vous en mangez encore, de nos jours ? Je crois que ça fait des années que je n'en ai plus vu nulle part. Comment ça se fait ? Qu'est-il arrivé aux Doritos. D'ailleurs, au singulier, tu crois qu'on dit un Dorito, ou un Doritos ?

— *Papa*, je répète.

C'est bien sûr de lui que je tiens mon verbiage incessant et maladroit. Mon père est peut-être très ouvert d'esprit, mais il est loin d'être *cool*.

— Je n'ai pas besoin d'apporter à grignoter.

— D'accord. De la bière, alors ?

— Sérieux ? Tu m'achèterais de la bière ?

Si mon père se met à m'acheter de l'alcool, je serai clairement invitée de plus en plus souvent. Voilà qui pourrait résoudre tous mes problèmes relationnels. J'aurais dû y penser plus tôt.

— Je plaisantais. Jamais je ne t'achèterais à boire.

— Oh.

— Mais je peux toper de la beuh.

— Je vais raccrocher, maintenant.

— Oh, tu sais quoi ? Je peux aussi préparer des space-cakes. Qu'est-ce que tu en penses ?

Cette fois, il se paie ma tête ouvertement.

— Au revoir.

— Je t'aime, ma puce.

— Ouais, ouais, je réponds.

Mais je raccroche avec un sourire aux lèvres.

Chapitre seize

Noah

— On a une soirée, j'annonce à Jack.

On est dans son sous-sol, parce que… parce qu'on est toujours dans son sous-sol. Je me demande si, un jour, quand je serai vieux, je regretterai le nombre incroyable d'heures que j'aurai perdues ici. J'espère que non. J'espère aussi que mon moi futur aura bonne mémoire et se souviendra de l'absence de choix qu'on avait à Oakdale.

— Est-ce qu'on est invités ? il me demande.

Il joue au ping-pong contre le mur, puisqu'il ne possède pas – et n'a jamais possédé – de table. Je ne sais toujours pas d'où il sort ces raquettes.

— Comme si ça nous avait déjà arrêtés jusqu'à présent.

— Oui. Chaque fois. Cite-moi une seule fête du lycée à laquelle on soit allés.

Je ne relève pas le défi, car la réponse est : aucune. On n'est jamais allés en soirée.

— On n'était même pas à la fête de rentrée, si tu acceptes d'étendre le panel aux événements organisés par l'école et auxquels tout le monde est invité.

— C'est vrai, j'admets.

— Ah si, il y a bien eu un truc il y a quelques années… Oh, attends, c'était ta bar mitzvah.

Quand Jack est parti, il est impossible de l'arrêter avant qu'il ait achevé sa diatribe, je n'essaie donc même pas. Je ramasse la deuxième raquette, et on improvise une partie contre le mur.

— Ah si, je sais ! continue-t-il. Il y a le jour où M. Caruso a acheté des sodas et des chips. Il y avait même des filles. Ah, merde. C'était une réunion pour le journal. Ou bien quand on s'est tous retrouvés derrière l'école pendant la première heure. Ah non, c'était une alerte incendie.

— J'ai compris, dis-je. (Je renvoie la balle vers l'angle opposé, afin de le faire courir un peu.) Mais là, c'est une soirée étudiante. Et on est invités. Plus ou moins.

— Plus ou moins ?

— C'était implicite. Zach a dit qu'il y aurait plein de monde.

— Je croyais que c'était un sale con ?

Jack renvoie une balle haute, qui vient heurter le plafond. Je la retourne d'un revers derrière le dos qui touche quasiment le sol. Jack plonge sur la moquette et riposte vers le coin opposé. Un coup parfait qui atterrit pile dans l'angle. Je joins les mains devant moi et le salue bien bas. C'est peut-être ce que je préfère, dans le sous-sol de Jack : on peut faire les andouilles autant qu'on veut, il n'y a personne pour nous juger.

— Exact, je confirme. Imagine que l'univers ait volontairement créé le code génétique de la personne que tu détesterais le plus au monde. Ça te donne une idée de qui est Zach. Un connard de première.

— Tu ne vends pas bien ton truc, me répond Jack.

— Tu te rappelles la fois où je t'ai accompagné au Comic Con en costume, alors que je déteste ça ? J'avais enfilé un *legging rouge*, mon pote. Ou quand on a campé devant l'Apple Store parce que tu voulais acheter le nouvel iPhone ? J'ai même regardé le Super Bowl l'année dernière, alors que je trouve le football américain absurde et inhumain. Allez. Je t'en supplie. Rends-moi ce mini-service.

Je sais d'avance qu'il va dire oui.

— Est-ce que Baby Nope sera là ?

— Je ne sais pas.

— Menteur.

— C'est mignon que tu aies peur que je me fasse une nouvelle amie et que je t'abandonne.

— Si seulement c'était le cas… j'adorerais que tu te trouves une copine. Au moins, les gens arrêteraient de nous croire en couple.

— Personne ne nous croit en couple, je réplique.

En vérité, je n'en ai pas la moindre idée. On passe effectivement beaucoup de temps ensemble.

— Allez, tu sais que je suis bien plus beau que Baby Nope, insiste-t-il.

— Jamais de la vie.

— Mes seins sont carrément plus jolis.

Je lui balance ma raquette dessus. Il se penche pour esquiver, même si je le loupe d'un bon mètre.

— Je ne pensais pas qu'il y avait des limites, mais tu viens de les dépasser. Bon, tu viens ? je demande.

— C'est ce qu'ils disent tous, réplique Jack.

— Je te hais.

— Non. Tu m'aimes parce que je vais t'accompagner à cette soirée. Je serai le meilleur faire-valoir de l'histoire, même si j'ai un peu le cœur brisé en pensant que le garçon dont je suis amoureux va se faire arrêter pour avoir piqué dans la caisse pour donner aux pauvres. Sans compter qu'il n'est sans doute pas gay, conclut-il.

— Merci.

— De rien du tout.

— Les gens ne nous pensent pas vraiment en couple, si ? je demande.

— Nan. Enfin, à part ma mère, réplique Jack.

Chapitre dix-sept

Abbi

Personne ne me gâchera cette fête. Ni Noah, qui se tient près du fût avec un autre lycéen d'Oakdale et qui a par deux fois tenté de me parler afin d'accorder nos emplois du temps pour programmer ses interviews, ni Julia, qui n'habite apparemment pas du tout dans mon coin, ce qui signifie que je vais très largement dépasser mon couvre-feu déjà généreux, ni même mes parents, qui m'ont regardée partir depuis la porte pour me faire au revoir de la main avec des sourires ridiculement fiers, comme si j'avais gagné un Oscar ou effectué un vol en solo au-dessus de l'Antarctique, et certainement pas mes poumons, qui se sont échauffés dès que je suis entrée dans cette salle poussiéreuse. Non. Je suis à une fête, une *soirée étudiante*, bondée de nouvelles personnes intéressantes venues d'un autre comté et auxquelles je peux me présenter comme étant simplement Abbi.

Jusqu'à présent, le seul hic est que je ne sais pas comment m'intégrer. Dès notre arrivée, Julia a filé droit vers le bar. Elle est à présent quelque part à l'arrière avec Zach, qui, quand il l'a aperçue, lui a lancé : « Salut, beauté, tu veux qu'on aille se poser dehors ? » Le tout avec un sourire enjôleur destiné à elle uniquement, comme pour souligner que je n'étais pas la bienvenue.

Pour l'heure, je me tiens tout près de Charles, qui me tourne toutefois le dos. De toute façon, qu'est-ce que je pourrais lui dire ? *C'était vraiment un gros caca dans le plac tout à l'heure, je suis contente qu'on m'ait fourni des gants en latex pour le ramasser.*

Il discute avec Natasha, qu'il appelle Tash parce que, bien sûr, les filles comme elles ont droit à des surnoms cool, tout le contraire de « Baby Hope ». Ils se plaignent d'être tous deux en fac de lettres et d'être certains de se retrouver sans emploi jusqu'à la fin des temps. J'hésite à les interrompre pour leur rappeler que les personnes au physique avantageux sont toujours recrutées les premières, et qu'ils ne devraient donc pas avoir trop de problèmes.

— Hé, Abbi ! tente une nouvelle fois Noah.

Son copain et lui sont venus se planter devant moi, et on forme un demi-cercle de lycéens bizarres au milieu d'adultes. Je regrette d'avoir enfilé mon tee-shirt Wonder Woman, mon short en jean découpé et mes sandales débiles ; avec le recul, c'était un choix très immature. Ma mère aurait au moins pu me dire quelque chose. Bien sûr que j'aurais dû mettre des talons, une robe d'été ou une de ces combinaisons trop classes qu'affectionne Julia.

Peu importe qu'elles me donnent l'air d'un bébé. Et pourquoi j'ai choisi des boucles d'oreilles en forme de renard ? Certes, les renards sont mignons, mais pas les filles qui en portent aux oreilles ! Et oui, je sais, je ne devrais pas chercher à attirer le regard des hommes, mais je n'aime pas trop qu'on me prenne pour une gamine.

Cat m'aurait ordonné de les enlever. Elle aurait eu raison.

— Moi, c'est Jack, me dit l'ami de Noah avec un petit coucou de la main.

À première vue, ils forment un binôme étrange. Jack est grand, attire immédiatement l'attention et son look punk soigné déchire ; il ne dépareillerait pas avec mes anciennes copines. Ses cheveux châtains sont ramassés en une espèce de crête négligée, ses ongles sont couverts d'un vernis bleu flashy, c'est typiquement le genre de gars qui pourrait se promener avec une guitare électrique en bandoulière, façon sabre de samouraï. Et pourtant, comme Noah, il dégage une certaine forme de maladresse.

— Alors, Abbi, il paraît que mon pote te harcèle ? m'interroge Jack.

— Disons plutôt qu'il me fait chanter, je réplique en imitant son sourire joyeux mais légèrement nerveux. Tu crois que tu pourrais l'en dissuader ?

— Aucune chance. Il ne m'écoute jamais. Mais Noah est un bon gars.

— Je n'en suis pas convaincue.

— Vous vous rendez compte que je suis juste ici ? intervient l'intéressé.

— Ouaip, je réplique.

Finalement, après avoir passé une bonne demi-heure à ne pas savoir comment engager la conversation, je suis contente de trouver des gens à qui parler, même si l'un d'eux s'amuse à me torturer à ses heures perdues.

— Alors, ça te plaît d'être mono ? m'interroge Jack.

— C'est toujours mieux que l'école, je réplique.

— Tout vaut mieux que l'école, renchérit-il.

— La Syrie, souligne Noah. La Syrie ne vaut pas mieux que l'école. La République du Soudan non plus.

— Je rêve, ou il vient de trouver le moyen de parler de la Syrie à une soirée ?

Je garde un ton taquin, sans méchanceté. J'ai toujours les yeux rivés sur Jack, mais je distingue Noah du coin de l'œil. Il me sourit. Bon, très bien. Il ne manque pas de second degré. Tant mieux. Je me rends alors compte que l'arrière de son crâne est humide. Je me demande s'il a pris une douche rapide avant de remettre les mêmes fringues. Est-ce qu'il a lui aussi passé une demi-heure devant sa penderie avant de baisser les bras ?

— Et il a dit « la République du Soudan », pas seulement « le Soudan », fait remarquer Jack. Il a fallu qu'il se fasse remarquer.

— C'est vraiment un pauvre type, je conclus.

Et même si c'est une vanne nulle, Jack éclate de rire.

— Elle me plaît bien, déclare-t-il à Noah.

J'ai soudain l'impression d'avoir réussi une épreuve que je ne me savais même pas en train de passer.

Je finis la soirée avec Jack et Noah ; bientôt, je ne pense plus à mon tee-shirt Wonder Woman ni au fait que je sois la troisième personne la plus jeune de cette fête. Jack m'adresse même un compliment sur mes boucles d'oreilles renard. Et bien que je ne parle qu'avec des garçons d'Oakdale, je suis pour une fois véritablement Abbi.

Quand Jack part faire un tour aux toilettes, Noah remet sur le tapis notre première interview ; Baby Hope revient alors subitement m'habiter, et je me sens de nouveau peu sûre de moi et désorientée.

— J'ai appelé Chuck Rigalotti. Il est d'accord pour qu'on se retrouve mardi, après le boulot. (Pour la première fois, il semble un peu inquiet, voire un peu navré.) Tu ne seras pas obligée de parler. Je te promets que ça va bien se passer.

— C'est ça.

— Il a refusé l'entretien jusqu'à ce que je lui dise que tu serais là. Sérieux, j'ai besoin de toi.

— Tu as de la chance que je sois de bonne humeur, je rétorque, quoique sentant ladite bonne humeur vaciller.

— Ça va être sympa. Je t'apporterai un granité.

— Un géant, alors. À la cerise.

— Vendu. Autre chose pour votre service ?

— Des fils de réglisse.

— C'est marrant. Ta copine Cat nous a réclamé la même chose l'autre jour. (Je sens mon ventre se serrer.) Vous ne mangez que ça, ou quoi ?

— Attends, tu connais Cat ?

Ma réplique vient casser le rythme de notre joute verbale, ce qui est bien dommage. On commençait juste à bien s'entendre.

— Non, pas vraiment. Enfin, on s'est croisés l'autre soir devant la boutique où bosse Jack. Elle était complètement bourrée, alors il l'a ramenée chez elle.

Noah me considère avec intensité, comme s'il voulait voir ce que mes yeux avaient à lui dire de plus que mes mots.

— Cat était bourrée ? En pleine semaine ?

Je m'éclaircis la voix. Sans sa propension au chantage, Noah serait en fait plutôt sympa. Ce n'est pas sa faute si entendre parler de Cat, et surtout de Cat bourrée, me fait mal au cœur. Je ne sais pas si sa nouvelle activité préférée – picoler ou se défoncer avec Ramona, Kylie et ce groupe de terminales – a suffi à provoquer notre rupture amicale ; disons seulement qu'on n'a plus les mêmes centres d'intérêt.

— Ça va ? Tu as l'air… chiffonnée. Je crois que c'est la première fois que je prononce ce mot.

Il ne sait plus s'il a encore le droit de plaisanter. Si en faisant allusion à Cat, il a dépassé des limites qui m'auraient poussée à révoquer certains de ses nouveaux privilèges.

Je préfère changer de sujet. Cat ne relève plus de ma responsabilité. Kylie et Ramona sont censées veiller sur elle, à présent, même si elles n'ont jamais été très douées dans l'exercice.

— Je crois que je n'ai jamais employé ce mot non plus. Chiffonnée. *Chiffonnée.* Ouais, ça fait bizarre, j'ai l'impression d'être un personnage de roman du XVIIIe siècle. Comme si j'étais sur le point de tomber en pâmoison avant d'être ranimée par des sels.

— À ton avis, les sels sentent vraiment le sel ? m'interroge Noah. Je parie qu'ils ont plutôt l'odeur des chiottes des garçons derrière la cafète.

— Tu es tellement pessimiste. Si ça se trouve, ils sentent très bon. Peut-être qu'ils sentent la rose.

— Ou le chocolat.

— Ou l'herbe fraîchement tondue.

— Ou ton parfum, suggère Noah.

Je rougis alors, car même si j'ignore comment me comporter comme une Tash ou une Julia, je ne manque pas de me tamponner les poignets de parfum le matin. De façon subtile, pas comme si j'avais enfilé une robe ce soir.

— C'est juste que Cat et moi, on n'est plus amies.

Je suis surprise de m'entendre faire cet aveu à voix haute. Sans précision.

— Oh, commente-t-il. En y réfléchissant bien, c'est vrai qu'on ne vous voit plus toujours fourrées ensemble. Enfin, ce n'est pas comme si je t'observais. Tu vois ce que je veux dire. Désolé d'avoir parlé de ça. Je vais me taire, maintenant.

— Ce n'est pas grave. Ça fait chier qu'on ne soit plus amies. Les gens évoluent différemment, voilà tout. Mais tu as le droit d'en parler. C'est juste que c'est un peu… triste ? C'est moi qui vais me taire, maintenant.

On contemple désormais tous deux nos pieds. Il porte ses Converse noires défoncées, les mêmes que celles qu'il a tous les jours au camp, et il pousse doucement ma sandale du bout des orteils. Juste une fois. Comme pour me remonter le moral. Je pousse son pied à mon tour. Une sorte de *merci* timide.

Jack revient alors des toilettes, et Noah et moi nous écartons d'un pas, comme pris la main dans le sac.

Chapitre dix-huit

Noah

— Pas mal, comme approche, dit Jack quand je lui parle du contact tennis contre sandale.

Je suis sûr à quatre-vingt-quinze pour cent que c'est de l'ironie. On rentre de la soirée à bord de sa Civic noire cabossée, qui sent toujours le vieux sac de sport. Jack l'a héritée de son grand frère, Kyle, qui a reçu une bourse pour jouer au foot américain quelque part dans l'Ohio et dont le bras droit est gros comme Abbi. Malgré les tonnes de désodorisant que Jack utilise, il n'arrive pas à se débarrasser de plusieurs années d'odeurs de vestiaire.

C'est auprès de moi que Jack a fait son *coming out* pour la première fois. Puis auprès de Kyle. Les deux fois se sont déroulées aussi bien qu'on peut l'espérer quand tout le monde sait déjà qu'on est gay. Pour être honnête, je crois que Jack a été un peu déçu. Je lui ai décoché un coup de poing amical en lui lançant : « Cool. » Kyle a dit : « Sans déc,

Sherlock ? Reviens me voir quand tu auras quelque chose d'intéressant à m'apprendre. » Lorsque Jack s'en est enfin ouvert à sa mère, deux ou trois mois plus tard, elle lui a répondu : « Mon chéri, tu m'en as déjà parlé quand tu avais trois ans. Ce n'est pas nouveau. » Son père est parti quand sa mère était enceinte de lui, et je me demande parfois si c'est l'absence de figure paternelle qui nous a rapprochés à ce point. Puis je me souviens qu'on a tous les deux ri aux larmes la première fois qu'on a écouté un spectacle de Mitch Hedberg, et je sais qu'il est inutile d'aller chercher plus loin. On se comprend, voilà tout.

— Ce n'était pas une approche. Mais elle est sympa, non ?

— Tu te souviens du mec qui a invité Kelly Bateman au bal de promo en rasant ses poils de torse pour écrire son nom ? me demande-t-il.

— Je n'oublierai jamais cette vision. Surtout l'entaille juste à côté de son téton. Ouille.

— Toi et Baby Hope qui jouez aux détectives ensemble ? C'est une idée encore plus mauvaise.

— Kelly Bateman a quand même accepté l'invit, je souligne.

— Mais à quel prix ? Une cicatrice au téton et des poils qui ne seront plus jamais de la même longueur. Chaque fois qu'il va à la plage, il doit se regarder le torse en disant : *Je te maudis, Kelly Bateman !*

— Quel est le rapport entre les tétons d'Eli Crouch et Abbi, déjà ?

— C’est une métaphore et une parabole. N’empêche, ça ferait un super nom de groupe, Les Tétons d’Eli Crouch.

— Je ne te suis pas.

— Rase un message dans tes poils de torse, et tu ne seras plus jamais le même homme. Suis cette voie avec Abbi, et *bam* ! (Il abat violemment la main sur le klaxon pour souligner son argument.) Tu auras des tétons sanguinolents.

— Tu cherches juste une excuse pour répéter *tétons*.

— J’adore ce mot, confesse-t-il en haussant les épaules.

Chapitre dix-neuf

Abbi

Le lendemain matin, mon père s'est assis dans la cuisine de ma mère pour boire une tasse de café ; ce qui est étrange, puisqu'il possède l'une de ces machines à cappuccino. Et puis, mes parents n'ont pas pour habitude de traîner l'un chez l'autre. Ils ont plutôt tendance à passer en coup de vent pour se servir dans les placards. Une sorte de pillage intermittent.

— Je suis venu voir comment s'était passée ta soirée, me dit-il.

Il est de bien trop bonne humeur pour un matin avant neuf heures. Ces derniers temps, depuis l'apparition de la toux, je suis subitement devenue matinale. Enfin, pas exactement, je déteste toujours le matin, mais à présent je les vis éveillée.

— Où est maman ? je demande.

— Encore au lit, j'imagine.

Mes parents ont divorcé quand j'étais bien trop jeune pour remettre en question la version officielle : ils s'aimaient encore, et moi aussi bien sûr – on me l'a suffisamment répété –, mais il valait mieux pour tout le monde qu'ils habitent dans des maisons séparées. Au fil des années, j'ai peu à peu rassemblé de nouvelles informations. Comme à peu près tout le reste de ma vie, il semblerait que leur divorce ait un lien avec le 11 Septembre. Ma mère voulait se reconvertir dans l'aide aux victimes et trouver un sens à la tragédie. Elle a donc quitté son boulot pour retourner à l'école, passant de l'investissement bancaire à la psychologie.

Mon père, en revanche, a décidé de continuer à travailler, contribuant à installer un nouveau bureau temporaire à Jersey City avec les employés restants. Mes deux parents se sont jetés à corps perdu dans leur nouvelle aventure – mécanisme classique de défense –, et je suppose que, sans qu'ils y prennent garde, leur mariage s'est délité.

— Alors, comment s'est passée ta soirée ?

Mon père est manifestement ravi que j'aie fini par retrouver une vie sociale. Un souci de moins sur sa liste. Je ne peux pas lui révéler maintenant que les amitiés lycéennes ne fonctionnent pas de cette manière. Il ne suffit pas d'aller à une fête, d'avoir une conversation étonnamment agréable avec le garçon qui ne voit en vous que Baby Hope, pour devenir meilleurs amis pour la vie. Toutefois, avoir survécu à ma première soirée post-Cat est une bonne chose. Une petite victoire toujours bonne à prendre.

— Bien.

— C'est tout ? se plaint-il. Je déteste quand tu fais ton ado avec moi.

Je me sers une tasse de café et me réchauffe les paumes autour de la porcelaine. Je bois une gorgée et savoure l'arôme amer.

— Abbi ! Parle-moi, s'il te plaît.

— On est samedi à l'aube. Tu devrais t'estimer heureux de me voir debout.

Mon père, assis en face de moi, se penche en avant. Il semble tellement agité que je vais sans doute avoir besoin d'au moins deux tasses supplémentaires pour me mettre à niveau.

— J'ai hâte de voir mamie demain.

— Tu as compris qu'elle ne sera… pas comme avant, hein ? s'inquiète-t-il.

— Bien sûr.

— Elle ne te reconnaîtra peut-être même pas.

La honte remonte lentement le long de mon échine. Comment ai-je pu ne pas y penser plus tôt ? Maintenant que mon père en parle, je me rends compte que c'est non seulement possible, mais probable. Si ce n'est cette semaine, au moins dans un avenir proche. J'essaie d'anticiper ma réaction – ce que j'éprouverai quand ma personne préférée ne se souviendra plus que je suis aussi la sienne ? quand l'amour que je porte à ma grand-mère ne sera plus partagé ? –, mais j'en suis incapable.

Je n'ai aucun mal à m'imaginer des choses agréables et invraisemblables : les premiers baisers ; tenir la main à quelqu'un au cinéma ; un garçon repoussant une de mes mèches derrière l'oreille.

En revanche, avec les choses tristes et vraisemblables, celles qui me provoqueront à coup sûr un profond chagrin, mon cerveau entre dans une phase de profond déni. Je ne suis pas naïve – je sais qu'elles se produiront. C'est juste que mon instinct refuse de m'y emmener tant que ça n'est pas nécessaire.

— Je sais.

Je mens avec un enjouement qui me surprend moi-même.

Ma mère fait alors son apparition en pyjama, un ensemble rose à carreaux très mignon, et ne paraît pas surprise de trouver mon père ici, dans notre cuisine, à boire son café dans la tasse « Meilleure Maman du Monde » que je lui ai offerte pour la fête des mères en CE1. Était-il prévu qu'il passe ce matin pour préparer l'arrivée de ma grand-mère ?

— Café ? propose mon père.

Maman acquiesce avant de se glisser sur le tabouret voisin du mien. Il remplit un autre mug, ajoute une dose généreuse de sucre et de lait, exactement comme l'a toujours aimé ma mère, et le lui tend.

— Tu te rappelles quand Abbi avait six ans et qu'elle a perdu ses deux dents de devant ? Pendant trois mois, elle a gardé ce zézaiement adorable, et elle n'arrêtait pas de parler, même quand on n'aspirait qu'à lire tranquillement le journal. Et regarde-la aujourd'hui.

Ma mère pose sur moi des yeux scrutateurs, comme si mon père lui avait réellement ordonné de le faire. Elle hoche lentement la tête, d'un air encore endormi. Elle boit une longue gorgée de café. Ma mère d'habitude si gaie semble soudain, si ce n'est morose, au moins ailleurs.

— Avant, je savais toujours ce qui lui passait par la tête. Maintenant, aucune idée, poursuit mon père.

Il me caresse la joue d'un revers de main, avec une tendresse telle qu'il s'imagine sans doute que je rêve de choses magnifiques et précises. Bizarrement, je me demandais seulement à quoi ma mère pouvait bien penser. Même si j'ai autrefois vécu dans les confins de son corps, même si son sang était mon sang, même si la moitié de moi est issue d'elle tout entière, ses pensées restent inexpugnables.

C'est sans doute le cas de tout le monde.

— À cet instant, je pense qu'elle se dit : *Fiche-moi la paix, papa*, devine ma mère.

— Ding, ding, ding, on a une gagnante, je déclare.

Même si, bien sûr, ce n'est pas du tout à ça que je pensais.

Plus tard, je suis allongée sur mon lit et je passe en revue les photos d'hier soir. Je me sers de mon compte secret, celui que peu de gens connaissent, et clique pour voir quelle vision de la soirée ont eu les autres.

Julia a posté une courte vidéo de Zach et elle, assis sur une balancelle dans le jardin de Tash. Elle a la tête rejetée en arrière, comme s'il venait de dire quelque chose d'hilarant, et lui est penché vers elle. Le filtre qu'elle a choisi leur permet d'apparaître en couleur sur un fond noir et blanc. De la poudre d'étoile scintille entre eux tandis qu'ils vont et viennent dans un balancement des plus romantiques. La vidéo, qui a déjà reçu 245 likes, ne raconte pas la même histoire que celle qu'elle m'a narrée hier soir.

« Je ne l'intéresse plus », bredouillait-elle en rentrant, la tête passée par la fenêtre de la voiture tel un chien cherchant l'air. « Je crois qu'il sort avec Tash. Qui peut rivaliser avec elle ? Personne, voilà. » Puis elle a subitement produit un jet de vomi étonnamment gracieux. L'essentiel de la gerbe a atterri dehors. J'ai dû nettoyer le reste avec les lingettes dont je me servais l'année dernière quand je servais de Sam à Cat, Ramona et Kylie.

Sur le chemin du retour, j'ai beaucoup réfléchi au fait que même une fille comme Julia, qui maîtrise à la perfection le ton blasé des gens vraiment sûrs d'eux, qui ne s'est sans doute jamais demandé quoi faire de ses bras, qui sait même vomir avec élégance, puisse se sentir intimidée par quelqu'un comme Tash.

Alors que je fais défiler les images, je m'enjoins de rester en dehors de tout ça. Mon petit rituel du samedi matin consistant à écumer les réseaux sociaux pour vivre par procuration relève du masochisme et ne contribue en rien à m'aider à accomplir ma mission de l'été. Contempler la joie feinte et pailletée des autres est une passion addictive qui a tendance à me saper le moral.

J'étais vautrée sur ce lit, avec ce même téléphone, dans la même position, quand j'ai appris que Cat et moi n'étions plus meilleures amies.

Ça n'avait pas été la surprise totale. Mes copines séchaient souvent les cours – et avaient cessé de me le proposer, puisque je refusais systématiquement. Grâce à Instagram, je savais précisément où elles étaient : toujours dans le sous-sol d'un terminale, toujours avec des verres d'alcool, toujours avec les yeux rouges et la tête sur une épaule de garçon, comme si elles n'arrivaient plus à la tenir.

J'ai fait quelque chose de mal ? j'ai un jour écrit à Cat pendant les fêtes de Noël, car j'avais trop peur de lui poser la question en face. J'ai attendu sa réponse pendant un jour et demi, malade d'inquiétude, et quand elle est enfin venue, j'ai dû me contenter d'un : *Nan. Pk ?*

J'aurais préféré un : *Bien sûr que non*. J'aurais voulu qu'elle me dise que tout allait bien. Que les filles et elle n'étaient pas passées à autre chose. C'est à ça que servent les meilleures amies : à vous convaincre que ces petites voix désagréables dans votre esprit se trompent.

Plus tard dans la semaine, on s'est toutes retrouvées chez Cat, et j'avais été ravie d'y retourner après ce qui m'avait semblé être un exil aussi long qu'inexplicable. C'était environ trois mois après le dernier *Qu'est devenue Baby Hope ?* à l'époque où un chroniqueur quelconque m'avait collé toute une guerre sur le dos.

— Qu'est-ce que ça fait, d'être célèbre ? m'a demandé Ramona.

J'ai alors eu l'impression qu'elle remuait volontairement la merde. Cat et moi parlions rarement de cette histoire – en partie parce qu'il n'y avait rien à en dire, et en partie parce que, jusqu'à récemment, c'était la seule chose qui nous séparait. Son père était *mort* le 11 Septembre. Toute ma famille, y compris moi, avait survécu. Par certains côtés, on pourrait même dire qu'on en a tiré profit, à condition d'estimer qu'être reconnue ou qu'avoir sa figure placardée sur un sac en toile est un avantage.

— Je ne suis pas célèbre. Pas vraiment.

Cat a alors secoué la tête dans ma direction, comme si c'était pile la mauvaise chose à dire. À l'époque, j'avais l'impression de dire toujours pile la mauvaise chose, comme s'il s'agissait d'une discipline artistique que j'en étais venue à maîtriser à force de pratique.

Je croyais qu'on avait depuis longtemps trouvé notre dynamique. Je percevais l'amitié comme quelque chose de statique, pas fluide. Ramona était notre meneuse, Kylie notre voix, Cat notre âme. Rétrospectivement, je me demande quel rôle je pouvais bien jouer. Peut-être les reins – fidèle, un peu trop pragmatique, un peu trop sérieuse. Inutile d'en posséder deux.

Pourtant, je savais qui j'avais été pour Cat : sa moitié, sa meilleure amie, celle qui la fréquentait depuis si longtemps que nos souvenirs d'enfance étaient interchangeables.

Puis, ce dimanche-là, par un froid matin de printemps, alors que j'avais acheté de la teinture pour cheveux orange en espérant que ce soit la solution, que ma couleur m'aiderait à combler le gouffre qui s'était créé entre mes copines et moi, j'ai fixé mon téléphone, où se trouvait la preuve de ce que j'avais sans doute su depuis longtemps : un passé commun n'implique pas nécessairement un avenir commun. Ma meilleure amie ne l'était plus.

Image après image, je découvrais une Cat déchirée en compagnie de Ramona et Kylie à une fête chez Victor Sarmiento.

Un joyeux trio : de grandes moues, pas même des sourires suffisants, des yeux vitreux, des bras autour des épaules, quelques-unes avec les mains sur les hanches, les lèvres en cul-de-poule, une autre avec une fausse moustache au bout d'un bâton. Les cheveux de Cat étaient violets, ceux de Ramona roses, ceux de Kylie bleus. Chacun de ces clichés semblait crier : *ON S'ÉCLATE TELLEMENT SANS TOI.*

Quand j'avais écrit à Cat, plus tôt dans la soirée, pour lui demander ce qu'elle avait prévu, elle m'avait répondu : *Je suis de baby-sitting.*

Un mensonge en cinq mots.

Cat connaissait mes comptes secrets. C'était elle qui en avait eu l'idée, à l'origine, la seule façon que j'avais trouvée de participer à une espèce de vie sociale en ligne sans être harcelée par des trolls ou des adeptes terrifiants de la théorie du complot. C'était elle qui m'avait intitulée absfabs35, qui m'avait fait vivre à Dubaï et qui avait pris une photo de mon crâne pour illustrer mon profil.

Alors, bien sûr, Cat savait également que je verrais ces souvenirs. Pire encore : j'étais convaincue qu'elle *voulait* que je les voie, afin dc mc transmettre ce message qu'elle n'assumait pas.

Voilà ce que j'ai pensé en découvrant ces clichés :

Non pas : *Je déteste Cat.*

Non pas : *Elles sont trop nulles.*

Mais : *Bon, d'accord. On tourne la page.*

Puis : *Elles ne te trouvent même pas digne de porter une fausse moustache au bout d'un bâton.*

Puis : *Il est temps de faire table rase.*

Et c'est ce que j'ai fait. Je les ai laissées me laisser tomber. Je n'ai pas téléphoné à Cat, en larmes, pour lui demander ce qu'il était advenu de notre amitié. Je ne me suis même pas mise en colère. Quel intérêt ? On était amies, puis on ne l'était plus. Tout ne va pas par paire.

Je sais mieux que personne que la trajectoire menant de celle que vous étiez à celle que vous êtes aujourd'hui n'est pas forcément rectiligne.

Chapitre vingt

Noah

Phil est en train de déjeuner quand je descends : des céréales avec une demi-banane (l'autre étant conservée dans du film étirable). Comme chaque matin depuis que je le connais. J'étais content quand ma mère l'a épousé, pas parce que je l'aime bien ni parce que sa baraque est chouette, mais parce que j'étais soulagé de ne plus être seul responsable du bonheur maternel. Je me sers un bol de Froot Loots ; je me plais à l'imaginer jalouser ma consommation de sucre irréfléchie.

— Il paraît que Jack et toi étiez de sortie, hier soir ? Comment c'était ? il me demande tout en pianotant sur son téléphone professionnel.

Phil est avocat, cette conversation doit sans doute coûter 550 $ de l'heure à quelqu'un.

— Sympa, je réponds.

— Tu as conclu ? il demande sans relever le nez.

C'est une blague ? Je ne le pense pas. Phil ne sait pas plaisanter. Rire non plus.

— Tu te rends compte que tu es mon beau-père et qu'on n'est pas dans une fraternité ? Ni en 1995 ?

— C'était pour faire la discussion, c'est tout. (Je cherche le soutien de ma mère, mais elle n'est nulle part en vue.) Écoute, ta maman se fait du souci cette fois.

— Pourquoi, cette fois ?

S'inquiéter est son sport favori. Ça lui plaît encore plus que les cours de vélo en salle où elle se fait hurler dessus, et pourtant elle adore ça.

— Elle trouve que tu as besoin d'amis.

Une fois de plus, il garde les yeux rivés sur son téléphone, et je me demande un instant si c'est bien à moi qu'il s'adresse. Puis la brutalité de son propos me frappe en plein cœur.

— Waouh. C'est violent.

— J'étais content que tu sortes hier soir. À ton âge, je n'arrêtais pas de faire la teuf.

— D'accord.

Je ne comprends rien à ce qui se passe, et je me contente de réponses laconiques. Phil est en costard la semaine et en pantalon de toile le week-end, et ses pyjamas sont ornés de passepoils et de boutons. Je ne l'ai vu en tee-shirt qu'une seule fois en quatre ans, le jour où il avait la grippe, et le col était garni d'un logo représentant un homme à cheval. Si j'avais prononcé le mot *teuf*, il m'aurait répondu, *pas de verlan, s'il te plaît*.

C'est comme s'il s'était réveillé ce matin et avait inscrit sur sa liste de choses à faire : *Sympathiser avec Noah en parlant comme un djeuns.* En temps normal, Phil ne parle même pas l'anglais : il parle le code civil.

— Dis-lui de ne pas s'en faire. Tout va bien.

— Jack est un gamin sympa. Je l'aime bien. Sincèrement. Et je trouve votre amitié vraiment mignonne. Mais tu ne peux pas te contenter de lui.

— Vraiment mignonne, je répète, en insistant sur le côté sarcastique dans l'espoir que Phil s'en rende compte.

Je regrette de n'être pas descendu avec mon téléphone. Au moins, j'aurais pu me pencher dessus, comme il est penché sur le sien, et faire comme si cette conversation n'avait pas lieu. J'enverrais un message à Abbi pour dire *Merci encore*, ou *C'était sympa hier soir*, ou encore *On se voit au camp*, voire simplement *Coucou*. Sans point d'exclamation, surtout.

Mieux valait peut-être ne pas lui écrire. La jouer cool.

— Tu dois te trouver une copine, déclare Phil.

— J'y travaille.

C'est un mensonge, à moins de prendre en compte notre échange du pied, ce que je ne fais pas car c'est trop ridicule. Je n'ai pas la moindre idée de la manière dont on se trouve une copine. J'ai l'intention de le découvrir lors de ma première année de fac, quand je ne serai plus entouré des mêmes personnes que depuis l'école primaire. Quand je rencontrerai des filles qui ne pensent pas tout savoir sur moi sous prétexte qu'on a eu tous les deux Mme Navarette au CP.

Je me demande ce que me répondrait Phil si je lui parlais de mes projets pour Baby Hope. Sans doute que je suis un idiot. Que je devrais proposer à Abbi de sortir avec moi et oublier tout le reste.

— Tant mieux. Ça va faire plaisir à ta mère, réplique-t-il d'un ton définitif, comme s'il avait terminé son interrogatoire maladroit.

— Je te tiendrai régulièrement informé des progrès accomplis, et ne manquerai pas de revenir vers toi en cas de conclusion positive, je réplique d'un ton formel.

— Oh, ce ne sera pas nécessaire.

— Je plaisantais.

— Ah oui, dit Phil. Bien sûr.

Puis il se remet à pianoter.

Chapitre vingt et un

Abbi

— On a prévu de se retrouver après le boulot. Il y a une épicerie à cinq minutes d'ici, pour ton granité et tes fils de réglisse, me lance Noah, surexcité, quand il me croise le lundi.

— Tu as bu trop de café, ou quoi ? Tu as l'air, je sais pas, super heureux, je réplique en l'étudiant de la tête aux pieds.

Il déborde d'une énergie inhabituelle, ce qui n'est pas rien, parce qu'il saute toujours partout comme un petit chien.

— C'est juste une belle journée. La vie est belle.

J'hésite à lui signaler qu'il parle comme dans une pub pour du yaourt. Et puis, quand on y pense, le monde est tout de même particulièrement sombre et cruel. On sait tous que des immeubles explosent parfois sans raison apparente. Ou pour quelque raison géopolitique trop complexe. Et puis des ados de seize ans chopent des saloperies comme la toux du World Trade Center, et des personnes pas si âgées perdent complètement la boule.

Et pourtant, il a raison. Je me retourne et constate que je suis effectivement cernée de bonheurs simples. La vie est belle, essentiellement, ce qui explique qu'on soit tous avides de vouloir en profiter plus longtemps.

— Alors, tu peux conduire ? demande-t-il à nouveau.

— Bien sûr, je réponds.

Son sourire s'élargit un peu plus.

— Merci, dit-il. De bien vouloir faire tout ça.

— Ce n'est pas comme si tu m'avais laissé le choix.

— Je sais. Mais quand même. Merci.

— Ton côté sérieux me met mal à l'aise, je lui signale.

— Et il me fait avoir l'air tellement moins cool. Je peux arrêter, maintenant ?

Je hausse les épaules.

Puis il me pousse doucement du pied, encore contre ces claquettes débiles – ce n'est pas parce que j'ai conscience de mes faiblesses que je suis capable de les corriger – et s'éloigne en courant.

Plus tard, pendant l'activité travaux manuels, alors qu'on fabrique des bracelets sur des tables de pique-nique, Julia vient s'asseoir sur le banc près de moi.

— Désolée pour ta voiture, me dit-elle. Je ne bois pas autant d'habitude.

— T'inquiète. Je n'ai pas eu grand-chose à nettoyer.

Je fais glisser les lettres *A-B-B-I* sur un fil rose, et tends le poignet pour qu'elle m'attache mon bracelet.

— Il y a une autre fête ce week-end. Cette fois, c'est chez Moss, si tu veux venir, m'informe-t-elle.

— Moss ?

— Le mono des guides ?

J'essaie de me rappeler son visage mais en suis incapable.

— Un rouquin qui ressemble à Ron Weasley ?

— Ah, ce Moss-là. (Je ne sais toujours pas de qui elle parle, mais je ne vois pas l'intérêt de le lui révéler.) OK, j'y serai. (Puis, incapable de m'en empêcher, j'ajoute :) Est-ce que tu m'invites seulement parce que tu as dégobillé dans ma caisse ?

Elle me retourne un sourire énigmatique qui laisse penser qu'elle ne me dit pas tout, puis elle fait pivoter mon bracelet, dont le *A-B-B-I* effectue un tour complet.

Comme si c'était une réponse.

Chapitre vingt-deux

Noah

Voici la liste exhaustive de tout ce que je sais de mon père :

Il s'appelait Jason Michael Stern, et était né le 16 février 1968. Selon sa pierre tombale, c'était « un fils, un mari et un père aimé », mais je ne suis pas certain que ce soit très révélateur. Il faudrait vraiment être le pire des connards pour ne pas avoir droit à l'épithète « aimé » quand on est mort lors d'une tragédie nationale.

Il mangeait des sandwichs aux cornichons. Je sais que c'est étrange, mais ma mère me l'a dit un jour, quand j'avais six ans. Je m'accroche à ce savoir depuis lors, comme des gens doivent s'accrocher aux kits de survie qu'ils entassent dans leur sous-sol.

Ma mère a toujours été réticente à me confier des choses sur lui, comme s'il s'agissait d'un jeu à somme nulle et non d'une personne défunte.

Jack me dit que sa mère en fait autant, alors que son père est bien vivant et a démarré une nouvelle vie à Orlando, où il habite avec sa femme et leurs trois enfants. La mère de Jack n'a la langue qui se délie qu'après trois verres de rouge, et même alors, elle ne l'évoque pas directement. Elle allume plutôt la calculette de son téléphone pour estimer combien il lui doit encore en pension alimentaire. Selon Jack, ça ne signifie donc pas que ma mère ne veut pas partager, mais seulement qu'elle est encore trop affectée pour en parler.

Je n'adhère pas à cette théorie. Ma mère excelle depuis toujours dans son rôle de parent célibataire. Elle s'est cassé le cul pour me donner tout ce dont j'ai toujours pu avoir envie ou besoin, sans jamais se plaindre, quelle que soit la quantité de vin consommée. Quand j'ai joué au petit con en CE1 en la suppliant de m'acheter des vêtements de marque alors même que je savais qu'on ne roulait pas sur l'or, elle s'est décarcassée pour me les offrir. Quand elle cuisinait, elle me faisait toujours manger en premier, et j'ai mis des années à comprendre qu'elle le faisait pour s'assurer que j'aie le ventre bien rempli avant d'attaquer sa part.

Je crois que mon père était la seule limite. Elle voulait garder ça pour elle.

Autres détails connus :

Mon père, comme moi, était fils unique, et ses parents sont morts dans un accident de voiture quand il était adolescent. Après des études de science politique à l'université du Michigan, où il appartenait à la fraternité des Phi Beta Kappa, il a travaillé comme trader. Et d'après les dossiers que j'ai retrouvés au sous-sol, c'était un vrai nerd et fier de l'être.

Il faisait souvent des oreilles de lapin à ma mère sur les photos, et adorait porter des costumes ridicules à Halloween.

Dans ce qui doit être l'avant-dernière photo jamais prise de lui, datée du 9 septembre 2001, il serre ma mère dans ses bras juste après avoir appris que j'allais devoir être opéré à cœur ouvert. Mal rasé, il semble épuisé et profondément triste.

Dernier élément potentiellement pertinent : quand on l'a enterré, son cercueil était vide.

Chapitre vingt-trois

Abbi

Noah m'achète de la réglisse, des Skittle, des Oreo et un granité, sans se plaindre quand la note s'élève à trente dollars. Il sort sa carte de crédit, la fait glisser dans la machine et signe le reçu comme si c'était de l'argent bien dépensé. Puis on récupère nos emplettes et on retourne à la voiture.

— Comment elle s'appelle ? me demande-t-il en reprenant ses aises sur le siège passager.

Il fait comme chez lui, remonte les genoux sur le tableau de bord. Comme s'il était mon copilote attitré.

— Qui ça ?

— Ta Prius. Je suppose que tu lui as donné un nom, non ? (Il ouvre le sachet de réglisse et me le tend.) Toute bagnole se doit d'avoir un nom.

— Tu humanises tout, ou seulement les véhicules motorisés ?

— Ma brosse à dents électrique s'appelle Stan, répond-il en haussant les sourcils. (Je ne peux me retenir de rire.) Bon, si on l'appelait Betty White ?

Il tapote sur sa Converse au rythme de la chanson qui passe à la radio – un truc du Top 50 que j'aurais été trop gênée d'écouter en compagnie de Cat, Ramona ou Kylie. Il y a quelques avantages annexes à ma nouvelle vie : je choisis la musique, les séries Netflix et mon propre vernis à ongles.

— Non.

— Ronna McDonald ?

— Toujours pas.

— Belle Inconnue ? Comme ça, chaque fois que tu rentreras dans ta bagnole, tu pourras dire : « Salut, Belle Inconnue ».

Il s'empare du granité posé dans mon porte-gobelet et en boit une longue gorgée. Je n'arrive pas à savoir si son côté sans-gêne me plaît ou m'agace au plus haut point. Comment peut-il déjà être aussi à l'aise ? J'ai passé trente secondes à réfléchir à la manière dont poser les mains sur le volant. Est-ce que les laisser à dix heures dix me donne un air coincé ? Je crains aussi que le granité à la cerise ne rende mes dents rouges. Et je suis tétanisée à l'idée de rencontrer Chuck Rigalotti en chair et en os. Je n'ai aucune envie de transformer ce personnage de photographie en une personne véritable.

— Encore moins.

J'opte finalement pour dix heures dix, mais les coudes baissés : décontractée, tout en respectant les consignes de sécurité. Je compte tendre de temps à autre la main droite pour boire mon granité directement à la paille.

— OK. J'abandonne. Par la présente, je t'accorde toute autorité pour choisir les noms toute seule. (Il croise bizarrement les bras, tel un chevalier armé d'une épée longue, ou comme les gens font parfois dans les églises.) Même si l'idée était la mienne, je renonce à mon droit de veto.

— Sérieusement ?

— Non. Pas sérieusement du tout. Tu devrais savoir à présent qu'au moins cinquante pour cent des mots qui franchissent mes lèvres sont des absurdités.

— Ta brosse à dents électrique ne s'appelle donc pas Stan ?

Noah secoue la tête, et j'éprouve une légère pointe de déception. J'étais contente de connaître un détail aussi intime de son existence.

— La vie, ça craint, pas vrai ? Alors autant s'amuser un peu dès qu'on en a l'occasion. Quand on y pense, il n'y a pas grand-chose qu'une vanne bien sentie ne puisse résoudre.

— De quoi tu parles ? je m'étonne. Quand est-ce qu'une vanne bien sentie a résolu quoi que ce soit ?

Je repense au jour où ma mère m'a dit que, quelques semaines après le 11 Septembre, un magazine avait décrété en couverture la fin de l'ironie, comme si tout le monde avait décidé qu'on ne rirait plus jamais. C'était une façon détournée de dire que la vie ne serait jamais plus comme avant. Il s'avère qu'ils avaient raison et tort à la fois.

— Et puis, on est en train de rechercher des survivants du 11 Septembre pour un article dans le journal du lycée. C'est loin d'être marrant.

— C'est vrai. Mais on peut être simultanément sérieux et drôle. Comprendre l'humour c'est quelque chose de très sérieux, et l'humour nous aide à survivre aux événements sérieux, déclare-t-il. C'est une théorie toute bête, quand on y pense. Les deux sont dépendants l'un de l'autre, pas contradictoires.

Je prends le temps d'y réfléchir, d'analyser cette maxime, en me demandant ce que ce magazine pouvait vouloir désigner par *ironie*, un mot qui me fait penser à des moustaches de hipster et à des tee-shirts ringards. Je me rends alors compte que je ne suis plus nerveuse.

Noah n'est qu'une personne parmi tant d'autres.

Chuck également.

Et moi aussi.

Chapitre vingt-quatre

Noah

Ça pourrait être un vrai fiasco. Avant même qu'on sonne, la triste pelouse clairsemée me met la puce à l'oreille. Des prospectus claquent contre la moustiquaire éventrée tels des oiseaux à moitié morts. Même si je ne plaçais pas de trop grands espoirs dans ce bon vieux Chuck. Déjà, au téléphone, il m'a donné l'impression d'être un vrai connard. Tout en sarcasmes colériques déguisés en de vagues taquineries quand je lui ai dit qu'on le retrouverait après le camp.

— Le camp ? a-t-il répété, incrédule.

— On est *moniteurs*, ai-je rétorqué, comme si cela pouvait faire la moindre différence. Comme si j'avais été blessé dans ma dignité.

Je ne me suis pas senti nerveux en voiture avec Abbi, ne pensant qu'à nos en-cas et aux bêtises que je pouvais raconter dans l'espoir de la faire marrer. Mais maintenant que je me retrouve à la porte, je commence à suer et à me demander ce que je suis en train de faire.

Cela m'arrive tout le temps. J'ai l'impression d'avoir une bonne idée, jusqu'à ce que je me rende subitement compte du contraire.

Chuck ouvre la porte. Il ressemble trait pour trait à la photo de son site Internet. Même sourire feint et passif-agressif. Mêmes yeux ternes et perfides. Il nous invite à entrer d'un geste du bras, comme s'il nous accueillait dans un palace et non dans cette bicoque qui aurait grand besoin d'un coup de peinture.

Il nous mène à un canapé au bout duquel repose une couverture à moitié pliée. Les fenêtres de devant sont ouvertes, une odeur de fumier vient donc se mêler à celle du parfum âcre de la javelle. Chuck a fait le ménage, sans doute en prévision de notre venue. La table basse porte des traces d'éponge. La moquette bleue est zébrée par le passage de l'aspirateur. Ses cheveux sont humides et peignés, et même s'il est entre deux âges, il a un visage étonnamment juvénile, et on s'attendrait presque à le voir porter une barboteuse.

— Waouh. Baby Hope. Regarde-toi ! s'exclame Chuck. J'ai beaucoup pensé à toi au fil des années. Ça fait bizarre d'avoir participé au même truc sans s'être jamais rencontrés. Bien sûr, ce n'est pas pareil pour toi. Au premier rang, en plein milieu.

Il s'est installé en face de nous sur un relax en cuir fatigué, seul objet de cette maison semblant être apprécié. Il pose les coudes sur les genoux et tape dans ses mains à plusieurs reprises, comme pour nous encourager à parler.

— C'est toi, le symbole, poursuit-il. Nous, on n'est que des figurants. Ravi de constater que tu te portes bien.

— Ça va, confirme Abbi, timidement.

Je la sens malgré tout se contracter près de moi.

— Tu n'imagines même pas combien de fois je me suis demandé ce qui avait pu t'arriver, reprend-il.

Je devine qu'Abbi a déjà dû entendre ça. Ça doit être tellement bizarre, de savoir que de parfaits inconnus pensent à vous. Personne ne pense à moi, pas même les autres élèves du lycée, à quelques rares exceptions près : Jack, ma mère et, quand ma mère le lui signale, mon beau-père.

— C'est très gentil à vous, réplique-t-elle avec une bienveillance travaillée.

— C'est la vérité, affirme Chuck.

— Il ne m'est rien arrivé, explique Abbi. Pas vraiment.

Sa voix n'est qu'un tout petit filet, et je résiste à la tentation de lui passer un bras autour du cou pour la protéger. Je sais ce que je fais ici, et j'ai bien l'intention de poursuivre mon enquête. Ce qui ne lui rend pas la situation confortable. Ni ne me donne raison.

— Tu as grandi ! *Tu as vécu.* Ils ne t'ont pas tout pris. Bon, fait-il en tapant à nouveau dans ses mains. Vous voulez boire quelque chose ? Il fait chaud, aujourd'hui. J'ai grand besoin de me rafraîchir.

Chuck se lève sans attendre notre réponse et se dirige vers ce qui doit être la cuisine. Il en revient quelques minutes plus tard avec une bouteille de bière et deux canettes de Coca. Il dépose les sodas devant nous.

— Je suppose que vous n'êtes pas seulement passés dire bonjour, déclare Chuck.

— Merci de prendre le temps de nous recevoir, je réponds. Je voulais juste vous poser quelques questions. Sur ce jour-là. Nous recherchons toutes les personnes présentes sur cette photo.

Je m'efforce d'empêcher ma jambe de trépider. Je ne voudrais pas que Chuck ou Abbi se rendent compte de ma nervosité.

— Pourquoi ? demande-t-il.

— Je crois que ça ferait un super article pour le journal de l'école. Découvrir ce qui est arrivé aux survivants. Entendre leurs histoires…

— Leurs *histoires*, répète-t-il avec la même amertume qu'au téléphone, quand il m'a entendu prononcer le mot *camp*. Je déteste ça. On n'est plus des personnes, on est des *histoires*.

Il s'adresse à Abbi. Pas à moi. Je ne lui rappelle pas que même lui a avoué s'être interrogé sur le sort de Baby Hope. Que la curiosité est universelle.

Naturellement, ce serait le moment idéal d'abattre ma propre carte du 11 Septembre. Je pourrais expliquer que je fais partie du club, que j'ai moi aussi droit à l'accès gratuit au musée et ainsi de suite. Cela m'attirerait peut-être les bonnes grâces de Chuck, mais sans doute pas celles d'Abbi. Je ne sais pas. Pour une raison qui m'échappe, je ne peux me résoudre à en parler à voix haute. Ça ressemblerait à une imposture.

— Je ne voulais pas vous insulter. Je suis journaliste, et…

Chuck se moque ouvertement de moi, puis se couvre la bouche, comme repentant. Je repense à la photo, à la frustration de me heurter sans cesse à des portes closes. Je décide d'opter pour une version de la vérité.

— Bon, d'accord, je ne suis pas vraiment journaliste. Vous avez complètement raison. Je suis un gamin qui joue au grand, et la plupart du temps je me comporte comme un gros imbécile. Mais je n'essayais surtout pas de dire que vous étiez une histoire plutôt qu'une personne. Je crois que nos histoires sont justement ce qui fait de nous des personnes. Nous avons chacun une histoire. Vous voyez ce que je veux dire ? (Évidemment que non.) Les histoires sont comme… la devise du lien social. Et toutes vos histoires tissées ensemble racontent l'histoire plus vaste de l'histoire de notre pays depuis ce jour.

Je m'exprime d'un ton à la fois sérieux et implorant. Pas tout à fait l'effet recherché. J'imaginais plutôt une tirade à la Sorkin. Rapide, précise, convaincante.

— C'est qui, ce môme ? demande Chuck à Abbi, avant de finir sa bouteille d'une lampée. « Les histoires sont la devise du lien social » ? Tu as lu ça dans un livre ?

Je me demande si Chuck a un jour eu le sens de l'humour. Si le chagrin l'a rendu méchant et a remplacé sa bonne humeur par de la dérision.

— Non, je rétorque. Si ringard que ça puisse paraître, c'est réellement ce que je pense.

— Mon histoire… commence Chuck.

Pour la première fois depuis que nous nous sommes assis, il ne semble pas sur le point de bondir. Il paraît épuisé, comme si cette bière avait usé ses dernières forces.

— Toute mon histoire consiste à dire que j'ai vécu. Il n'y a franchement rien d'autre à ajouter, si ? J'ai eu la chance de connaître cette existence de gloire et de félicité.

Il se fend d'un sourire tremblant. Je déteste ce genre de situation – quand quelqu'un balance une plaisanterie à laquelle il ne faut surtout pas rire. On laisse s'écouler un silence gêné et interminable. Abbi et moi contemplons nos pieds. Que répondre à cela ? *En effet, monsieur, votre vie semble déborder de gloire et de félicité.*

— Le truc, c'est que ça m'a complètement transformé. Vous êtes trop jeunes pour comprendre. Une seule journée peut tout bouleverser. Le plus étrange – et je ne plaisante pas –, le plus étrange c'est qu'après coup, j'étais… censé être reconnaissant. Et c'est toujours le cas.

Il ne place aucun sarcasme en prononçant *reconnaissant*. Seulement une profonde incrédulité.

— Je n'arrive toujours pas à m'y faire. Que dans le sillage d'un événement de cette importance, nos espoirs soient à ce point taillés en pièces. Peu importe que je n'aie pas bien dormi depuis quinze ans. On s'en moque que chaque fois qu'une bagnole pétarade, je me planque comme si j'étais sur le front au Vietnam. Et qu'on ne me lance surtout pas sur ma relation avec ma femme. Enfin, mon ex. Mais quand même, sous prétexte que je me réveille chaque matin, je devrais me sentir reconnaissant ?

Il formule sa phrase comme si nous étions venus l'aider à résoudre un mystère, et non le contraire.

— Vous savez ce qui m'aurait réellement fait plaisir ? Que rien de tout cela ne se produise.

Je reste muet, Abbi également. Je suis à l'évidence un journaliste merdique. Je devrais lui demander ce que ça fait d'avoir sa vie tourneboulée du jour au lendemain. Lui demander s'il a divorcé à cause du 11 Septembre, ou si tous ses maux trouvent leur source dans le même événement ? Lui demander s'il connaît les autres personnes sur la photo. Au lieu de quoi, je pense à Poète, le chien de mon vieux voisin, qui un dimanche après-midi s'est fait renverser par un connard qui envoyait des textos en conduisant. J'ai entendu son cou se briser de l'autre bout de la rue. Après quoi, il est resté allongé, désarticulé, sur le bitume, et en plissant les paupières on aurait presque pu croire à un écureuil.

Et pourtant, je ne pourrai jamais oublier ce bruit.

— Voilà ce que je pense, quand je m'autorise à songer à cette journée, ce qui n'arrive jamais. Pas si je peux l'éviter, ajoute Chuck, et je comprends soudain que cette entrevue lui en coûte bien davantage que je ne l'avais imaginé. Je pense aux milliards d'éclats de verre qui ont plu autour de nous telle une grêle infernale. Un mois plus tard, on m'en a retiré un morceau de la jambe.

Je ne l'ai remarqué qu'après que la blessure s'est infectée. Ma femme adorait raconter cette histoire, comme si elle était révélatrice de tout ce qui clochait chez moi. Comme si j'étais le genre de type qui se promenait avec une plaie béante sans s'en rendre compte. Je n'ai jamais trouvé ça très juste de sa part, de déformer la réalité de la sorte.

Chuck se lève et va ouvrir la porte, sa façon de nous dire qu'il en a terminé. Je l'ai peut-être jugé trop rapidement, en me basant sur sa maison en décrépitude, sa bière sifflée en quelques secondes et ses remarques acerbes. J'ai cru que cela suffisait à tout savoir de lui. J'aimerais trouver quelque chose à lui dire à présent, comme *Merci* ou *Désolé* ou *Je vous promets de ne pas vous transformer en métaphore comme votre ex-femme.*

Ou alors, *Je comprends que vous ne vouliez plus nous parler.*

— Merci d'être passée, Hope, déclare-t-il. Si tu as besoin de quoi que ce soit, tu sais où me trouver.

— C'est Abbi, en fait, répond-elle d'une voix si fluette que je ne suis pas certain qu'il l'entende.

— Vous avez l'air d'être de bons gamins, et je suis sincèrement navré de ne pas pouvoir vous offrir ce que vous êtes venus chercher. Je suis heureux d'être en vie. Vraiment. (Sa voix se brise et il ferme les paupières, avant de les rouvrir presque aussitôt.) Même après toutes ces années, c'est difficile d'en parler.

Je n'avais jamais vu un homme adulte retenir ses larmes. Enfin, si, à la télé, dans les feuilletons ridicules que ma mère regarde ou dans les reportages sur les zones de catastrophes. Mais jamais en vrai. Jamais d'assez près pour que je me demande comment réagir. Je découvre que cela active apparemment mes propres canaux lacrymaux.

Tout ce qui me vient en tête, c'est « *courage, courage* » – un mot stupide, répété pour en accentuer l'idiotie.

Abbi, en revanche, semble être totalement dans son élément. Elle se dresse sur la pointe des pieds et enlace Chuck en passant les bras autour de son cou. Il l'étreint en retour, de façon tout à fait détendue, semblant apprécier cette marque de compassion. Comme si elle avait fait exactement ce qu'il fallait.

— On va s'en remettre, lui lance-t-elle.

Et il acquiesce, comme s'il venait de recevoir une bénédiction. Elle lui sourit avec calme et grâce ; à mon grand étonnement, il lui sourit en retour. Abbi est dans son élément.

— Tu as raison, répond Chuck. On va s'en remettre.

Je contemple le sol, puis avise les menus à emporter coincés dans l'embrasure de la porte. Je repense à toutes les questions que je n'ai pu me résoudre à poser.

Chapitre vingt-cinq

Abbi

— Ça n'avait vraiment rien d'amusant, je déclare.

On est sur la route du retour, et un triste monticule de détritus à l'odeur de cerise repose aux pieds de Noah. La radio diffuse une ballade larmoyante dans laquelle le cœur de la chanteuse se fait piétiner par la botte d'un cow-boy, et même si l'amour semble être de ces choses qui n'arrivent qu'aux autres, cette chanson m'émeut profondément. Voilà ce qui arrive quand j'endosse mon costume de Baby Hope pour un après-midi – j'ai toujours l'impression d'être en représentation.

— Ça ne va pas être facile, hein ? me demande Noah.

— Non, je confirme.

C'était effectivement assez horrible de voir ces mots cascader de la bouche de Chuck. C'est tellement curieux de me sentir comme le miroir déformant des émotions d'autrui. Baby Hope est un *amplificateur*. Je ne sais pas trop comment réagir quand je vois un homme adulte affecté par ce genre de souvenirs. Mon premier instinct est toujours de le réconforter, de traverser des frontières que je n'aurais jamais réellement envisagé de franchir dans un autre contexte. Quand je ne suis pas Baby Hope, je n'ai pas l'habitude d'étreindre des inconnus.

Chuck tousse-t-il, lui aussi ? Je me pose la question.

— Merci de ne pas ajouter *Je te l'avais dit*, commente Noah.

— Je te l'avais dit.

Il rit.

— J'ai une théorie selon laquelle on peut en apprendre beaucoup sur la personnalité de quelqu'un en le regardant manger un Oreo, reprend-il après avoir fouillé dans le sac de courses pour en sortir un plateau en plastique couvert de gâteaux.

— Tu as beaucoup de théories étranges.

— Il y a ceux qui les ouvrent pour lécher la crème à l'intérieur, ceux qui commencent par le biscuit, et ceux qui ne se posent pas de questions et les mangent comme ils viennent. Il y a des tas de combinaisons possibles.

Son ramassis d'absurdités détend quelque peu l'ambiance dans la voiture. On laisse volontairement s'évaporer les choses difficiles.

— Ça ne fait que trois possibilités, je souligne en entrant dans son jeu. Ce n'est pas non plus incroyable.

— Mais peut-être que tu n'en manges que quand tu es seule, en petite tenue. Ou que le jour de ton anniversaire, tu t'enfiles toute la boîte. Ou que tu les plonges dans du lait par nostalgie pour ton enfance lointaine.

— Ce n'est qu'un biscuit.

— Techniquement, c'est plutôt deux biscuits avec de la crème au milieu.

— Et tu penses que la manière de bouffer un Oreo compte vraiment ? Tu es sûr que ce n'est pas juste pour faire la conversation ?

Je m'interroge sur Noah. Je sais qu'il est en train d'essayer de me distraire, de *nous* distraire de cette scène que nous venons de fuir. Parfois, j'ai l'impression que ces deux tours ne cesseront jamais de tomber.

— Ce n'est pas pour faire la conversation ! Tout réside dans les détails. Regarde ta voiture, par exemple. Elle n'est toujours pas baptisée. Elle est en outre immaculée, du moins elle l'était avant que je m'y installe, et il y a même ce petit panier à l'avant : des mouchoirs ; du baume à lèvres ; et une lampe de poche. C'est quoi, ce truc ? Bon sang, tu as une lacrymo ? C'est du génie.

— Tu te paies ma tronche ?

— Non ! Pas du tout. Je pense que les gens ne font pas suffisamment attention aux petites choses chez les autres. Alors que c'est le plus intéressant.

Noah prend un Oreo, parvient à le casser en deux en faisant en sorte que la crème soit bien répartie, et m'en donne la moitié.

— Je commence toujours par le milieu, je confesse. Puis je le regrette, parce qu'il ne me reste que les biscuits sans intérêt. Et pour info, je n'ai jamais mangé d'Oreo quand j'étais en petite culotte.

— Intéressant, et pas seulement parce que tu as parlé de ta culotte, tu devrais le faire plus souvent.

— Arrête, je lance, même si je sens ma bouche former un sourire et mon visage rougir.

— Nonobstant ta lingerie délicate, je veux juste dire que quand on se donne la peine d'ajouter tous les détails d'une personne, quand on les observe d'assez près, c'est comme ça qu'on parvient à obtenir une image globale. (Il a de nouveau les genoux posés sur le tableau de bord, et ses mains jointes forment comme un hamac pour sa tête.) Et je m'intéresse à toi parce que, crois-le ou non, j'aimerais devenir ton ami.

Je ne crois pas avoir jamais entendu quelqu'un prononcer ces mots à voix haute, comme si c'était facile à admettre, comme si s'ouvrir à autrui ne comportait aucun risque : *J'aimerais devenir ton ami.*

— Mon ami ? Maître chanteur ne te suffit plus ?

— Je peux être un ami maître chanteur.

— Ou un maître chanteur amical.

— Tu sais à quoi je pense ? reprend Noah en pivotant sur son siège pour me regarder.

Ses grosses lunettes ne suffisent pas à dissimuler son regard qui, à l'instar de cette journée, renferme trop d'émotions : de la curiosité, de l'espièglerie et de la douleur.

— À la manière dont je mange mes Oreo, ou au fait que plaisanter avec son maître chanteur pourrait bien être un symptôme du syndrome de Stockholm ?

— Je pense que les gens te confondent parfois avec Baby Hope.

— Mais je *suis* Baby Hope.

— Non, tu es Abbi Goldstein. Une fille qui, ainsi que j'apprends à le découvrir, aime les tee-shirts Wonder Woman et les claquettes, qui a toujours sur elle une bombe lacrymo et un nombre inquiétant d'inhalateurs, et qui éprouve de la nostalgie chaque fois qu'elle mange un Oreo. C'est quoi, au fait, le syndrome de Stockholm ?

— Quand les personnes kidnappées commencent à éprouver de la sympathie pour leurs ravisseurs, j'explique.

— Je ne t'ai pas kidnappée. Pour info.

— C'est moi qui ai fait la première page de ce foutu *New York Times* il y a presque seize ans, je poursuis. Je suis Baby Hope.

— Non. C'est une *photo* de toi. Ça fait une grosse différence.

— Tu crois ? Tu as dit toi-même que nos histoires faisaient de nous ceux qu'on était.

— Tu n'as pas écrit l'histoire de Baby Hope. Ça ne veut pas dire que tu n'en portes pas le fardeau. Alors elle ne t'appartient pas. Pas vraiment.

J'écrase la larme qui s'écoule lentement et de façon complètement inattendue sur ma joue gauche.

Il s'agit peut-être de la chose la plus perspicace qu'on ait jamais dite à mon sujet.

Chapitre vingt-six

Noah

Quand je rentre à la maison, ma mère et Phil sont assis devant les infos. Phil pianote sur son ordinateur portable, plongé dans son travail, comme d'habitude. Je remarque que ma mère est en train de pleurer.

— Est-ce que ça va ? je m'inquiète.

— Le monde est vraiment un endroit horrible, affreux, abominable parfois, répond-elle. C'est tellement gratuit.

Puis elle se retourne vers l'écran, sur lequel défilent les images des conséquences d'une nouvelle fusillade, cette fois dans un collège du Middle West. Quarante-cinq enfants abattus en à peine six minutes de folie. Je me détourne. J'ai été témoin de bien assez de tragédies pour la journée.

— Tu crois ?

— Viens me faire un câlin pour me remonter le moral.

Je me penche vers elle et la laisse me passer les bras autour du cou. Elle inspire profondément – et je me rends compte qu'elle me renifle, comme si j'avais toujours l'odeur réconfortante d'une tête de bébé. Je réprime un soupir d'agacement devant un tel accès de maman-itude.

— Ta mère est trop sensible, intervient Phil, comme s'il la trouvait à la fois charmante et idiote.

Dès qu'elle me relâche, je résiste à l'envie subite de coller un pain à son mec.

Quarante-cinq enfants morts.

Je ne fais rien, toutefois, parce que je suis moi, et que Phil est Phil, et que je n'ai jamais cogné personne dans ma vie, à part Jack en CE2. Mais si j'avais effectivement balancé un bourre-pif à mon beau-père, je pense que sa priorité aurait été de ne pas mettre de sang sur le canapé.

J'embrasse ma mère à quatre reprises sur le sommet du crâne – un truc entre nous –, puis je me précipite dans ma chambre avant de casser quelque chose.

Je ne m'autorise pas trop longtemps à ruminer sur ce bol de céréales aux fibres qu'a épousé ma mère. Ni sur le fait qu'elle ne pleure probablement pas que ces enfants, mais aussi mon père. Ni sur le fait que, dans quinze ans, il y aura peut-être un autre moi dans une ville du Middle West, qui décidera très égoïstement que ses préoccupations personnelles sont suffisamment importantes pour raviver des blessures à moitié cicatrisées.

Chapitre vingt-sept

Abbi

Je fonce droit vers la chambre d'amis, aussi impatiente qu'inquiète d'apercevoir ma grand-mère. Elle est allongée sur le lit, équipé de barreaux amovibles, comme ceux de l'hôpital. Elle a les bras croisés et ses yeux noisette sont grands ouverts. Parfaitement immobiles. Elle n'a pas changé depuis la dernière fois que je l'ai vue, pendant les vacances de printemps, deux mois plus tôt. Ses longs cheveux gris sont tressés en sa natte habituelle. Elle porte un tee-shirt noir délavé sur un jean bleu.

— Qu'est-ce que tu fais ? je demande.

Ça a toujours été notre manière de procéder : sans formalités, les bonjour, au revoir et à bientôt de l'existence. On va toujours droit au but.

— Je fais la morte, me réplique-t-elle de sa voix chaude, amicale, limpide et pleine de vie.

J'éprouve un profond soulagement. Quelques mots me suffisent à comprendre qu'elle sait parfaitement qui je suis.

— Hum, pourquoi ?

Je m'avance dans la chambre sans cesser de la détailler. Elle a peut-être quelques mèches blanches supplémentaires, quelques rides nouvelles sur le front. Ses mains, autrefois douces et joueuses, paraissent désormais vieilles et ratatinées, endurcies au bout de ses longs doigts.

Mais le reste, l'immense majorité de son corps : inchangé.

Ou du moins familier, reconnaissable.

— Pour m'entraîner.

— Je ne pensais pas qu'on avait besoin d'entraînement pour ça.

— C'est toujours bien de se préparer.

— Personne n'a dit que tu allais mourir.

— Tout le monde meurt, Abbi Hope. Tu es mieux placée que quiconque pour le savoir.

Mon cœur se serre un instant, et je pense : *Elle sait. Bien sûr, qu'elle sait.* J'ai l'impression d'être délestée d'un lourd fardeau. Puis je comprends qu'elle parle du 11 Septembre, de moi bébé. Évidemment qu'elle ignore tout de ma toux.

— C'est vrai. Mais je trouve ça bête de s'entraîner.

Je m'approche encore. J'aimerais la prendre dans mes bras, la porter telle une enfant de quatre ans. Je n'avais encore jamais ressenti ce besoin avec ma grand-mère. Avant, je montais sur ses genoux et m'y installais comme sur un fauteuil confortable.

Je glissais ma main morveuse dans la sienne chaque fois que j'en avais l'occasion, ainsi que Livi le fait avec moi.

Je levais la tête pour la regarder. Je ne la baissais pas. Jamais.

— Viens me raconter, dit-elle.

Elle entreprend de s'asseoir, lentement, sans à-coups, un lent processus mettant à l'épreuve ses coudes, ses poignets, puis ses mains noueuses. Lorsqu'elle s'est redressée, elle m'étreint fermement.

— Tu sens toujours pareil, dit-elle.

Je comprends alors qu'elle me jauge ainsi que je l'ai jaugée, énumérant mes changements.

— Toi aussi, je réponds.

— J'aimerais pouvoir emprisonner ton odeur. J'ai du mal à accepter que ça disparaisse. Même ma mémoire sensorielle finira par m'échapper.

Sa voix est déterminée. C'est d'elle que ma mère a hérité son stoïcisme. Chez maman, il prend la forme d'un enjouement feint ; chez mamie, tout est franc et direct quand on en vient aux choses sérieuses. Elle énonce un fait, sans sensiblerie. Au lendemain de la mort de mon grand-père, son mari pendant plus de quarante ans, ma grand-mère est sortie du lit, s'est brossé les dents et est descendue préparer du café pour le reste de la famille. Ainsi que des bagels tranchés, avec de la crème de fromage et du saumon fumé. Et quand tout le monde a eu fini son petit déjeuner, elle a tapé dans ses mains et lancé : « Bon, par où on commence ? »

— Écoute, je préfère t'y préparer. Aujourd'hui, je suis dans un bon jour. Ça ne sera peut-être pas le cas demain. C'est comme ça, avec cette maladie.

Elle est tellement identique, tellement ma mamie – elle prend si bien soin de moi – que j'en ai mal au cœur.

— Ta mère m'a dit que j'étais sortie sans pantalon, reprend-elle. C'est pour ça que je suis venue ici.

— Apparemment, tout l'État du Maine a apprécié le spectacle, dis-je avant de m'asseoir près d'elle. (Je m'installe en tailleur, comme les enfants au camp.) Tant mieux pour eux. Tu as de très jolies gambettes.

— Tout à fait, confirme-t-elle en les étendant comme pour les admirer.

Puis elle me prend les mains et contemple mes paumes. Elle en dessine les lignes comme s'il y avait là quelque chose à déchiffrer, comme si elle essayait d'en immortaliser chaque détail.

— Je ne m'en souviens pas. C'est comme si c'était arrivé à quelqu'un d'autre. J'ai demandé une photo à ta mère, comme preuve. Elle m'a montré le rapport de police. Par chance, personne n'a vraiment pris de photos.

— Je suis tellement désolée, mamie.

J'essaie d'imaginer ce qu'elle peut ressentir. Savoir que des pans entiers de sa mémoire disparaissent. Des cases vides alors qu'elles devraient être pleines. J'essaie d'imaginer devoir regarder une photo pour prouver quelque chose qui me serait arrivé, puis je me rends compte que, bien sûr, je fais ça depuis toujours.

— Ne le sois pas. La Vie avec un grand V. Parle-moi plutôt de toi.

— Rien de bien neuf, je réponds. Tu sais. Que du vieux.

— Il paraît que Cat t'a laissée tomber.

Je ris malgré moi. Le martyre de ma grand-mère s'accompagne de franc-parler. Lorsque la puberté m'a frappée et que l'acné a envahi mon visage, elle m'a regardée avant de déclarer : « La bonne nouvelle, c'est que cette phase gênante aide à forger la personnalité sur le long terme. »

— Parfois, on s'éloigne en grandissant.

Et même si je ne parle pas d'aspect physique, je ne peux m'empêcher de considérer mon corps. Je pourrais aisément passer pour une gamine de douze ans. Je me demande si c'est aussi simple. Je ne suis pas si petite, mais je n'ai pas poussé au même rythme que mes amies. Elles se sont approchées plus vite que moi de l'âge adulte – du moins, de leur version de l'âge adulte. Ce qui est paradoxal, quand on réfléchit à tout ce qui s'est passé depuis. Toutes les manières dont le temps a désormais changé pour moi et s'écoule à toute vitesse.

— Trouve-toi de nouveaux amis, me conseille ma grand-mère.

Ses mains remontent vers mes coudes, puis jusqu'à mes épaules. On dirait qu'elle tente de me lire en braille.

— Des amis qui te correspondront davantage.

— J'essaie.

— Tu veux t'entraîner à faire la morte avec moi ? C'est bizarrement rigolo.

— D'accord.

On se laisse alors toutes deux tomber en arrière, à plat dos, et on joint automatiquement nos mains. On n'est peut-être plus dans sa vieille maison du Maine. Je n'ai peut-être plus six ans, et il ne me suffit plus de me mettre une passoire sur la tête pour m'amuser. Et pourtant, on joint nos paumes, comme on l'a toujours fait, chacune se raccrochant à l'autre.

Et on s'entraîne ensemble. En gardant les yeux ouverts, cependant. Au cas où.

Chapitre vingt-huit

Noah

De retour dans le sanctuaire qu'est ma chambre, je sors mon téléphone, mais suis incapable de me concentrer. Jack m'envoie un texto pour me proposer de passer, et je lui réponds : Longue journée. Je n'arrête pas de revoir Chuck et son visage brisé. Ou les yeux d'Abbi quand elle s'est penchée pour l'enlacer. Ou ces gamins morts, aux infos.

Merde. La journée a été dure.

L'histoire des sosies de Jack ne tient pas la route. Les photos ne mentent pas. Pourtant, il doit y avoir un moyen de me lancer là-dedans sans forcément entraîner Abbi avec moi. J'aimerais juste le découvrir.

Je commence à taper : Abbi, je suis désolé.

J'efface. Je recommence : On n'est pas obligés de continuer.

Je réessaie : Je ne suis pas vraiment un connard. J'ai un truc à te dire.

Durant le trajet du retour, on a réussi à oublier Chuck. On s'est laissés porter par sa petite Prius, rentrant vers une destination qui ne nous déplaisait pas. Malgré tout, on s'est amusés.

Je ne sais pas trop pourquoi j'éprouve à nouveau cette lourdeur, comme si Chuck m'avait suivi à la maison, dans l'escalier, jusqu'à ma chambre.

J'efface tout et recommence une nouvelle fois : Merci pour aujourd'hui. T'es la meilleure.

J'appuie sur « envoyer », puis j'éteins mon téléphone pour ne pas voir si elle me répond.

Chapitre vingt-neuf

Abbi

Trois jours après l'interview de Chuck, je suis surprise de me retrouver dans le sous-sol de Jack, à grignoter du salami pioché sur un plateau savamment recouvert d'amuse-gueules délicats comprenant trois variétés de fromage. Je suis donc assise sur un vieux canapé défoncé qui semble avoir vécu plusieurs vies et souffre de trous béants dont jaillissent des tripes jaunes pelucheuses, coincée entre les deux garçons. On est face à un écran noir, les pieds posés sur la table basse ; on doit ressembler à la pochette d'un vieux groupe indépendant. Converse, claquettes/ongles pailletés, Vans. Les trois paires de pompes sales et adorées.

— Alors, vous allez chez Moss ce week-end ? je demande après une heure de conversations sans queue ni tête.

Je ne sais toujours pas qui est ce Moss, mais j'aime le sentiment que me procure le fait de prononcer son nom, l'impression que Noah et Jack vont penser que je suis le genre de fille à être invitée partout. Ce qui est ridicule, puisqu'ils savent pertinemment que ce n'est pas le cas. En réalité, quand Noah m'a proposé de passer cet après-midi, il m'a même dit précisément : *Tu n'as rien de prévu après le camp, pas vrai ?*

— Tu y vas, toi ? me demande-t-il.

Je suis soulagée qu'il ne paraisse pas surpris.

— Avec Julia. Je suis sûre que vous pouvez venir aussi.

Je ne sais pas du tout si je peux me permettre d'inviter des gens à une fête organisée par quelqu'un que je ne connais pas. J'imagine que, dès notre arrivée, Zach fera son numéro de charme à Julia, et que je me retrouverai à nouveau seule dans mon coin.

Et qui sait ? Noah et Jack pourraient finir par devenir de vrais amis, ce qui m'aurait paru absurde il y a de ça encore une semaine. Et pourtant, on est là, à manger du fromage, des biscuits salés et de la charcuterie. Malgré le chantage de Noah, la situation n'est étrangement pas gênante.

Noah se tourne vers Jack, qui regarde son ami en retour.

— Ce serait top, déclarent-ils à l'unisson.

Puis ils éclatent de rire. À l'unisson.

— On passe énormément de temps ensemble, au cas où tu ne l'aurais pas deviné, m'explique Noah.

— C'est pour ça qu'on t'a fait venir, renchérit Jack. On avait besoin d'un peu de sang neuf. (Il se passe les mains dans sa mini-crête, pas tant par nervosité, contrairement à Noah, que dans un geste songeur.) Hé, tu crois qu'on pourrait proposer à Brendan de se joindre à nous ?

— C'est qui, Brendan ? je demande.

— Tiens, donne-moi ton avis, fait Jack en se penchant en avant. Il y a un type au supermarché, qui bosse dans l'allée voisine de la mienne. Tout le monde le pense hétéro.

— Il a un tatouage de sirène, intervint Noah. Avec des seins énormes. Sur le biceps. Je crois que *lui*, au moins, se pense hétéro.

— Je n'aurais jamais dû te parler de ça, réplique Jack.

— Il a un tatouage ? je m'étonne. Quel âge il a ?

— *Des* tatouages. Dix-sept ans. Il va à la fac du coin. Mais ses dehors robustes ne correspondent pas forcément à son intérieur tendre et chaleureux.

— Dis-m'en plus, je l'encourage.

J'avais oublié à quel point il était agréable de sortir de son train-train pour s'impliquer un peu dans la vie de quelqu'un d'autre.

— Il est intelligent et gentil, dans le bon sens du terme, pas dans le genre niais. Il me lance de ces regards… Je jurerais qu'il cherche la moindre occasion pour m'ébouriffer les cheveux. Je ne saurais pas l'expliquer. J'ai un bon feeling. Ce n'est pas tous les jours que je rencontre un type super qui dégage quelque chose.

— Qu'est-ce qu'il dégage, au juste ? je veux savoir. Un côté gay ou bi ?

— Le genre d'énergie qui dit *Allons nous tripoter dans le fond, près des poissons surgelés, parce que je crois que tu me plais.*

— C’est très précis, constate Noah. Pourquoi les poissons surgelés ? Pourquoi pas les nouilles chinoises ? Ou les rouleaux de papier alu ?

— Noah ne veut pas que je trouve le bonheur, de peur de se retrouver seul dans son royaume isolé de la solitude des solitaires.

— Il a raison, confirme Noah avec flegme. Pas sur mon côté solitaire, mais sur le fait que je ne veuille pas le voir heureux.

— Alors, qu’est-ce que tu en penses ? insiste Jack.

— Je ne vais pas te mentir : le tatouage de sirène m’inquiète un peu, j’avoue avec un sourire.

— D’accord, répond-il.

— Mais s’il ne veut pas t’emballer près des poissons surgelés, je suis sûre qu’il y a des tas de garçons qui ne rêvent que de ça. Tu es une pêche miraculeuse, une prise de taille, j’ajoute sans me demander si je ne vais pas un peu loin.

— C’est pas la taille qui compte, intervient Noah.

On ne relève pas.

Jack se rencogne contre le dossier et se tourne vers moi.

— Waouh. C’est tellement… je ne sais pas… sympa de ta part. J’en ai des frissons de partout.

— Je suis douée pour les discours d’encouragement. C’est l’un de mes points forts.

— Mais sérieusement, reprend Jack. (Je me dis alors que, si on devait juger quelqu’un à son meilleur ami – une donnée bien plus fiable que le physique –, Jack donnerait une bonne image de Noah.) Est-ce qu'on l'invite à la soirée ?

— Peut-être l'air de rien ? Pas d'un ton lourd de sous-entendus, je précise avec l'assurance de celle qui s'y connaît, même si je n'y connais rien.

Je suis surprise du raffinement de ce sous-sol très mâle. Le fromage est truffé. Je pensais qu'on allait jouer à des jeux vidéo bruyants, que je serais asphyxiée par des odeurs de chaussettes sales, qu'on éviterait la gêne en contemplant chacun son téléphone. Si on était chez Cat – l'ancienne Cat –, on piocherait dans un sac du pop-corn cuit au micro-ondes en parcourant Instagram.

— Je me renseigne pour un ami, fait Noah. Comment est-ce qu'on invite quelqu'un d'un ton justement lourd de sous-entendus ?

— Tout est dans le non-dit. Dans le regard, j'explique. Et puis, j'éviterais les mauvais calembours.

— Jamais. Les calembours sont le dernier bastion que je protégerai. Donc, ce genre de non-dit ? s'enquiert-il en me considérant avec des yeux de chiot tout en battant ses longs cils. (J'éclate de rire.) Comment je m'en sors, Abs ?

— Je rêve, ou tu viens de m'appeler Abs ?

— Tu ne rêves pas. C'est encore un peu tôt ? demande Noah.

Il ramasse un morceau de fromage et l'examine sous toutes les coutures avant de le fourrer dans sa bouche.

— Ce n'est même pas la question, je réponds. Personne ne m'appelle jamais Abs.

— Je me renseigne pour un ami, intervient Jack, mais comment pourrait-on faire en sorte que ça devienne hypothétiquement possible ?

— Les mecs, je vous dis que personne ne m'appelle Abs. Pas même hypothétiquement.

— Je crois que ça peut devenir possible, affirme Jack. Aucun doute.

— On verra, abonde Noah. Je suis optimiste.

— Vous vous préparez toujours des plateaux aussi soignés quand vous n'êtes que tous les deux ? je m'informe.

— Je t'avais dit qu'on avait abusé sur le fromage, lance Noah à Jack.

— Non, pas du tout. Au contraire, tu voulais même prendre des olives, réplique Jack.

— Ah oui, il a raison. J'ai vraiment proposé ça, admet Noah sans une pointe de sarcasme.

Puis il me décoche son grand sourire niais.

Quand je rentre à la maison, maman est en train de boire un verre de vin blanc sous le porche de devant. Elle est assise sur la balancelle, qui m'était jusqu'à présent toujours apparue comme un objet de pure décoration.

— Quoi de neuf ? je lui demande en lui désignant la bouteille posée près d'elle.

— Je profite juste de la soirée d'été. C'est magnifique, tu ne trouves pas ?

Ma mère parle à nouveau avec ce timbre étrangement rêveur, comme si elle revenait d'une cure de méditation. Son côté joyeux me manque, subitement, même s'il paraît parfois forcé et me tape sur le système. Cette zénitude incarnée m'est étrangère. Quelqu'un aurait-il mis du Xanax dans le café de ma mère ? Est-ce qu'elle plane ? Pour autant que je le sache, mes parents ne prennent pas de drogue. Ce n'est pas leur genre. Ils se shootent seulement aux endorphines produites par la course à pied ou à la caféine. S'ils devaient toucher à la dope, ce serait plutôt à celles qui améliorent les performances.

— Sans doute, dis-je en m'installant près d'elle.

Je m'assieds très précautionneusement, craignant de voir l'ensemble s'écrouler. La rue est déserte, et en dehors de la stridulation légère des cigales, tout est silencieux. Le ciel s'étend à l'infini au-dessus de nous, dans toute sa splendeur violacée.

— Tu veux entendre un truc horrible ? Mamie m'a dit que je l'ai rendue fière en tant que fille. J'ai eu l'impression qu'elle avait besoin de discuter. Et tu sais ce que j'ai fait ? J'ai préféré parler de la météo. *On a quand même un bel été.* Comme si je ne supportais pas de l'écouter.

— Tu as le droit d'être humaine, parfois, je lui rappelle.

Mes poumons semblent soudain se remplir d'eau.

— On n'a même pas un bel été ! Pardon. C'est plus difficile que je l'imaginais, poursuit ma mère en me prenant la main.

Elle presse mes doigts.

— Qu'est-ce qu'il y a ? je m'inquiète.

— Tout.

— Mamie ?

— C'est un ensemble de choses. Quand tu t'es garée, j'ai cru voir une femme, plus une fille. Et pour être honnête, je ne m'étais jusqu'alors jamais autorisée à croire en ce jour. Je ne sais pas… après tout ce qui s'est passé, je suis devenue superstitieuse. Comme si le fait de t'imaginer adulte allait subitement t'arracher à moi. Et c'est exactement ce que le monde va faire.

— Maman.

— Non. C'est bien ! C'est dans la logique des choses. Je n'arrête pas de penser à cette horrible fusillade. Les quarante-cinq parents de collégiens qui ont reçu des appels les informant que leur enfant ne rentrerait jamais à la maison. J'en ai tellement, tellement marre de craindre en permanence que notre monde se retrouve une fois de plus partagé entre un avant et un après.

Je réprime le sentiment glacial qui m'envahit, l'image d'un éclat de verre fiché dans la jambe de Chuck, ma toux qui fait surface uniquement parce que j'y pense. Quand j'ai entendu les nouvelles dans la voiture, plus tôt dans la semaine, j'ai coupé la radio.

Une idée me vient : *Dis-lui.*

Ma mère se rapproche de moi sur la banquette, pour son propre réconfort. Je me doutais que mon plan pour cet été – mes huit semaines d'ignorance béate – était égoïste, ce besoin d'éprouver un peu plus la joie de l'*avant*, mais je me rends compte avec stupeur que c'était peut-être la bonne chose à faire, la réaction la plus *courageuse*.

Ma mère a finalement accepté de m'imaginer grandir. Tant de culpabilité pour, au bout du compte, céder à l'optimisme. Je ne serai pas responsable de ses rêves envolés. Pas alors qu'elle est sur le point de perdre quelqu'un d'autre.

— Je ne suis pas encore grande. Je ne mesure même pas un mètre cinquante.

Je lève le pied pour lui montrer ma tong taille 35. Mes orteils sont couverts d'un vernis argenté pailleté. Je porte un bracelet de cheville qu'une petite du camp a tressé pour moi. Personne ne me prendrait pour une femme.

— Tu n'es peut-être pas *grande*, mais bientôt, tu partiras vivre toute seule sur un campus.

— On a encore toute une année.

Je veille à ne pas employer un ton trop assuré. Elle se ressert du vin. Lève les yeux au ciel, de plus en plus gris, virant vers le noir.

— Maman, est-ce que ça va ? Pour de vrai ?

— C'est ce qu'on appelle la crise de la quarantaine. Rien d'inquiétant.

Elle sourit et redevient elle-même. Aussi lumineuse et brillante que mon vernis à ongles. À nouveau, elle est cette personne qui me faisait des bisous guérisseurs quand je m'écorchais en tombant. Celle qui me ramassait si vite que j'avais à peine le temps de me rendre compte que j'étais tombée. Toujours avec le même refrain : *Tout va bien, ma puce. Tout va bien.*

— Au fait, ton père va venir dîner.

— Ah bon ?

Il n'est jamais rentré aussi tôt.

— Oui. J'ai fait des lasagnes.

Comme si cela expliquait tout. En vérité, elle me dit qu'il vient prendre des nouvelles de mamie. Moi qui pensais que les gens divorçaient en partie pour ne plus avoir à partager un repas avec leurs beaux-parents…

Ma mère agite les jambes d'avant en arrière, comme sur une balançoire de cour de récré, comme s'il était possible de décoller vraiment en poussant assez fort. Je décide de lever les semelles pour l'imiter. Peu importe qu'on n'ait nulle part où aller. Que notre balancelle risque de s'écrouler. Je cherche un peu de joie dans cet instant.

On se balance ainsi jusqu'à ce qu'il fasse totalement nuit. Et cela a la couleur d'un au revoir.

Chapitre trente

Noah

Il y a un super épisode de *Comedians in Cars Getting Coffee*, dans lequel Jerry Seinfeld et John Oliver feignent de tomber amoureux et évoquent leur besoin compulsif de faire rire les autres, qui relève presque de la pathologie. Quelles que soient les circonstances, ils cherchent toujours l'angle d'attaque le plus drôle. Dans l'épisode avec Trevor Noah, ce dernier explique à Seinfeld que le stand-up était illégal en Afrique du Sud jusqu'à il y a une vingtaine d'années, car l'humour était considéré comme une forme de liberté de parole trop puissante et dangereuse.

Je suis à peu près sûr que Jerry, John et Trevor seraient tous d'accord avec moi quand j'affirme qu'une bonne blague pourrait sauver le monde.

Chapitre trente et un

Abbi

— Ne regarde pas tout de suite, dit Noah. (Je commence à tourner la tête par réflexe, comme chacun fait quand on lui intime de ne pas regarder tout de suite.) Cat est là.

Je me rattrape juste à temps. On est à la soirée de Moss, à traîner dans le vestibule parce qu'il semble vivre dans une maison sous stéroïdes, et que c'est épuisant. Deux colonnes immenses s'élèvent à l'entrée, chacune étant flanquée d'un lion de marbre géant ; les deux félins sont actuellement coiffés d'une perruque de troll rose fluo. Des statues nues crachent de l'eau au hasard, un lustre de la taille d'un cheval pend dangereusement au-dessus de nos têtes, et le papier peint est brodé de fils d'or. À en croire Jack, qui se révèle être de ceux qui connaissent tous les bons ragots, le père de Moss était le sixième investisseur de Snapchat et se retrouve désormais sur la liste des quatre cents plus grandes fortunes mondiales.

Je ne devrais pas être surprise de voir Cat. Apparemment, tous les ados du New Jersey sont là. Sans doute aussi quelques gosses de riches de Manhattan ayant réussi à se frayer un chemin. Toutefois, je m'étais figuré que ma vie estivale serait comme un séjour à Vegas : ce qui se passe sur le camp reste sur le camp.

— Est-ce qu'elle peut me voir ? je demande en demeurant parfaitement immobile, comme pour le Mannequin Challenge.

— Pourquoi tu te crispes ? me demande Jack. Bouge. Sois naturelle. Sois normale.

— Je ne sais plus faire.

J'ai de nouveau un problème avec mes bras. Où est-ce que je suis censée les mettre ? Vers le haut ? Vers le bas ? Croisés devant moi ?

— Elle est avec le même type qu'au magasin l'autre soir, me dit Noah en observant par-dessus mon épaule.

— Hans, je devine.

Je pose les mains sur les hanches. D'après ce que j'ai lu dans un magazine, ça rend bien sur les photos. Je ne sais pas si ça marche aussi en personne.

— Il ne s'appelle clairement pas Hans, réplique Jack. Mike, à la rigueur.

— Dans ma tête, c'est Hans. Cat ne sortirait jamais avec un Mike.

— Tu es encore plus étrange que je ne le pensais, fait Noah en se passant la main dans les cheveux de cette manière que j'adore. (Il regarde à nouveau derrière moi.) Waouh, Cat est bourrée.

— Ça se voit d'ici ?

Je préfère ne pas me retourner. Si je fais suffisamment attention, je parviendrai peut-être à l'éviter, comme à l'école. Sauf qu'à Oakdale, chaque fois que j'avisais une fille qui lui ressemblait légèrement, ou dès que j'apercevais une pointe de cheveux colorés, j'allais me planquer dans les chiottes ou dans une salle de classe.

J'ai tout à fait conscience que ma réaction est complètement immature.

— Elle lève les bras en l'air, comme si elle en avait rien à faire, déclare Noah l'air pince-sans-rire.

— Elle était torchée la semaine dernière aussi, ajoute Jack. J'ai bien cru qu'elle allait baptiser ma bagnole.

— Julia a gerbé dans la mienne après la soirée de Tash, j'ajoute.

— Tu n'étais pas censée le dire à n'importe qui, intervient l'intéressée en se matérialisant près de moi.

Je la pensais avec Zach, en train d'alimenter son profil Instagram déjà particulièrement bien fourni. *Si tu ne prends pas une photo pour la mettre en ligne, est-ce que ça s'est vraiment passé ?* demandait toujours Cat. Puis elle tendait son téléphone – c'était elle qui avait les bras les plus longs –, et on prenait toutes la pose. Parfois, elle ordonnait même : *Duckface, mesdames.* Le plus étrange dans tout ça, c'est que je l'écoutais toujours. Je faisais la moue sans rechigner si Cat l'avait décidé.

— En représailles, je garde le verre que je suis allée te chercher, ajoute Julia.

Elle boit une gorgée d'une boisson qui ressemble à du jus de fruits rouge fluo dans un gobelet en plastique transparent.

— Pourquoi tu te tiens si bizarrement ? s'étonne-t-elle alors.

— Mon ancienne meilleure amie est là-bas.

— Oooh, je sais ce que c'est. Encore pire qu'une mauvaise rupture, compatit Julia. (Elle me tend son verre.) Tiens, tu en as plus besoin que moi, finalement. Et je dis ça alors que Zach est en train d'emballer Tash dans un coin.

Je prends une lampée qui me brûle le gosier. Rien à voir avec du jus de fruits.

— Zach est un connard, affirme Noah.

— Complètement, admet Julia. Pourtant…

— Je peux te poser une question ? intervient Jack. C'est sa connarditude qui fait que tu l'aimes bien ?

— Tu es qui au juste ? s'étonne Julia.

— Jack. Un copain de Noah. Et d'Abbi.

— Ce n'est pas sa connarditude. Ce n'est pas trop mon truc. Ce que j'aime, c'est qu'il soit plein de surprises. On ne s'attend pas à ce qu'un type avec un feutre mou fasse le poirier. Regarde-le. Il porte une salopette. Enfin quoi, sérieusement ? Une salopette ?

Julia sourit en disant cela d'un ton plein d'affection, même si on est tous en train de mater Zach enfoncer sa langue dans la gorge de Tash. Ils ne sont plus dans un coin, mais au milieu du vestibule, comme si toute la fête devait tourner autour d'eux.

— Je ne comprendrai jamais les femmes, commente Noah. (Il retire ses lunettes et les essuie avec un coin de sa chemise avant de les remettre.) Si je mettais une salopette, vous me feriez la misère. Pourquoi il a le droit d'en porter une ?

— Tu aurais *envie* d'en porter une ? je lui demande.

— Absolument pas, mais ce n'est pas la question.

— Tout est une affaire de confiance, affirme Julia.

— Mais je ne manque pas de confiance ! s'exclame Noah pour se faire entendre en dépit des basses puissantes qui retentissent désormais.

Il y a vraiment un groupe qui joue dans le jardin ? Mais qui est ce Moss ?

— Il ne suffit pas de porter une salopette, explique Jack.

— Exactement, confirme Julia. Exactement.

Une demi-heure plus tard environ, après m'être envoyé un verre de boisson rouge, je me sens bizarrement à l'aise, détendue et heureuse. Jack, Julia, Noah et moi fendons la foule bras dessus, bras dessous, telle une joyeuse bande de nouveaux amis. Ainsi, alors que je suis comme attachée à eux, je cesse de me soucier de Cat. Il doit y avoir au moins trois cents personnes à cette fête. Dans le jardin, quatre mecs équipés de guitares électriques puissantes sautillent sur une scène de fortune. Si aucun voisin n'a encore prévenu les flics, c'est sans doute parce que personne n'habite à côté. Au-delà de l'immense pelouse, je ne distingue que des murs gigantesques. Je ne serais pas surprise de découvrir l'existence de douves à leur pied.

— Tu as vu Charles ? me demande Julia quand on a trouvé notre nouveau spot, suffisamment à l'écart de l'orchestre pour s'entendre parler.

— Charles-le-Sauveteur ?

— Ouais. Même si je crois qu'il préfère Charles-le-Sauvage.

— Vous avez vu Brendan ? nous interrompt Jack. Il m'a envoyé un texto pour me dire qu'il passerait peut-être. Ça veut dire quoi, à votre avis ?

— Je pense que ça veut dire qu'il viendra peut-être, réplique Julia, qui étreint désormais son gobelet à deux mains, car la file d'attente devant le bar contourne l'une des vérandas et est saturée de garçons ivres aux mains baladeuses. C'est qui, Brendan ?

— Le coup de cœur de Jack, qui porte un tatouage d'un goût discutable et aimerait ou pas l'emballer près des poissons surgelés du supermarché où ils bossent, j'explique.

— Il y a tellement de rayonnages plus sexy, déplore Noah.

— Personnellement, je choisirais le côté boulangerie, je déclare.

— Ah bon ? s'étonne Noah, comme si j'avais parlé sérieusement.

— S'il y a un café, c'est là que j'irais, décide Julia. En tout cas, je ne me rapprocherais pas des odeurs de poulet rôti. Ou alors, j'irais carrément à l'opposé, me vautrer dans les sushis.

— Je n'avais pas pensé aux sushis, admet Jack d'un air songeur. Mais ce n'est pas juste pour l'embrasser. Il me plaît vraiment.

— Pourquoi pas les fruits et légumes ? propose Noah. Tu aurais un effet sonore du tonnerre vers la centrifugeuse. Super romantique, non ? Une espèce d'averse estivale.

— Tu es mignon, dit Julia en se tournant vers lui. Quel âge tu as, déjà ?

— Presque seize ans.

— Laisse tomber, réplique-t-elle avec un geste de la main. Trop jeune pour moi.

Noah me jette un coup d'œil et hausse exagérément son sourcil droit, comme s'il était scandalisé. Je pouffe de rire.

— Je n'ai même pas un an de moins qu'Abbi, il fait remarquer.

Et cette fois, quand il se tourne vers moi, il soutient mon regard si longtemps qu'un frisson me parcourt jusqu'aux orteils.

Je suis assise entre Jack et Noah sur les marches à l'arrière de la maison, et on se comporte en spectateurs attentifs de la fête qui se déroule devant nous. Julia a trouvé Charles, et ils sont désormais sur la pelouse, à discuter de tout et de rien. Le genre de conversation presque bouche contre bouche qui dégénère généralement. Si j'étais sûre qu'elle ne me tuerait pas, je me lèverais pour l'encourager.

— Je ne pense pas que Brendan va venir, dit Jack avant de poser la tête sur mon épaule.

Je la tapote, parce que c'est ce qu'on fait avec une tête aussi adorable que la sienne.

— C'est encore possible, je réponds. Mais s'il ne vient pas, je pense que…

Je m'interromps brusquement, car Cat se retrouve soudain plantée devant moi, et je n'arrive pas à comprendre pourquoi. On avait un accord tacite. Elle ne s'est peut-être pas planquée aussi souvent que moi dans des toilettes l'année dernière, mais je sais qu'elle a fait son possible pour m'éviter. Pourquoi cesser maintenant ? Je suis passée à autre chose, exactement comme elle le souhaitait.

Cat arbore un sourire niais. Amical, légèrement amusé. Comme si rien n'avait changé, comme si le temps était remonté de 365 jours et qu'on était venues à cette soirée ensemble.

— Salut ! lance-t-elle sans une once de crainte.

Je me demande si c'est la boisson qui la rend courageuse, puis je me souviens qu'elle l'a toujours été. *Si tu fais comme si tu savais de quoi tu parles, les gens te croient*, disait-elle. *Ce n'est pas très compliqué.*

C'est un mensonge. C'est juste facile pour elle.

Depuis combien de temps ne s'est-on plus parlé ? Cat et moi avons passé presque dix ans et demi dans une conversation perpétuelle, et voilà qu'elle m'est devenue inconnue. Enfin pas tout à fait, car des mois ne peuvent pas effacer des années, si ? J'ai l'impression que tous ces mots doivent encore exister, empilés quelque part, même si je n'arrive pas à décider si leur place est dans un musée ou dans un dépotoir. Qui sait ? Peut-être trouveront-ils leur route jusqu'à l'exposition Baby Hope ?

— Salut ?

Je ne suis pas réellement impolie, pas autant que je pourrais l'être. Toutefois, la façon dont les choses se sont déroulées – ce que j'ai pu ressentir en ouvrant Instagram un jour et en découvrant que mes amies m'avaient effectivement toutes laissée tomber – me dissuade d'employer le même ton enjoué qu'elle. Je me demande où sont Ramona et Kylie, puis je me rends compte que je m'en fiche.

— Je suis surprise de te voir ici ! Enfin… c'est cool que tu sois…

Cat s'interrompt, se ressaisit. Elle recommence.

— Enfin, ce n'est pas parce qu'on n'est plus meilleures amies qu'on ne peut pas être, tu vois…

— Pas être quoi ?

Je suis sincèrement curieuse. Qu'est-ce qu'on ne pourrait pas être ? La question n'est pas plus mauvaise qu'une autre, et il y en a des tonnes que j'aimerais lui poser : *Comment a-t-on pu devenir si différentes l'une de l'autre sans s'en rendre compte ? Depuis quand tu te fous complètement de ce que je ressens ?*

Ou : *Est-ce que je te manque, parfois ?*

Ou même : *Est-ce que ça va ?*

Noah et Jack se rapprochent instinctivement de moi.

Pas être quoi ? devra suffire.

— Tu sais. Des connaissances, répond Cat.

— C'est le problème, je réplique en regardant droit dans ses yeux d'ivrogne.

Je trouve du courage dans la présence de mes deux amis. Dans la prise de conscience que Cat a mis un terme à notre amitié en s'appuyant sur un mensonge, et sans la moindre explication. Je méritais mieux que ça, même si on en serait exactement au même point. Il s'avère que ses réponses ne sont pas les seules qui importent.

— Je ne suis même plus certaine de te connaître.

Je me lève alors, et Jack et Noah m'imitent. Et sans un mot, nous partons tous les trois.

Je coche « Avoir le dernier mot » sur ma liste mentale de choses à faire au moins une fois dans ma vie.

— Merci, les mecs, dis-je quelques minutes plus tard, après avoir passé un moment la tête entre les genoux pour reprendre mon souffle.

— On n'a rien fait du tout, me répond Noah en me frottant le dos.

Je ferme les yeux, et quand je les rouvre, il laisse retomber sa main.

— Généralement, je prends mes jambes à mon cou dès que je l'aperçois quelque part. (Mon visage me cuit encore, et quand je me redresse, les vertiges reprennent.) Waouh, je n'aurais jamais pensé l'avouer à voix haute.

— Je comprends, me rassure Jack. Elle est un peu flippante.

— Oui, hein ? C'est parce qu'elle déborde de confiance en elle.

— Cat pourrait carrément porter des salopettes, intervient Noah d'un ton presque mélancolique.

Je me demande si Cat lui plaît et si c'est pour cette raison que les garçons l'ont ramenée l'autre soir. Il semble être le genre de mec à avoir d'énormes coups de cœur non partagés pour des filles mignonnes et excentriques comme elle. Je peux le comprendre. J'ai eu pour Cat un amour platonique presque toute ma vie. J'ai passé des années à orbiter autour d'elle, sans jamais regretter qu'elle attire toute la lumière. Je préférais ça, même. Elle me cachait.

Je n'aime cependant pas l'idée que Noah puisse être attiré par elle.

— Je suis vraiment une poule mouillée, dis-je.

Je ramasse mes cheveux en un chignon sur le dessus de mon crâne et m'évente. Cat pourrait-elle en pincer pour Noah ? Il n'est franchement pas son type – elle a toujours affirmé aimer les hommes, pas les garçons –, mais il est doté d'un charme discret. Même Julia n'y est pas insensible.

— Tu n'es pas une poule mouillée, me contredit Jack. Au contraire, tu sembles très courageuse.

— Pitié, ne me sors pas ces conneries de Baby Hope.

— Grand Dieu, non, me détrompe-t-il. Je parle de ta façon de rester toi-même où que tu te trouves. Tu es la même en soirée que dans mon sous-sol ou à l'école. Tu sais, je t'ai vue un jour déjeuner toute seule sur les gradins, l'année dernière. Tu n'es pas allée te planquer à la bibliothèque, comme je peux le faire quand Noah n'est pas là. Tu aurais pu, mais tu ne l'as pas fait.

— J'aime bien l'air frais, j'explique.

— On s'en fout, de Cat, intervient Noah. Sérieusement, on s'en fout.

— Elle n'est pas méchante, je la défends. Elle est…

Je m'interromps, car je ne saurais pas la définir. *Égoïste. Impulsive et têtue. Facilement lassée.*

— Je crois qu'elle ne se souvient même pas que je l'ai ramenée chez elle la semaine dernière, ajoute Jack. Ça en dit long sur elle.

Je ne réponds rien – il ne m'appartient plus de la défendre –, mais ça ne dit pas tout d'elle, car l'ancienne Cat était peut-être égocentrique, mais elle était aussi drôle, gentille et forte. Je comprends à présent pourquoi on n'a jamais eu cette conversation sur nos évolutions différentes. Cela aurait nécessité une cruauté qu'elle ne possède pas.

— Vous savez ce que je pense ? Je pense que si le lycée craint autant, c'est parce que c'est trop petit. Comme un col roulé trop étriqué, précise Noah. Et même quand on est assez courageux pour muer, il y a tous ces gens autour de nous qui nous retiennent et nous montrent notre ancienne peau.

— C'est à la fois magnifique et dégueulasse, commente Jack.

— Mais bientôt, nos perspectives vont s'élargir. De façon exponentielle, s'emballe Noah, sans s'offusquer des moqueries de Jack.

Il bascule la tête en arrière et observe le ciel, comme pour embrasser son immensité. Il est sombre et nuageux, mais je parie qu'il l'imagine d'un bleu lumineux.

— Et tu auras tellement d'air pur à respirer. On aura tous beaucoup plus de place pour exister.

— Je parlais d'air pur au sens propre. Pas métaphoriquement.

Je décoche un gentil coup d'épaule à Noah pour l'informer que je le taquine moi aussi. Je comprends ce qu'il veut dire. On pourrait croire que ma toux me ferait remettre ça en perspective – un petit rien contre un grand tout. Je crois que Julia a raison. Une rupture reste une rupture. Ce n'est pas parce qu'on en souffre déjà moins que ça ne compte plus.

— Et donc, à quoi ressemblera la fac ? Un débardeur trop ample ? Un poncho ?

— Une cape, répond Noah en se fendant de son sourire le plus niais. Je crois que dès qu'on se sera libérés de cet endroit, on parcourra le monde en cape.

— C'est carrément mieux qu'en salopette, je réplique.

Soudain, cet instant déborde du plaisir d'être entourée de personnes qui me comprennent – un sentiment qui m'avait manqué, dernièrement –, et Noah et Jack me prennent tous deux par les épaules pour un câlin collectif. Même si j'étouffe littéralement, ainsi écrasée entre eux, même si je ne sens plus l'air pur, je ferme les yeux et souris.

Chapitre trente-deux

Noah

Voilà mon plan : je vais sortir les deux photos de mon sac à dos et les montrer à Abbi aujourd'hui au camp. Pas dans le style d'un procureur de télé abattant ses preuves devant son suspect. Je me contenterai de les faire glisser devant elle, super calme et naturel, et lui demanderai : *Hé, qu'est-ce que tu vois, là-dessus ?*

L'inconnu à la casquette de l'université du Michigan.

Mon père étreignant ma mère sur un cliché daté du 9 septembre 2001.

La même barbe naissante. Les mêmes yeux fatigués. Le même visage.

Mais chaque fois que j'aperçois Abbi sur le terrain de foot, ou près du plac, ou dans la salle d'arts plastiques, les cheveux ramassés en une queue-de-cheval, les bras autour des épaules de la petite Livi, elle m'adresse un sourire chaleureux, jovial et lumineux, comme si on jouait finalement dans la même équipe. Comme si cela allait au-delà de la contrainte, du chantage que j'exerce sur elle.

Je vais peut-être bientôt pouvoir l'appeler Abs.

J'envisage chaque scénario possible. Je l'imagine me ressortir la théorie des sosies de Jack. Je l'imagine me répondre exactement la même chose que ma mère lorsque je lui ai posé la question : « Noah, ce n'est pas ton père, parce que cet homme a manifestement survécu. » Je l'imagine aussi se mettre en rogne et laisser tomber tout le projet. Je l'imagine me gifler, ce qui est ridicule. Il y a bien plus de risques qu'elle me décoche un coup de genou dans les valseuses.

La seule chose que je n'imagine pas, c'est qu'elle me réponde que j'ai peut-être raison.

Qu'elle me saisisse la main et me lance : *Allons-y. Allons retrouver ton père.*

Les photos restent toutefois dans mon sac, invisibles, ainsi qu'elles l'ont toujours été.

Chapitre trente-trois

Abbi

— Quand j'ai vu ces abdos, je me suis dit qu'il fallait vraiment être idiot pour entraîner son corps à ce point. Je me trompais, me révèle Julia.

On trempe nos jambes dans l'eau pendant la séance de natation du matin. À l'autre bout du plac, Charles-le-Sauveteur trône tel un roi.

— Il est super intelligent, ajoute-t-elle. Il va à l'université Wesleyenne.

— Waouh !

— Oui, hein ? Je ne sais pas pourquoi j'ai fait une telle fixette sur Zach. Tu l'as vu méditer ce matin, pendant l'accueil ? Arrête. Quand on pratique sérieusement la méditation, on ne le fait pas au milieu de six cents gamins déchaînés. Il se donne toujours tellement de mal pour soigner son image. À mon avis, il pense qu'il ne donne pas l'impression de faire des efforts, mais c'est tout le contraire.

Julia bat un peu des pieds pour se rafraîchir. On est en pleine vague de chaleur – presque 40 degrés, et un taux d'humidité élevé –, et j'ai les poumons paresseux. J'ai déjà eu des quintes fréquentes aujourd'hui, violentes et sèches, je veille donc à toujours avoir avec moi un paquet de mouchoirs et une bouteille d'eau. Jusqu'à présent, il n'y a pas eu de sang, mais je le sens battre dans mes veines, trop près de la surface. Comme s'il attendait le bon moment pour jaillir.

— Charles est dans l'équipe de natation.

— Ça explique ses abdos, je commente en coulant un regard dans sa direction.

Il semble exagérément beau, torse nu avec son short rouge de sauveteur. Un sifflet accroché à un cordon rose pend autour de son cou et repose au milieu de la bonne quantité de poils – et si on m'avait demandé avant cet instant quelle était la bonne quantité de poils pour le torse d'un garçon, je dois avouer que j'aurais été bien incapable de répondre. Il n'a pas l'air réel, pas le genre de gars à se réveiller avec une haleine de poney, à avoir le caleçon qui se coince entre les fesses ou à se cogner un orteil. Nan, c'est une égérie de la jeunesse, ou peut-être des produits laitiers. En l'observant de la sorte, luisant au soleil, je me rends compte qu'il ne m'attire pas. Pas en dépit de sa perfection, mais à cause d'elle. Contrairement à Julia, je ne l'ai jamais pris pour un imbécile. Mais je le trouve sans intérêt.

Et pourtant, à n'en pas douter, les gens comme Charles sont éternels.

— Ouais, fait Julia avec un sourire en coin. (Puis, dans un murmure :) On s'est emballés.

— Je sais, je réponds. J'étais là.

— Pardonne-moi, j'ai juste envie de le répéter à voix haute. Ça rend ça plus réel.

— Oh, c'était bien réel. Vous n'avez pas été particulièrement discrets.

Julia m'arrose sans cesser de sourire. Elle n'est absolument pas gênée. Et pourquoi le serait-elle ? À sa place, je voudrais que tout le monde le sache. Je mettrais une vidéo sur YouTube. En fait, c'est le genre d'exploit qui mériterait presque une colonne dans *People*. Julia et Charles sortant ensemble ferait une lecture bien plus intéressante chez la manucure ou au salon de coiffure que *Qu'est devenue Baby Hope ?*

— On va manger une pizza ce soir, me lance-t-elle avec enthousiasme.

— Oh, je vois du pepperoni dans ton avenir, je dis pour plaisanter.

— Du salami, me détrompe-t-elle. Zach, c'était de la petite saucisse. Charles, c'est du bon salami cent pour cent naturel et artisanal.

— Écoute-nous, à parler comme des mecs.

— Carrément. On pourrait se mettre à les siffler. (Julia porte deux doigts à sa bouche et parvient à produire un son strident impressionnant.) À ton tour.

— Pas question.

— Fais-lui au moins un compliment, un truc comme ça. Regarde ! Ça lui plaît. Il bombe presque le torse.

— Oh, là, là, je m'écrie, mais pas assez fort pour qu'il puisse m'entendre. Je pourrais râper du fromage sur ces abdos et me faire des tacos.

Julia éclate de rire. Il ne m'en faut pas plus pour me donner en ridicule.

— J'aimerais aussi te recouvrir de salade ! je lance, cette fois bien trop fort. Tes abdos font la planche parfaite pour un apéro délicieux.

Charles-le-Sauveteur me dévisage et se fige en un sourire légèrement hystérique. Il a entendu chacun de mes mots.

Mais je m'en fiche, car Julia et moi rions si fort qu'on en a des larmes plein les joues. Ça en vaut carrément la peine.

En fin de journée, Noah m'attend près de ma voiture. Il me tend deux sacs de courses en guise d'offrande.

— Pas de granité, malheureusement, ils auraient fondu, mais j'ai acheté des provisions pour notre mission.

On monte alors en voiture, chacun à sa place. Lui avec les genoux sur le tableau de bord, moi avec les mains sur le volant. Cette fois, je ne pense même pas à leur position.

— Je suis plutôt optimiste, aujourd'hui, dit Noah en entrant l'adresse sur son téléphone, qu'il branche sur mon chargeur sans me demander l'autorisation. (La voix de Mister T. m'indique de tourner à droite.) Elle a été super sympa quand je l'ai eue au téléphone. Elle semblait même excitée par mon appel, une première.

Aujourd'hui, nous allons rendre visite à Sheila Brashard, que j'ai toujours désignée comme « la deuxième en partant de la droite ». Je ne l'ai jamais rencontrée, et n'avais même jamais envisagé de le faire avant que Noah m'embarque dans son projet. Apparemment, elle habite à Ridgewood, deux villes plus loin. Sur la photo de Baby Hope, elle ouvre de grands yeux terrorisés, et sa bouche forme un O presque parfait. On comprend qu'elle a conscience que sa vie vient de se transformer en film d'horreur.

— Je peux te poser une question ? je demande.

On roule à une allure régulière, les vitres ouvertes, et le vent me ramène occasionnellement une mèche de cheveux sur le visage.

— Toujours.

— Qu'est-ce que tu ferais si on te disait que tu n'avais plus que, je ne sais pas, six mois à vivre ?

Je ne sais pas ce qui me pousse à interroger Noah. Peut-être le fait qu'il ait de grandes ambitions et que je doute que l'idée de disparaître subitement l'ait un jour effleuré. Contrairement à Charles, Noah manque de robustesse, mais il compense par une ténacité à toute épreuve.

Lui aussi vivra éternellement.

— C'est morbide, ton truc.

— Tes interviews aussi.

— Ce qu'on fait, c'est un travail *d'historiens*, ça n'a rien à voir. Mais bon, s'il ne me restait que six mois à vivre, je crois que j'aurais le choix entre deux choses : partir en apothéose, en accomplissant des trucs dingues, ou essayer de laisser une trace.

Sa nonchalance forcée me fait comprendre qu'il y a déjà réfléchi, mais jamais de façon sérieuse.

On pourrait croire que j'y ai moi aussi pensé, profitant de ces crises d'angoisse nocturnes qui me tombent dessus chaque fois qu'une quinte de toux me réveille. Pas du tout. J'ai envisagé de voyager – de découvrir à quoi peut ressembler le monde au-delà de mon petit carré de New Jersey –, mais ça s'arrête là. Je ne suis pas assez courageuse pour « partir en apothéose », et quoi que je puisse faire, ma « trace » est d'ores et déjà gravée dans le marbre. Même si je parvenais à remporter un Oscar ou un prix Nobel dans les prochaines années – ce qui est évidemment impossible –, mon épitaphe resterait quoi qu'il advienne : « Baby Hope est morte à l'âge de X ans. » Je ferai sans doute les gros titres sur Facebook ou, pire, j'aurai droit à une de ces notifications terrifiantes du *New York Times*. Je me demande quel effet cela aura sur le cœur déjà brisé de Chuck Rigalotti.

— Tu es bien ambitieux. Et si tu te contentais de profiter de tes derniers instants de normalité ? Tu sais, en passant du temps avec ceux que tu aimes ?

Je regrette aussitôt mon choix de mots. Pas parce que je m'adresse à Noah en particulier, mais parce que c'est un garçon et que je trouve bizarre d'employer le terme « aimer » devant un garçon. Ça risque de se retourner contre moi.

— Oui, peut-être.

Il coupe un fil de réglisse et l'enroule autour de son doigt pour en faire un nœud. Puis il me le présente comme une espèce de cadeau.

— À part mettre des salopettes, je n'ai pas l'impression que tu aies peur de grand-chose. Qu'est-ce que tu n'oses pas faire ?

— Sauter à l'élastique, répond-il. De la chute libre. Un tatouage…

Je bifurque vers la Garden State Parkway. Comme toujours, j'ai un accès de panique en traversant les voies. Si une jonction d'autoroute me fait peur, un départ en apothéose n'est clairement pas pour moi.

— Je ne te pensais pas du genre à vouloir un tatouage.

— Moi non plus, admet-il, mais c'est un peu pour ça que j'en veux un. Et puis, j'aimerais me raser la tête.

À présent que je roule tranquillement sur la voie de droite, je tends la main pour réclamer plus de bonbons. Il me dépose trois oursons à la gélatine dans la paume.

— Ne fais pas ça. Tu as de beaux cheveux.

— Merci. Et toi ? Tu as six mois à vivre. Je t'écoute.

— Je ne sais pas. Je n'ai pas franchement envie de sauter à l'élastique ni de faire de la chute libre, et je ne tiens pas à me faire tatouer. Et encore moins à me raser le crâne. Peut-être que je ne ferais rien du tout ? Que je continuerais à avancer en toussotant jusqu'à la fin.

Je sens le sang pulser dans mes veines. Mon cœur bat régulièrement, boum, boum, boum. J'ignore la douleur dans mes poumons défectueux, que je perçois un peu comme un pont effondré. J'ignore la vague inévitable de peur et d'appréhension qui me recouvre avec sa lenteur menaçante.

— J'essaierais de trouver de la joie dans les petites choses du quotidien.

— Je n'ai jamais rien entendu d'aussi déprimant.

— Tu trouves ?

Je suis incapable de cacher la peine et la surprise que j'éprouve.

— Oui, confirme-t-il doucement.

Chapitre trente-quatre

Noah

La cuisine de Sheila Brashard sent le citron et le sucre. Elle étreint une tasse en forme de chouette à lunettes et nous fait signe de nous servir en cookies tout juste sortis du four. Sa maison, complètement différente de celle de Chuck Rigalotti, me rappelle la mienne. Pas celle où j'habite actuellement, qui a l'aspect aseptisé d'une garçonnière, mais le pavillon qu'on occupait avec maman avant l'arrivée de Phil. Confortable et volontairement dépareillée. De la joie trouvée dans le kitsch bon marché et réjouissant.

Sheila ressemble aux mamans de notre école (même si je ne pense pas qu'elle soit maman, puisqu'il n'y a aucun bazar chez elle) : entre deux âges, vêtue comme pour aller au travail, le genre de personne à qui on peut demander son chemin mais qu'on ignore le reste du temps. À notre arrivée, elle a pris Abbi dans ses bras, puis a posé les mains sur ses joues en murmurant : *Oh, ma puce.*

Cela aurait dû paraître bizarre, mais curieusement, pas du tout.

— Permettez-moi de commencer cet entretien en évoquant ma théorie selon laquelle l'une des façons les plus saines de digérer les événements les plus atroces est de chercher leur côté comique, dis-je en sortant mon carnet à spirale.

— Ça tient la route, commente Sheila, qui semble prête à suivre tous les chemins vers lesquels cette interview pourrait nous mener.

Je décide qu'elle me plaît plutôt, même si, comme Chuck, elle se révèle être fan des Jets.

— Il a des tas de théories, intervient Abbi.

— Je n'arrive toujours pas à croire que tu sois la vraie Baby Hope. C'est un peu surréaliste de te rencontrer enfin. J'ai ta photo encadrée quelque part dans la maison.

Sheila finit par prendre un cookie, qu'elle brise précautionneusement en plusieurs morceaux avant de les disposer dans une assiette. J'ai déjà préparé ma première question – *Quelle est la chose la plus drôle qui vous soit arrivée le 11 Septembre ?* –, mais maintenant que je l'ai sur le bout de la langue, que je l'observe massacrer ce qui semble être un délicieux gâteau, je la trouve trop indiscrète.

— Vraiment ? Je n'ai jamais compris pourquoi les gens gardaient cette photo, répond Abbi. Surtout ceux qui y étaient en personne.

Elle est assise en tailleur sur sa chaise, tout à fait à l'aise. J'ai presque l'impression que Sheila et elle se connaissent depuis des années, ce qui est d'une certaine manière le cas.

— Ne préféreriez-vous pas oublier ? demande mon amie.

— Si seulement c'était possible… Mais j'ai perdu mon mari durant les attentats. Je peux, dans le meilleur des cas, essayer de voir les choses différemment. Tu as déjà croisé des personnes avec un tatouage disant *Gratitude*, ou quelque chose dans le genre ? C'est un peu la même chose, explique Sheila.

— Pour info, si je devais me faire faire un tatouage, il ne dirait pas *Gratitude*, j'annonce à Abbi.

Toutes deux m'ignorent. Elles ont bien raison.

— Je trouve ce cliché inspirant, reprend Sheila. Le monde a explosé, mais j'y ai survécu. (Elle me montre alors du doigt.) Selon sa théorie, il faut rire de nos pires malheurs. Selon la mienne, c'est en subissant de telles épreuves que l'on s'améliore. Pour que ce ne soit pas vain.

Elle tapote la main d'Abbi. J'aimerais pouvoir en faire autant. Comme si je n'avais rien à craindre.

— Où est la photo ? s'enquiert Abbi.

— Dans la salle de bains principale.

Le sourire entendu de Sheila me rappelle une nouvelle fois ma mère. Un sourire signifiant *Ne me sous-estime pas*. Un sourire affirmant *Je suis plus intéressante que je n'en ai l'air*.

— C'est à la salle de bains qu'on est le plus soi-même, non ? nous interroge-t-elle. C'est donc sa meilleure place.

— Je n'avais jamais réfléchi à ça sous cet angle. Jamais imaginé que cette image puisse nous donner de la force, admet Abbi.

— Parlez-nous de cette journée, j'interviens.

— Mitch, mon mari, travaillait au quarante-neuvième étage de la tour nord. Tout le monde est mort. *Tout le monde.* Je n'ai jamais rien récupéré de lui. On a organisé des funérailles pour un cercueil rempli de photos, ce qui avec du recul n'avait aucun sens. Une photo n'est pas la même chose qu'un corps. On n'a même pas retrouvé un doigt. Je travaillais au septième étage de la tour sud, alors j'ai réussi à fuir. C'est ce qu'on peut voir sur l'image d'origine, celle où je suis la deuxième à partir de la droite. Mais celle de ma salle de bains est coupée avant moi, ça rend un peu moins étrange le fait de l'avoir accrochée. J'ai mes limites, comme tout le monde. Sur la photo d'origine, je cours pieds nus, parce que je me suis débarrassée de mes talons. Aujourd'hui, je ne me déplace plus qu'en baskets. Pour le travail, j'en ai des noires qui font un peu plus habillées.

Je ne peux m'empêcher de regarder ses pieds. Elle porte des pantoufles duveteuses, ce qui me rassure, jusqu'à ce que je remarque leur semelle en caoutchouc rigide.

— Avez-vous gardé des liens avec d'autres personnes de la photo ? je demande.

— Bien sûr que non, réplique-t-elle.

— Il est convaincu qu'on possède une sorte de canal de communication secret, intervient Abbi.

— Je suis surpris qu'une matinale quelconque n'ait pas encore organisé une réunion, ou quelque chose dans le genre, j'explique.

— Heureusement pour moi, les médias ne s'intéressent qu'à Baby Hope, répond Sheila. Les autres passent relativement inaperçus.

— Et à l'époque ? Leur avez-vous parlé ?

Je n'ai pas l'intention de lâcher le morceau si facilement.

— Non. J'ai couru comme une dératée. Sans cesser de hurler. Je n'ai jamais eu aussi peur de toute ma vie.

— Et cet homme, en arrière-plan ? Celui qui porte une casquette de l'université du Michigan ?

Sheila m'interrompt alors.

— Tu sais ce que ta théorie m'a fait comprendre ? Je suis plus forte qu'avant, mais je ris beaucoup moins. Mitch me faisait tout le temps rire. Il était hilarant. Chaque fois que mes amis essaient de me caser avec quelqu'un d'autre – que des vieux chauves divorcés –, je me dis : *Tu n'es pas aussi drôle que Mitch.* Je sais que ce n'est pas sympa. Mais j'avais tellement de chance de l'avoir…

Ses yeux sont mouillés de larmes, et pourtant elle sourit. Je pense que c'est la première fois de ma vie que je vois quelqu'un éprouver à la fois de la reconnaissance et du chagrin. Chaque fois que je demande à ma mère de me parler de mon père, elle semble peinée et en colère. Comme si ma curiosité était une critique.

— C'était quelqu'un d'exceptionnel, et c'est pour ça que j'essaie de m'améliorer chaque jour. Mais ne plus rire autant est le plus difficile. Cela ne veut pas dire que je ne vais pas bien aujourd'hui. Je vais bien. Ça fait quinze ans. Les choses se sont tassées. On apprend à gérer sa perte. Mais tout était tellement plus drôle, quand Mitch était là.

Sheila secoue la tête une première fois, puis une seconde, comme pour chasser un souvenir persistant, mais elle finit par redresser le front, l'air impuissant.

On voit le chagrin la submerger. *Il vaut peut-être mieux ne pas se souvenir des défunts*, je me dis. *C'est sans doute injuste de ma part de demander à ma mère de se le rappeler.*

— On se donnait toujours la main. Les gens nous appelaient sans arrêt « les jeunes mariés ». Dieu que ça me manque. Vous savez à quel point j'aimerais avoir enterré ne serait-ce qu'un fragment de son corps ? Ne serait-ce qu'un os ? (Elle pose le front sur la table et se croise les mains sur le ventre, laissant libre cours à la douleur.) Sérieusement. Je ne saurais pas vous expliquer ce que c'est d'implorer Dieu de vous rendre des morceaux de corps.

Chapitre trente-cinq

Abbi

— Bon, OK, c'est vrai, j'ai fondu en larmes, me dit Noah dès qu'on est de retour dans la voiture. Tu devrais le savoir, que je suis une mauviette. Je pleure même devant les pubs pour du papier hygiénique ou ces vidéos de soldats rentrant chez eux qui surprennent leur famille.

— Si tu n'avais rien ressenti en voyant cette femme pleurer son défunt mari, je t'aurais pris pour un sociopathe.

Je ne fais même pas mine de mettre la clé dans le démarreur. Mes bras sont trop lourds, ma gorge trop serrée. Ma poitrine envoie de petits grésillements douloureux en direction de mes poumons. Toutes les raisons pour lesquelles je n'ai aucune envie de jouer Baby Hope avec Noah me reviennent d'un coup.

— Pourquoi on fait ça ? je demande en me tournant vers lui.

Ses yeux sont secs, désormais. Je le soupçonne de les avoir essuyés d'un revers de manche, comme moi. Je me demande de quoi il aurait l'air sans la protection de ses lunettes. Si ses grands yeux gentils sembleraient encore plus gros.

— Sérieusement, pourquoi ? j'insiste.

— Pourquoi je mange tout le sachet d'Oreo ? Parce que je ne suis pas partageur.

— Arrête. Pourquoi on s'amuse à rouvrir de vieilles blessures. Et pourquoi tu me forces à le faire avec toi.

Je suis pleine de grandes questions, aujourd'hui.

Ma photo trône au-dessus des toilettes de Sheila. Elle a choisi de se rappeler ce jour-là tous les matins, chaque fois qu'elle se regarde dans la glace. De transformer le pire événement de son existence en une force puissante et productive. De devenir une meilleure personne.

Je ne suis pas certaine d'en être capable.

Noah fuit mon regard.

— Je ne dirai à personne que tu es Baby Hope, promet-il d'une voix si basse que je l'entends à peine.

Sheila se lève chaque matin, lace ses baskets noires et prend le train pour se rendre en ville, telle une guerrière fonçant au combat. Et pourtant, elle est accablée de chagrin quand elle repense aux moments où elle tenait la main de son mari. Je parie que, comme moi, elle rêve de boîtes vides enterrées, de poussière épaisse, de la façon dont le monde peut s'écrouler en un clin d'œil.

Tout ce qu'il faut, c'est une déchirure, si minuscule et inexplicable soit-elle, dans le tissu de la morale.

Je me demande s'il lui arrive de contempler la photo de Baby Hope et de se mettre en colère, au lieu d'éprouver de la reconnaissance.

Je me demande ce que voit Noah quand il observe ce cliché.

Je me demande quel tatouage il choisirait.

Je me demande ce qui nous pousse à faire tout ça.

— Je n'aurais jamais dû te mettre en avant. Si tu ne veux pas participer aux autres interviews, je comprendrai. Et quoi qu'il en soit, je ne dirai rien au camp. Je ne l'aurais de toute façon jamais fait. Je tiens à ce que tu le saches.

Les mots de Noah me serrent le cœur. Il ne le dira pas. Il n'y a toutefois pas de soulagement, seulement un immense regret. Il s'avère que je n'ai aucune envie d'arrêter ces entretiens. J'aime prendre le volant de Go ! (le nom d'essai de ma Prius, que je garde encore secret) pour découvrir de nouveaux coins du New Jersey en compagnie de Noah. J'aime l'avoir comme copilote. J'aime qu'il ne dépose que trois oursons à la gélatine dans le creux de ma main, le nombre idéal à enfourner d'une seule bouchée. J'aime avoir le sentiment de participer à quelque chose d'important d'une manière qui ne soit pas accidentelle. J'aime à croire qu'il y a peut-être encore un espoir pour moi. L'espoir, comme l'a fait Sheila, de parvenir à digérer l'indigeste.

Si ma mère enfilait sa casquette de psy, elle me soutiendrait que ce projet est sain, formateur. Assise dans sa cuisine, en revanche, elle plaquerait son sourire feint sur son visage et me lancerait : « Eh, oublions le passé. »

— Dis-moi juste pour quoi, j'insiste, radoucie, car je sais que Noah a lui aussi beaucoup perdu ce jour-là, il y a presque seize ans.

Ses motivations ne doivent pas se limiter à cet article qu'il prévoit d'écrire. J'ai envie de toucher ses joues, où les larmes ont roulé il y a quelques instants. J'ai envie de suivre leur tracé du bout des doigts, de l'œil jusqu'à la mâchoire.

Je me retiens. Même si j'imagine que ce serait une sorte d'apothéose.

— Je mérite au moins ça, je plaide.

— C'est compliqué.

— S'il te plaît. J'aimerais comprendre.

— D'accord. Alors, je ne sais plus si je te l'ai déjà dit, mais mon père est mort le 11 Septembre.

Noah parle sans me regarder. Il a les yeux braqués sur le pare-brise, la porte de garage au-delà, le panier de basket qui appartenait sans doute à la famille qui occupait les lieux avant que Sheila emménage. Je hoche la tête. Il ne me l'avait en effet jamais dit. Même si, bien sûr, je le savais déjà.

— Je me disais que ce serait une bonne manière d'en apprendre plus. Sur ce qui s'est passé. Sur cette journée. J'ai besoin d'en savoir davantage sur les survivants. Ce n'est pas comme si ça n'intéressait que moi. C'est pour ça que Baby Hope est si célèbre. C'est la raison pour laquelle, je pense, cette photo est si importante.

Noah se pince l'arête du nez. Ce geste est à la fois mignon et triste, et me donne envie de pousser sa tennis du bout de ma sandale. Je sais que, lorsqu'il évoque Baby Hope, il ne pense absolument pas à moi. Il s'agit d'un symbole, pas d'une personne.

Il n'a pas dit : « C'est pour ça que *tu* es si célèbre. »

Il retire ses lunettes, les essuie sur sa chemise, lentement – un autre de ses tics nerveux. Je peux enfin voir son visage. Le même Noah, mais en plus grand, plus présent, plus vulnérable. Il les chausse à nouveau. Retour du Noah que je connais.

— Le fait que tout le monde soit encore debout, ça me donne la foi.

Il dit ça comme s'il venait de prendre une décision secrète.

— Mais ce n'est pas le cas, je réplique.

— Qu'est-ce qui n'est pas le cas ?

— Tout le monde n'est plus debout.

— Comment ça ?

— Connie ? La femme qui me porte sur la photo ? Celle qui m'a sauvée ? Elle est morte.

Le fait de prononcer son nom me pousse à démarrer. Conduire me fournit une excellente excuse pour ne plus avoir à regarder Noah. Ça devient trop difficile. Il est né quelques jours avant le 11 Septembre. Aurait-il mieux valu que son père meure alors que Noah avait cinq ou dix ans ?

Ou aurait-ce été au contraire plus cruel qu'il prenne la mesure exacte de ce qu'il avait perdu ?

— Je l'ignorais, avoue Noah. Je l'ai pourtant cherchée sur Google.

— Elle a changé de nom quand elle s'est mariée.

— Je suis désolé, dit-il.

— Je l'ai rencontrée quelques fois, on ne peut pas dire que je la connaissais vraiment. Mais sa mort m'a franchement bouleversée.

— Pourquoi tu ne me l'as pas dit tout de suite ?

Je ne quitte pas la route des yeux. Si je coule un regard dans sa direction, j'ignore ce que je vais découvrir. De la pitié ? Du ressentiment ? Du chagrin ?

— Je suis navrée pour ton père.

J'ai conscience de ne pas répondre à sa question, mais cela me semble bien plus important que de me justifier. De toute façon, je n'y parviendrais pas même si j'en avais envie. J'ignore pourquoi je lui ai caché le décès de Connie. Sans doute parce que j'estimais que ce n'étaient pas ses affaires.

— C'était il y a longtemps, me rassure-t-il. Et je l'ai à peine connu, alors…

— C'est seulement ça ? Tu veux juste en apprendre plus sur les survivants ? Et écrire un article inspirant ? Ce n'est pas si compliqué.

Je me rappelle toutes les questions qui obsédaient Cat, qui a également perdu son père. Elle a appris plus tard qu'on n'était pas censé les poser, pas directement. Elle m'a avoué un jour qu'elle se demandait si son père était mort sur le coup, s'il avait brûlé vif, s'il avait senti la douleur, s'il avait sauté, s'il savait qu'il allait mourir, s'il avait eu peur…

La dernière revenait en boucle : *Est-ce qu'il a eu peur ?*

Peut-être que le fait d'avoir eu seize ans lui a finalement apporté la réponse à cette dernière interrogation. Évidemment, qu'il a eu peur. On a tous peur à la fin. Je suis même à peu près sûre qu'on a tous peur au milieu aussi.

— Je crois que je vais appeler ma voiture *Go !* G-O-point d'exclamation. Qu'est-ce que tu en penses ?

À l'instar de Noah, j'esquive dès que j'en ai l'occasion. On préfère la blague facile à la question difficile. On n'est pas si différents, lui et moi.

— C'est courageux, d'inclure la ponctuation dans le nom. C'est à la fois un verbe et une injonction, ça me plaît bien, déclare-t-il en se rencognant contre son dossier. Tu veux bien continuer à bosser sur cet article ? S'il te plaît ? Je pourrais faire certaines interviews seul, ou par téléphone, mais j'ai déjà programmé Jamal. Et puis, il faut que Go ! garde la forme.

— D'accord. Encore une interview.

Il plonge la main dans le sachet d'oursons et m'en lâche trois dans la paume. Je sens le contact léger de ses doigts sur ma peau.

Chapitre trente-six

Noah

— Je suis sûr à quatre-vingt-seize pour cent que cette histoire de Brendan n'est pas que dans ma tête, dit Jack. Il s'est excusé de ne pas être venu à la soirée et m'a aidé à empaqueter pendant sa pause pour qu'on puisse continuer à discuter. Ce n'est quand même pas rien, si ?

On est en train de piller sa cuisine. Puisque Abbi n'est pas là, on va pouvoir se shooter aux poignées de Curly piochées directement dans le paquet.

— Pourquoi tu me demandes ? je réponds. Je n'y connais rien.

— Arrête. Tu as toujours un avis sur tout. Ou au moins une théorie. C'est ton truc.

— Pas aujourd'hui, mec.

— Qui êtes-vous, qu'est-ce que vous avez fait de Noah ?

— J'ai été calmé par un excès d'émotions brutes.

Dès que ces mots ont franchi mes lèvres, j'ai l'impression d'entendre Jack avec ses phrases pompeuses tout en euphémismes.

— Je ne sais pas du tout de quoi tu parles, et pourtant je parle couramment le Noah.

— Abbi m'a vu pleurer, je réplique.

Puis je fais mine de farfouiller dans le sachet. Je suis gêné. Pas autant que tout à l'heure, quand je pleurais effectivement devant elle, mais quand même. Les joues me cuisent. J'ai soudain envie d'une preuve d'amitié virile, comme lui décocher un coup de poing dans le bras, un truc dans le genre. On devrait redescendre au sous-sol pour jouer à la Xbox.

— Quoiii ? s'exclame Jack en riant.

Il m'arrache le sachet des mains.

— La veuve qu'on a interviewée nous a parlé de son défunt mari. Ça m'a touché au cœur.

— Alors, quel est le problème ?

— Tu sais, le type qui obsède Abbi ? Le sauveteur ? Il serait resté impassible.

— Premièrement, tu inventes complètement son coup de cœur pour le sauveteur ; deuxièmement, pourquoi voudrais-tu subitement te transformer en un type inexpressif capable de porter une salopette ? Reste toi-même.

Tout en parlant, Jack énumère ses arguments en comptant sur ses doigts. Sans doute son habitude la plus ringarde, et je ne manque généralement pas de me payer sa tête. Aujourd'hui, je laisse couler.

— Tu as fini par lui exposer ta théorie sur ton père ? Elle a le droit de savoir.

— Non.

— Tu n'es qu'un pauvre con.

— Ouais.

— Est-ce que tu as eu la morve au nez quand tu as pleuré ? Est-ce que tu t'es mouché sur elle ? Parce que, je ne vais pas te mentir, c'est le genre de truc dont on ne se remet pas.

— C'était plus comme des pleurs virils bien réprimés.

— Tu lui as montré que tu avais des sentiments. Bien. D'ailleurs, je trouve que tu devrais le faire plus souvent. Tu vas finir par choper un cancer à force de tout garder pour toi, ou au mieux un ulcère. Il me faut du beurre de cacahuètes.

Jack en attrape un pot dans le placard, sort une cuillère du tiroir et commence à en avaler des pelletées entières.

— Je crois qu'il serait temps de lui montrer que tu en pinces pour elle.

— Qui t'a dit que j'en pinçais pour elle ?

— On est meilleurs amis depuis presque dix ans. Il faut vraiment que je te fasse un dessin ?

— Bon, d'accord. Qu'est-ce que je dois faire ? Sérieusement.

Voilà que j'en suis réduit à demander à Jack des conseils relationnels. À Jack, qui a la réputation de se prendre râteau sur râteau.

— La courtiser.

— La courtiser ? Quoi, avec mes blagues débiles et mon incapacité à retenir un mauvais jeu de mots ? C'est ça, ton plan ?

— Bien sûr, ça pourrait marcher, répond-il.

— C'est de l'ironie ? je m'enquiers.

— À ton avis ?

Chapitre trente-sept

Abbi

Quand je rentre de mon après-midi avec Noah, je suis surprise de trouver Mel, la mère de Cat, en train de boire le café avec la mienne. Des truffes au chocolat et un sachet d'arabica grand cru m'indiquent que ma mère a dû aller se servir dans les réserves de mon père.

— Bonjour ! je m'exclame, comme si j'étais ravie de voir Mel.

Comme si sa présence ne provoquait pas en moi une avalanche de malaise et de sentiments contradictoires. Même à Oakdale, il n'est pas courant de croiser deux veuves du 11 Septembre le même jour. Et même trois par procuration, si j'ajoute la mère de Noah. Je ne me souviens pas de la dernière fois que j'ai vu la mère de Cat, notamment parce que je n'avais jamais imaginé que je mettrais un jour les pieds chez elle pour la dernière fois. Les Gibson-Henderson me manquent.

Le petit frère, Parker, aussi, même s'il est obsédé par sa sœur depuis la naissance et nous suppliait tout le temps de le laisser jouer avec nous. La plupart du temps, on cédait, mais Cat trouvait toujours de nouvelles façons de le torturer – elle lui infligeait le supplice de la planche quand on était des pirates, lui forçait à nous vernir les ongles des orteils et à nous masser les pieds… Même Stewart, le nouveau mari de Mel, me manque, alors qu'il se promène toujours avec son casque antibruit et n'a pas dû m'adresser plus d'une cinquantaine de mots depuis que je le connais.

J'ai envie de manger le célèbre pain perdu de Mel, de gratter le chien Rusty derrière l'oreille gauche, d'aider Parker à faire ses devoirs. J'aimerais que Cat redevienne comme avant, pour que je puisse à nouveau faire partie de sa famille, manger des céréales à même la boîte et voir une assiette supplémentaire apparaître comme par magie sur la table du dîner quand je reste après 18 heures.

— Abbi ! Viens m'embrasser ! Ça fait tellement longtemps…

Mel me tend les bras. Sa voix dépareille totalement avec son visage zébré de mascara. Elle a pleuré. *Comme nous tous*, je pense, une fraction de seconde avant de me rappeler que je n'ai aucune raison de lui en vouloir du comportement de sa fille.

Je l'étreins rapidement, et jette un regard à ma mère, qui ouvre de grands yeux ronds.

— Hé, ma puce, je peux te poser une question ? Et s'il te plaît, réponds-moi franchement, je te jure que Cat n'aura pas d'ennuis. Et toi non plus. (Mel arbore un sourire triste et pincé, comme si le simple fait de le maintenir en place la faisait souffrir.) Tu n'es pas obligée de la couvrir, il faut juste que je sache la vérité. Est-ce que Cat était réellement avec toi l'autre soir ?

— Quel soir ?

Je pose la question comme si on se voyait sans arrêt, comme s'il y avait la moindre chance qu'on se soit retrouvées au sous-sol à manger du popcorn. Comme si j'avais la moindre idée de ce qu'elle voulait savoir. Je préférerais que ce soit ma mère qui mette un terme à cette mascarade.

— Eh bien, jeudi dernier, et aussi ce week-end, répond-elle.

— J'étais bien avec Cat samedi.

Au moins, c'est la vérité. En tout cas en partie.

— Vraiment ? Ici ?

Mel boit une gorgée de café en attendant ma réponse. Elle me connaît depuis toujours. Elle brandira son silence comme une arme jusqu'à ce que je parle.

Même si ma mère se plaint du fait que le côté « super maman/femme au foyer » de celle de Cat la mette mal à l'aise, les talents de Mel se sont souvent révélés utiles au fil des années. Elle nous confectionnait nos costumes d'Halloween et m'aidait avec mes projets pour la fête de la science. Au primaire, elle filmait tous les spectacles de fin d'année, y compris les parties auxquelles Cat ne participait pas, et ajoutait des effets géniaux, avant d'envoyer le tout aux parents qui ne pouvaient pas y assister à cause du boulot.

Elle prétend que la communauté l'a soutenue après la mort du père de Cat et qu'elle est ravie de rembourser sa dette maintenant qu'elle en a le temps et les moyens. Je ne peux pas lui mentir en face, alors que je la connais presque aussi bien que ma propre mère.

— Non, je réponds.

— Alors où ça ?

— Chez ce type, Moss ?

Ça sonne comme une question. Je n'emploie pas le mot « fête », qui semble terrifier tous les parents à part les miens. Si on dit « fête » à Stewart, par exemple, il se met à paniquer, à demander les noms, numéros de téléphone et adresses des personnes concernées. Quand il nous demandait où on allait, Cat répondait « On va traîner en bande », ce qu'on prenait pour un euphémisme ingénieux. Cat n'a pas le droit de fréquenter de garçon avant d'avoir dix-huit ans, un âge si avancé que c'en est hilarant. Bien sûr, ça ne l'a pas empêchée de le faire. Elle ne fait pas le mur pour se rendre à des « rencards », ce qui impliquerait des tickets de cinéma, des promenades main dans la main et des réservations. Non, elle fait le mur pour se faire remarquer, reluquer et, si l'envie l'en prend, tripoter. Des baisers mouillés ou plus, dans une voiture, un sous-sol ou au dernier rang des cinémas, dont on parlait généralement ensuite sans omettre aucun détail. *Techniquement, je ne transgresse pas une seule règle*, me disait-elle. *Je n'ai clairement fréquenté personne.*

À bien y réfléchir, j'ai sans doute appris à maîtriser l'art du mensonge par omission en passant les dix dernières années en sa compagnie.

— Est-ce qu'il y avait à boire ? s'enquiert Mel.

Je visualise Cat, titubante, la façon dont elle m'a souri un instant, comme si elle avait pu oublier l'année écoulée. Ma mère m'encourage d'un hochement de tête semblant signifier *Tout va bien, dis la vérité*.

— Eh bien, certaines personnes buvaient. Je n'ai pas vu Cat le faire, si c'est la question.

J'élude le sujet comme je le peux, puisque je ne l'ai effectivement pas vue porter une bouteille ou un verre à ses lèvres. J'ai même envisagé de jouer l'idiote en répondant : « Eh bien, même les adolescents ont besoin de s'hydrater, ha, ha ! » mais ça aurait fait de moi une pauvre fille. J'aime beaucoup Mel. En quatrième, elle s'est un jour servie de notre clé de secours pour aller récupérer le devoir de maths que j'avais oublié à la maison et me l'apporter à temps pour la dernière heure. Je l'aime peut-être encore plus que je n'aime Cat.

— Je… commence Mel avant de s'interrompre. (Elle contemple le fond de sa tasse.) Je me fais du souci pour elle. Je ne la reconnais plus, depuis quelque temps.

Je repense à la tête de Cat samedi, quand je lui ai dit que je n'étais plus certaine de la connaître. Elle a tressailli. Malgré cet instant de peur et le regard vitreux dû à l'alcool, j'ai revu l'ancienne Cat. Sûre d'elle, pleine d'assurance, comme si le monde tournait autour d'elle.

— Tu sais, Cat et moi, on n'est plus aussi proches qu'avant. Tu devrais en parler à Ramona ou Kylie. Elles pourront te dire s'il lui arrive quelque chose.

J'ai conscience que je ne rends pas service à mon ancienne amie en omettant de préciser qu'elle était bourrée. Il vaudrait peut-être mieux que sa mère en sache davantage.

Mel ne répond toutefois rien, car ma grand-mère arrive dans la cuisine d'un pas traînant. Le côté gauche de sa longue chemise de nuit à motif cachemire est rentré dans sa culotte. Elle est pieds nus et nerveuse. Une femme en uniforme la suit de près – sa nouvelle aide-soignante, qui ne semble pas troublée par la cuisse exhibée de mamie.

Cette dernière regarde d'abord maman, puis Mel, avant finalement de se tourner vers moi. Elle carre les épaules dans un accès de lucidité, puis fronce les sourcils, semblant sur le point de se lancer dans une tirade inexplicable, mais une vacuité subite déferle alors sur son visage. Elle tourne les talons et s'en va aussi vite que son corps fatigué le lui permet. L'aide-soignante la suit.

— Ce n'est pas un très bon jour, commente maman.

Si je n'étais pas si horrifiée, j'éclaterais sans doute de rire. Parce que *pas un très bon jour*, à défaut d'être un mensonge éhonté, est au bas mot une façon complètement déformée de présenter la vérité : *Elle est dans un mauvais jour.* Et cela résume parfaitement tout ce qu'il y a à savoir sur ma mère.

Et sans doute sur moi aussi, maintenant.

Mel finit par partir, et je monte dans ma chambre. En passant devant la porte fermée de celle de ma grand-mère, je me dis qu'elle dort sans doute, que ce n'est pas le bon moment pour aller la voir. Je me dis que je n'aime pas non plus voir des gens quand je ne suis pas dans un bon jour.

Je reçois un texto de Noah et rougis de joie.

Noah : Pourquoi est-ce qu'on n'entend jamais un ptérodactyle aller aux toilettes ?
Moi : Pourquoi ?
Noah : Parce qu'ils ont disparu depuis longtemps
Moi : Pff
Noah : Désolé pour cet après-midi
Moi : Désolé pour quoi ?
Noah : Tout… y compris la blague du ptérodactyle
Moi : Qu'est-ce que tu fais ? À part m'envoyer des textos
Noah : Je regarde des extraits de stand-up. Toi ?
Moi : Je suis allongée sur mon lit et je lis les poèmes scotchés à mon plafond
Noah : Cool. Je n'y connais rien en poésie
Moi : Je n'y connais rien en comédie
Noah : Tu veux manger un burger après le camp jeudi ? C'est moi qui invite. Un burger d'excuses, je suis une andouille
Moi : J'aime pas trop les burgers à l'andouille
Noah : Bien trouvé
Moi : À jeudi pour un burger, et n'insiste pas pour que je mange ta saucisse
Moi : Euh, je retire. Pour info, il n'y avait pas de sous-entendu
Moi : Je voulais juste dire que comme je n'aimais pas les burgers avec des ingrédients bizarres, je voulais juste un burger normal

Moi : Laisse tomber
Moi : Je vais arrêter d'écrire maintenant
Noah : Ha, ha ! Tu écris exactement comme tu parles
Moi : Apparemment, je suis une bavarde de première, quels que soient les supports
Noah : Je ne dirais pas ça comme ça. Je dirais plutôt que tu as beaucoup de choses à dire. Et j'ai envie de les entendre
Moi : Vous avez vraiment un charme discret, Noah Stern
Noah : À demain, Abbi Goldstein

Chapitre trente-huit

Noah

À : Vic Dempsey (VictorDempseyPhotos@smail.com)
De : Noah Stern (NoahStern01@smail.com)
Objet : photo Baby Hope 2001

Cher Monsieur Dempsey,
Merci mille fois pour votre réponse rapide à ma demande d'interview. Malheureusement, il s'avère que « Baby Hope » n'est plus disponible pour y participer ainsi que je vous l'avais initialement promis. J'espère du fond du cœur que vous ne souhaiterez pas annuler à cause de cela. Je vous assure que notre conversation sera aussi rapide et indolore que possible. Je vous

remercie par avance du temps que vous voudrez bien m'accorder.
Bien à vous,

Noah Stern
Rédacteur en chef du *Oakdale High Free Press*

À : Noah Stern (NoahStern01@smail.com)
De : Vic Dempsey (VictorDempseyPhotos@smail.com)
Objet : Re : photo Baby Hope 2001

Aucun problème pour l'absence de Baby Hope. Pour être honnête, je suis même soulagé. Parfois, je me demande si je n'ai pas involontairement gâché sa vie.

Vic

Chapitre trente-neuf

Abbi

Ma grand-mère dort. Ma mère et moi avons dîné autour de l'îlot central de la cuisine, des nouilles au poulet et du bœuf au brocoli à même les boîtes en carton. Et, comme d'habitude, on échange à mi-chemin. C'est l'un des avantages à être la fille unique de parents divorcés : les choses sont beaucoup moins formelles à deux.

— Qu'est-ce qu'elle voulait ?

Ma mère, qui fait tourner son vin rouge dans son verre, semble soudain revenir à elle.

— Quoi ? demande-t-elle.

Après le travail, maman se met toujours en tenue d'intérieur. Aujourd'hui, elle porte un legging et un débardeur ; ses cheveux sont ramassés en une queue-de-cheval.

Il ne fait aucun doute qu'elle est allée courir avant le repas, comme la plupart des soirs. Une boucle de huit kilomètres en périphérie d'Oakdale.

Elle préfère les rues résidentielles aux parcours plus conventionnels au bord de l'eau, avec vue sur Manhattan. Le 11 Septembre est désormais assez loin pour que cet horizon soit redevenu vendeur.

— Mel, qu'est-ce qu'elle voulait ?

— Apparemment, Cat fait des siennes. Je lui ai expliqué que c'était normal, à l'adolescence. Sans doute un chagrin enfoui qui remonte à la surface.

Ma mère enfourne une nouvelle bouchée, et une nouille s'accroche à sa lèvre. J'entends le lointain sifflement de ma grand-mère ronflant derrière la porte fermée de sa chambre. Un bruit apaisant, tant ses bons ou mauvais jours n'ont plus cours pendant qu'elle dort.

— Est-ce que je traverse moi aussi une crise d'adolescence, selon toi ? je lui demande, en lui faisant signe de s'essuyer.

— Ma puce, tu ne fais jamais rien comme tout le monde.

Dans la bouche de ma mère, il s'agit d'un compliment. Ça l'est peut-être aussi pour tous les Zach ou les Cat du monde. *Cheveux violets, fais ce qu'il te plaît.* L'un des aspects les plus difficiles, quand on est Baby Hope, c'est de ne jamais pouvoir se fondre dans la masse, même quand on en a envie. *Surtout* quand on en a envie.

— Mel s'inquiète notamment à cause de l'alcool.

— Je n'ai rien voulu dire, mais Cat était complètement bourrée l'autre soir.

— Tu as bien fait de ne pas employer le mot *fête*, d'ailleurs. Ne va pas t'imaginer que je n'ai pas remarqué.

Quand maman tend la main pour repousser une mèche de cheveux derrière mon oreille, je m'appuie contre sa paume. Elle a beau me rendre folle avec sa joie incessante, son optimisme réflexe, je ne m'imagine pas vivre dans une maison où je ne pourrais pas prononcer le mot *fête* à voix haute.

— Est-ce qu'elle a des raisons de s'inquiéter pour Cat ?

— Honnêtement, je n'en ai aucune idée. Peut-être ?

J'inspire un bon coup. Voir Mel m'a fait changer d'avis. Je devrais dire la vérité à ma mère. Si je me suis découvert un courage tout neuf, c'est à ça que je dois l'employer. Elle a le droit de savoir ce qui m'arrive. Le temps presse.

Je peux lui expliquer sans employer les mots *syndrome du 11 Septembre.* Je peux multiplier les euphémismes, comme elle.

Une vilaine toux.

Je peux le lui annoncer d'une façon qui ne nous plombera pas toutes les deux, qui me permettra malgré tout de profiter de mon été. Je peux le lui annoncer lentement, nonchalamment. Je peux lui suggérer de me prendre au plus tôt un rendez-vous chez le Dr Cohn, le pneumologue qui m'a suivie pendant des années pour mon asthme, sans avoir à attendre la traditionnelle visite de rentrée. Elle peut le supporter. Moi aussi. Inutile d'aller droit au but. Je peux faire en sorte qu'on s'imagine toutes les deux que les choses vont bien se passer.

Je sens une pointe de douleur dans la poitrine.

— Maman ?

C'est alors que la toux me reprend, basse et sèche, et que je la réprime machinalement. Je fais la grimace, comme si j'avais avalé mon eau par le mauvais trou.

Quand j'aurai repris mon souffle, je lui avouerai tout. Promis. Fini les mensonges.

Son portable se met à sonner. Son visage s'illumine quand elle consulte l'écran. Son regard vitreux se dissipe tel le brouillard au soleil.

— C'est papa ! s'exclame-t-elle en se relevant d'un bond.

Elle observe sa tenue, puis jette un coup d'œil par la fenêtre, comme s'il pouvait la voir de l'extérieur.

Je tousse encore. Je me saisis d'une serviette, que j'enroule dans ma main pour la dissimuler à ma mère. Elle paraît heureuse. Inutile de gâcher cette bonne humeur.

Je le lui dirai plus tard. Ça peut bien attendre encore vingt-quatre heures.

— Ça va ? me demande-t-elle.

Je hoche la tête et lève les pouces avant de lui désigner mon verre d'eau. Elle m'observe encore un instant avant de décrocher.

— Coucou.

Sa voix est basse et charmeuse, mais je n'entends pas le reste de la conversation car je quitte la pièce.

Juste à temps pour qu'elle n'assiste pas à la première effusion de sang.

Ça empire.

Chapitre quarante

Noah

Raj Singh décroche dès la première sonnerie, impatient de discuter. Je suis enfermé dans ma chambre. Je ne veux pas que ma mère surprenne cette conversation. Elle me forcerait à tout abandonner.

— Votre mail m'a pris de court. Ça faisait des années que personne ne m'avait plus parlé de cette photo, déclare-t-il.

Sur l'image, Raj porte un costume et une sacoche en bandoulière ; malgré le chaos qui sévit derrière lui, il a réussi à conserver un turban bordeaux sur le crâne. Il a les bras tendus, les mains pliées telles des serres, comme s'il cherchait quelque chose de solide à quoi se raccrocher.

Il avait l'air jeune. La petite vingtaine tout au plus.

— Je suis désolé qu'Abbi – Baby Hope – ne soit pas ici avec moi, mais elle m'a chargé de vous transmettre le bonjour.

— Vous la saluerez de ma part également, répond-il gentiment.

— Je sais que ce n'est pas un sujet facile, dis-je avant d'entamer mon carnet rempli de questions.

Je me sens moins nerveux aujourd'hui. Raj n'est qu'une voix désincarnée, pas une vraie personne avec une maison et une vie possiblement brisée. Je n'ai pas à détourner le regard.

— Non, ça fait quinze ans. J'arrive à en parler sereinement.

Il a un accent new-yorkais très prononcé. J'essaie d'imaginer à quoi il peut ressembler maintenant. Je suppose qu'il a des rides. Qu'il a troqué sa sacoche pour une mallette, et qu'il ne se promène plus sans sa tasse isotherme.

— C'est étrange, reprend-il. Ça me semble à la fois très proche et très loin.

— Parlez-moi de ce jour-là.

— Ma petite amie m'avait plaqué le matin même. Sans signe avant-coureur. Avec une excuse du genre « je ne sais plus ce que je veux ». J'avais le cœur brisé. Vous savez ce que je me disais pendant que je courais ? Que si je m'en sortais vivant, je lui demanderais de m'épouser. J'achèterais le plus gros diamant que je pourrais lui offrir, et je mettrais le genou à terre à Central Park. C'est intéressant de voir où notre esprit nous emmène quand on est sur le point de mourir. J'avais de grands projets.

— Vous avez fait votre demande ?

— Comment dire ? J'étais jeune et con. J'ai acheté la bague. Je l'ai fait venir à Central Park. Il y avait tous ces flyers accrochés aux branches.

Vous êtes trop jeune, vous ne le savez sûrement pas. Mais partout où on pouvait regarder, on voyait des affichettes à l'effigie des disparus. Des avis de recherche laissés par les familles endeuillées…

— Ma mère en avait imprimé un pour mon père, je réponds.

Je ne précise pas qu'elle s'est servie d'une photo où il me tient dans ses bras pendant que je suis en soins intensifs, sans doute parce que le fait de me voir intubé susciterait davantage de compassion et pousserait les gens à observer le cliché de plus près. Je ne lui révèle pas non plus qu'il y en a encore un carton plein dans notre sous-sol, ni que j'en garde un exemplaire plié dans le tiroir de mon bureau. Ma mère parle si rarement de lui qu'on pourrait croire que je suis issu de l'Immaculée Conception ou d'une banque de sperme. J'aime posséder ce souvenir tangible d'un père que je n'ai pas connu.

— Est-ce qu'il s'en est sorti ?

— Non.

— Je suis désolé. On n'en a pas retrouvé beaucoup, c'est ce qui rend ces affichettes encore plus sinistres. Au bout d'un moment, je pense que les gens continuaient de les accrocher non par espoir, mais pour faire savoir au reste du monde ce qu'ils avaient perdu. Comme une sorte de testament.

J'imagine tous ces flyers représentant des personnes disparues, comme un collage un peu glauque. Je m'interroge sur cette tendance à vouloir faire s'arrêter les autres pour qu'ils s'intéressent à votre chagrin, puis je me demande si c'est également ce que j'espère accomplir avec ma recherche de la blague parfaite sur le 11 Septembre. S'il s'agit juste de participer à ce grand concours de cicatrices.

— Donc vous lui avez demandé sa main ? C'est génial !

Je dis ça surtout pour ne plus penser à ces affiches. Ni au fait que, comme l'a dit Sheila, une photo n'est pas la réalité, mais qu'il n'y avait rien d'autre à montrer.

— Elle a dit non.

— Merde. Moi qui espérais une fin heureuse…

— Ne vous inquiétez pas. Ça se termine bien. Elle m'a répondu : « Je sais que tu as vécu l'enfer, mais je ne vais pas gâcher le reste de ma vie pour te remonter le moral. » Il s'avère que c'est la meilleure chose qui me soit jamais arrivée, car deux ans plus tard, j'ai rencontré ma formidable épouse. On a eu deux petites filles, de vraies jumelles, et elles sont magnifiques. J'ai tellement de chance. Rien n'arrive jamais sans raison.

— Vous le pensez vraiment ?

Pour ma part, je ne vois pas ce qui peut justifier la chute de ces deux tours, ni qu'un gamin massacre ses camarades dans un collège. L'idée que je peux me faire d'un dieu n'admet pas ce genre d'horreurs.

— Aucune idée. Peut-être. Parfois. Qui sait ? Si ça se trouve, j'ai survécu dans le seul but de donner vie à ces deux filles parfaites. Peut-être qu'elles finiront par sauver le monde.

— Dites-moi ce que ça fait d'être un symbole. Ça vous arrive qu'on vous reconnaisse dans la rue ?

— Parce que je suis sur la photo de Baby Hope ?

— Ouais.

— Jamais. Je ne suis qu'un type en arrière-plan. Personne ne me remarque jamais. Je sais que ce n'est pas ce que vous vouliez dire en parlant de symbole, mais vous savez quoi ? Ce jour-là a complètement changé ma façon de vivre. Je suis désormais un symbole, plus une personne, parce que les gens sont des imbéciles.

Raj part alors d'un de ces petits rires amers qui sont tout sauf joyeux. Cela me rend toujours triste – cette perversion du rire, peut-être la seule chose positive de ce monde – en tout cas la meilleure –, transformé en une espèce de tic nerveux.

— Qu'est-ce que vous voulez dire ?

— Je suis né et j'ai grandi à New York. Après ce jour, pour la première fois de ma vie, je ne me suis pas senti tranquille en marchant dans ma ville, tout ça à cause de mon turban. Les gens ne font toujours pas la différence entre les sikhs et les musulmans. Je ne dis pas que c'est mieux de s'en prendre à eux qu'à nous, attention. Un soir, j'ai été pris en chasse par des gros costauds armés de battes de base-ball. Si on me donnait une pièce pour toutes les fois où on m'a traité de terroriste ou dit de rentrer dans mon pays depuis le 11 Septembre, je n'aurais plus besoin d'économiser pour payer l'université à mes filles.

Il marque une pause, et j'entends un bruit en arrière-plan. Une femme, sans doute l'épouse de Raj, demande à leurs filles de ranger leurs téléphones et de faire leurs devoirs.

— Depuis ce jour-là, j'ai ouvert les yeux sur ce genre de saloperies. Bien sûr, j'avais déjà entendu des réflexions à la récré, quand j'étais gamin. Mais les attentats ont tout bouleversé.

— C'est horrible, je réponds. Je suis désolé.

— Comme je dis à mes filles, mieux vaut avancer les yeux ouverts que fermés, pas vrai ?

— Êtes-vous resté en contact avec les autres survivants de cette photo ?

Je tente de conserver une voix neutre, comme s'il s'agissait d'une question comme une autre. Comme si je poursuivais seulement la conversation. Comme si tout ne dépendait pas de sa réponse.

— Bien sûr que non.

Fiasco.

— Ça va vous paraître étrange, mais connaissiez-vous l'homme qui court derrière vous sur la photo ? Celui qui porte la casquette de l'université du Michigan ?

Je retiens mon souffle en attendant sa réponse. Je croise les doigts car je sais que personne ne peut me voir.

— Casquette bleue !

— Ouais.

— Non, je ne lui ai pas parlé. Je n'ai parlé à personne. Je ne l'avais même pas remarqué avant de voir la photo en une du *New York Times*. Mais j'ai étudié dans cette fac, alors quand je l'ai vu, je me suis dit : *Allez les Blues !* J'étais vraiment content qu'il s'en soit tiré.

— Ouais, moi aussi, je conclus.

Chapitre quarante et un

Abbi

Noah et moi sommes assis face à face au *Burgerler*, le seul fast-food d'Oakdale maintenant que notre ville est devenue huppée et préfère les spécialités servies dans des bols, comme l'açaï ou le poke. Le dimanche soir, quand j'étais petite, mon père m'emmenait ici, comme un rituel. On se partageait les beignets d'oignon entassés dans une panière en plastique rouge, et on résolvait les labyrinthes dessinés sur les sets de table en papier. La dernière fois qu'on est venus ici, il y a peut-être un an ou deux, il m'a informée que s'il devait lui arriver quoi que ce soit, tous ses documents importants étaient entreposés dans le coffre-fort de son placard. J'ignore ce qui l'a poussé à envisager le pire, mais je me rends compte à présent que je n'aurai pas grand-chose à léguer.

Noah se racle la gorge, et je chasse mes pensées morbides. Je réfléchirai à tout ça plus tard.

Pour l'heure, je suis déterminée à me concentrer sur l'instant présent, sur Noah et ses cheveux en bataille, ses lunettes et son sourire malicieux. Il a déjà sa cuillère à la main, prêt à en découdre.

— Dis-moi trois choses que j'ignore sur toi, me lance-t-il après qu'on s'est battus pour une coulure de sirop de chocolat particulièrement gluante qui doit sortir d'une canette en métal.

On a commandé une glace trois boules avec de la crème Chantilly et une cerise confite en décoration. Chocolat. Vanille. Fraise entre les deux. Toute l'enfance résumée dans une coupe en verre et saupoudrée de vermicelles multicolores.

S'agit-il d'un rencard ? Ça y ressemble un peu – on partage un plat, on n'est que tous les deux, et il flotte comme une ambiance de drague entre nous –, mais d'un autre côté, je n'ai jamais eu de véritable rencard, je suis donc mal placée pour trancher. Mes seules expériences avec les garçons ont été vécues par procuration. Des histoires racontées par Cat, parfois par Ramona et Kylie.

J'ai remporté la bataille du chocolat. Seulement parce qu'il m'a laissée gagner.

— Trois choses ? je répète.

— J'ai lu ça dans un livre. Apparemment, c'est une bonne façon d'apprendre à connaître quelqu'un. C'est toi qui commences.

— D'accord. Une : quand je n'arrive pas à dormir, il m'arrive de me lever, de faire mon lit, de changer de pyjama, et de tout recommencer. J'aime me donner l'illusion d'un rituel.

— Et ça marche ?

— Pas vraiment, mais ça fait passer le temps.

— C'est déjà bien.

— Deux, je poursuis, malgré ma dent sucrée et mon attirance pour les aliments rouges, je ne jure que par les frites. Trois, je suis curieusement obsédée par Mary Oliver. C'est une poétesse qui a véritablement la magie des mots. Dans l'un de ses textes, elle demande ce qu'on compte faire de notre « vie unique, délirante et précieuse ». Ça doit être cool de trouver les mots qui permettent de rendre le monde – la vie – plus… gérable.

— C'est exactement de là que vient ma passion pour la comédie, répond-il.

Je sens mon cœur s'emballer légèrement. J'aime son hobby bizarre. J'aime que ça ait réellement un sens pour lui.

— Allez, à toi, je dis. Trois choses. (Il hausse les épaules.) Si, c'est pas juste ! Je t'ai dit des trucs.

— Non, c'est pas ça. On n'a pas besoin d'artifices, c'est tout. C'est super facile de te parler, répond Noah.

— Merci.

Je me sens rougir à ce compliment, et ma nuque me picote.

— Ah si, il y a une chose que tu ne sais peut-être pas : j'ai moi aussi failli mourir quand j'étais bébé. Même si nos expériences de mort imminente ne peuvent pas toutes être aussi spectaculaires qu'une attaque terroriste. (Il se tait un instant, me sourit.) Mais je suis né avec un problème cardiaque. Mes parents pensaient que je ne survivrais pas.

Noah me balance ça comme si ça n'avait aucune importance.

— Et aujourd'hui, ça va ?

— Je vois un cardiologue une fois par an, et si je sonne à l'aéroport, je dois leur parler de mon pacemaker, mais c'est à peu près tout. J'ai eu de la chance. Comme toi.

Il fait une nouvelle fois tinter sa cuillère contre la mienne, comme pour célébrer ça.

J'étudie son visage un moment, du moins les détails que je n'ai pas encore eu l'occasion d'explorer. Je me demande comment il réagirait si je lui parlais de mes poumons. Ai-je toujours autant de chance ?

Le fait de le lui avouer me donnerait-il le courage d'en parler à mes parents ? Ce serait comme un galop d'essai. Parce que c'est l'une des choses que je préfère chez Noah : avec lui, je me sens plus forte.

— C'est effectivement la façon dont je vois les choses. On a eu de la chance. En éludant le contraire : qu'à l'origine, on n'en a pas eu.

— C'est vrai, confirme-t-il en me regardant droit dans les yeux.

Je me force à soutenir son regard, intrépide. Bon, d'accord, peut-être pas intrépide, mais je refuse de me laisser subjuguer par la peur. C'est un instant de grâce, ce contact visuel avec ces sourires niais plaqués sur nos visages, car je suis à peu près sûre que, quand on évoque la chance, on pense surtout à la chance d'être ici, l'un avec l'autre.

C'est ce genre de courage qui me manque le plus dans la vie de tous les jours. Le courage de soutenir un regard.

Sous la table, je sens nos chaussures s'aligner. La sienne, la mienne, la sienne, la mienne. Nos chevilles se touchent, s'écartent, se touchent à nouveau. Puis il ne bouge plus, garde ses pieds contre les miens, alors je cesse à mon tour de remuer, pour prolonger le contact.

Mes poumons me picotent de la façon la plus agréable qui soit. De minuscules flèches d'excitation me parcourent le corps.

J'ai bel et bien l'impression que c'est un rencard.

Chapitre quarante-deux

Noah

J'aurais dû l'emmener dans ce resto à sushis sur Main. Ils mettent des bougies sur les tables, même en plein après-midi. Pas de crayons de couleur ni de sets en papier. Elle aurait tout de suite compris que ce n'était pas une simple sortie entre amis. Je pose le pied contre le sien et le garde là, mais je ne sais pas si elle le remarque.

Quand elle se lève pour aller aux toilettes, ma cheville se sent seule.

J'envoie un texto à Jack, parce que je ne sais pas rester sans rien faire en attendant son retour.

Moi : Elle est aux toilettes

Jack : Comment ça se passe ?

Moi : Pas trop mal

Jack : Alors quel est le problème ?

Moi : Est-ce que je dois dire quelque chose ? Ce que je ressens ?

Jack : C'est adorable
Moi : Tu ne m'aides pas
Jack : Je te dis depuis le début de lui dire ce que tu ressens
Moi : Non. Tu m'as dit que je n'aurais jamais dû me lier d'amitié avec elle
Jack : J'ai changé. Elle est cool
Moi : Comment je lui dis ?
Jack : Laisse parler ton cœur
Moi : Mon cœur ne parle pas. Il bat à un rythme régulier grâce à un dispositif électronique
Jack : Tu es tellement premier degré
Moi : Est-ce que je dois lui dire qu'elle est jolie aujourd'hui ?
Jack : Dis plutôt belle. C'est nul, jolie
Moi : OK. Elle revient. Autre chose ?
Jack : C'est dans la poche, mec
Moi : C'était de l'ironie ?
Jack : Honnêtement ? Je ne sais pas encore

C'est le problème. C'est loin d'être *dans la poche*. Quand Abbi revient à la table, elle est encore plus belle qu'avant. Ses lèvres brillent, ses cheveux cascadent sur ses épaules et elle sourit, comme si ce tête-à-tête n'avait rien d'extraordinaire. J'essaie d'imiter sa nonchalance en me penchant sur l'écran de mon téléphone, comme si je ne la lorgnais pas du coin de l'œil. Comme si mon ventre n'était pas noué.

Chapitre quarante-trois

Abbi

Une fois aux toilettes, je me suis lancé des paroles encourageantes : *Tu es formidable. Pas la peine d'avoir les cheveux orange ou de connaître des groupes aussi improbables qu'Oville pour être intéressante. Tu es toi, et ça suffit amplement. Tu es douée pour les discours d'encouragement !*

Je me suis remis un peu de baume à lèvres teinté, le seul truc ressemblant à du rouge que j'ose porter. Une fois, j'ai essayé le rouge clinquant de Cat et n'ai tenu que trois minutes avant de l'essuyer. Je le sais parce qu'elle m'a chronométrée.

J'essaie de regagner la table d'un pas nonchalant – d'avancer avec une confiance que je n'éprouve pas. Noah plisse le front, il est penché sur son téléphone, et je comprends que ma démarche importe peu puisqu'il ne me porte aucune attention.

— Tout va bien ? je lui demande.

— C'est juste Jack.

— Tu as l'air profondément inquiet, je dis en souriant.

Mon ton est-il charmeur ? Je l'espère.

— Nan, ce n'est rien.

Il range alors son téléphone.

— Eh, tu es mign… jolie – enfin… belle.

Il contemple ses mains. Mon cœur se serre, et une vague lente et chaude me remonte des orteils jusqu'à la figure. Il me trouve belle. *Belle.* Ce qui est beaucoup mieux que jolie. Je devrais avoir honte de rougir, sauf qu'il rougit aussi. On est tellement nuls à ce jeu. C'est mieux comme ça. Je ne m'imagine pas assise ici face à quelqu'un qui saurait exactement quoi dire, comment le dire, et qui ne flipperait même pas un peu. Parce que, comme moi, Noah panique complètement, ça se voit.

— Merci.

— De rien du tout.

Puis je reste muette, car je ne sais ce que je pourrais ajouter d'autre que *Merci encore*, ce qui serait totalement ridicule. En temps normal, je me débrouille toujours pour combler les blancs, mais mon esprit semble étrangement vide.

— J'ai tout gâché, hein ? me demande Noah en me montrant de sa cuillère.

Une goutte de fraise coule sur la table.

— Je ne dirais pas *gâché*.

— Tu dirais quoi, alors ?

Noah est redevenu lui-même. Certes écarlate, mais avec son sourire franc qui joue aux coins de ses lèvres. On est carrément en train de flirter. C'est impossible que je me trompe à ce point.

— Tu as rendu les choses… différentes.

— Différentes en bien ? Ou différentes en mal ?

— Différentes en bien, je crois ?

J'avale une bouchée de glace et entends soudain Cat me souffler : *Lèche ta cuillère de façon suggestive. Les mecs adorent ça.* Je préfère l'ignorer. Rester moi-même.

— Différentes, en tout cas.

— Il paraît que le changement est positif.

— C'est vrai. Enfin, sauf le changement climatique.

— Oui. Le changement climatique, c'est mal. Très mal. Et apparemment, la ménopause aussi, vu que ma mère appelle également ça « le changement ».

J'éclate de rire.

— Tu veux qu'on continue de parler de la ménopause de ma mère ? Comme j'ai déjà rendu la conversation bizarre, autant continuer sur ma lancée. Elle a des bouffées de chaleur. Des changements d'humeur.

— Pitié, arrête.

— J'arrête.

— Tu es encore plus étrange que je ne le pensais.

— Hé, c'est ma réplique !

— C'est une bonne réplique, je me défends.

Je ne suis pas si nulle, finalement. Cat prétendait que si je n'avais jamais eu l'occasion d'emballer un garçon, c'était parce que je ne savais pas flirter. Que je devenais nerveuse et perdais mes moyens, que je devais apprendre à *avoir l'air* sûre de moi. Je répliquais alors que le problème était cette photo débile – personne n'a envie d'embrasser quelqu'un qu'il imagine bébé. Pourtant, au fond de moi, je la croyais. Baby Hope n'était qu'une piètre excuse.

Mais à présent, ma gêne naturelle s'est dissipée. Je suis certes nerveuse, je perds un peu mes moyens et je suis loin de me sentir confiante, mais cela ne semble pas avoir d'importance. Je suis ici, en train de flirter avec Noah et de me tordre de rire.

— Bon, changement de sujet, reprend-il. Prête pour un questionnaire en rafale ?

— Prête. Vas-y.

— Coca ou Pepsi ? demande-t-il.

— Sprite.

— Base-ball ou football américain ?

— Aucun sport.

— Ah bon ? C'est chiant. Thé ou café ?

— Café.

— Chiens ou chats ?

— Chiens. À cent pour cent. Les chats sont trop flippants.

Il se penche par-dessus la table pour m'en taper cinq.

— Mots ou émojis ?

— Mots. Je trouve les émojis trop vagues. Il me faudrait un dico d'émojis.

— Je sais quoi t'acheter pour ton anniversaire.

Mon cœur se serre légèrement, ce jour est tellement chargé d'émotions. Si Noah devait s'en souvenir, il se rendrait compte que c'est également le jour anniversaire de la mort de son père. Je n'imagine rien de plus efficace pour tuer dans l'œuf ce qui peut exister entre nous. Noah ne semble pas s'en rendre compte, je fais donc une chose très inhabituelle : je laisse couler.

— *Harold et Kumar* ou *American Party* ?

— Je ne comprends même pas la question.

— Toute une éducation humoristique à refaire…

— J'avoue.

— Bon, très bien. (Il se lève alors et me tend la main.) Si on s'y mettait tout de suite ?

Il me propose ça avec une pointe de timidité dans la voix. C'est alors que je comprends qu'il me propose d'aller voir un film chez lui. Aujourd'hui. Maintenant. L'espace d'un instant, ces mots auxquels je tiens tant me fuient. J'aimerais répondre quelque chose d'intelligent : *Ça dépend. Il y aura du café ? Tu as un chat ?*

Mais tout ce que je parviens à articuler est :

— D'accord.

La maison de Noah ressemble à ce que ma mère appellerait d'un air narquois une « McMansion », à savoir une immense bâtisse moderne refusant de se fondre dans le paysage de ce quartier essentiellement constitué de maisons style ranch à un seul niveau. Pour des raisons qui m'échappent, chaque fois que l'on passe devant l'une d'elles, ma mère, qui exprime rarement d'autres émotions extrêmes que la joie, se lance dans une tirade absurde expliquant à quel point elle les déteste. J'ai un jour commis l'erreur de lui demander : « On peut savoir ce que les McMansion t'ont fait ? » J'ai alors eu droit à un exposé interminable sur l'afflux d'argent à Oakdale qui broie peu à peu l'esprit communautaire.

C'est à cause de ces nouvelles maisons qu'une quincaillerie familiale a été remplacée par une fromagerie de luxe. Quelque part, cela nous renvoie au 11 Septembre et au fait qu'on soit les victimes du grand méchant capitalisme. On regarde le monde répéter les mêmes erreurs sous nos yeux, même si je ne sais pas exactement ce que je suis censée regarder ni ce que je ne devrais pas répéter.

« Je préfère acheter une clé anglaise chez ce bon vieux M. Seever plutôt qu'une meule de brebis à je ne sais quelle société anonyme, pas toi ? » a-t-elle ajouté, et j'étais alors trop barbée pour lui signaler qu'on avait déjà les deux à la maison. À la cuisine. À cet instant même. (Le fromage avait été volé chez mon père, par ma mère en personne.) Sans parler du fait que, depuis quelques années, la clientèle de ma mère explosait grâce au nouvel Oakdale. Apparemment, l'argent provoque des perturbations, ce qui est parfait pour ses affaires.

Curieusement, Noah et moi sommes presque voisins. Sa maison, devant laquelle je suis passée des milliards de fois sans même m'en rendre compte, comporte des plafonds particulièrement hauts, des meubles aux lignes pures et des parquets massifs en bois sombre. Les seules photos de famille qui trônent là ont manifestement été prises par un professionnel, lors du deuxième mariage de sa mère. Noah devait avoir alors dix ou onze ans ; il portait un costume et avait la bouche pleine de bagues. Est-ce que ses parents le détestent ? Cela semble inhumain de mettre ainsi en scène ce jeune ado gêné.

— Waouh, regardez-moi ça, dis-je.

Une phrase sans parti pris, car l'immensité de l'endroit impose un commentaire, à défaut d'un compliment. Contrairement aux maisons de mes parents, il n'y a aucun dessin d'enfant encadré au mur, aucune preuve – en dehors des photos de mariage – que quelqu'un de moins de quarante ans habite ici. Je ne déteste pas sa maison pour les mêmes raisons que ma mère – je me moque un peu de l'esprit communautaire d'Oakdale, et je n'ai pas d'opinion forte concernant le capitalisme ni le terme *broyer* en règle générale. En revanche, une atmosphère étonnamment solitaire se dégage de cet endroit. J'ai peine à croire qu'un Noah ait pu s'épanouir ici.

— Je ne l'aime pas du tout, déclare-t-il platement. Avant, on habitait dans un minuscule pavillon à l'autre bout de la ville, mais quand ma mère a épousé Phil, on a emménagé dans cette monstruosité. L'ancienne baraque aurait pu tenir dans cette pièce. Mais, je ne sais pas… c'était chez moi. (Il se laisse alors tomber sur le canapé.) C'est le seul endroit où j'ai vécu avant de venir ici.

Je me rapproche de lui, mais reste debout. Je dois déterminer quelle distance laisser entre nous, et ma gêne revient au galop. Dois-je m'asseoir près de lui, puisqu'on a convenu que les choses étaient désormais « différentes », ou vaut-il mieux jouer la prudence en optant pour l'autre bout du canapé ? Paniquée, je m'affale quelque part à mi-chemin.

— Où est le plateau de fromages ? je demande.

Noah rit, étend ses jambes et attrape la télécommande.

— Tu es prête à voir le génie en action ?

— Oui, je réponds. Prête.

Puis on commence à regarder un film.

Un film entier.

Du début jusqu'à la dernière ligne du générique de fin.

J'essaie de pouffer aux bons endroits, et j'adresse un sourire occasionnel à Noah en faisant mine de m'amuser devant ce chef-d'œuvre révolutionnaire dans lequel deux pauvres types se défoncent et cherchent des burgers.

Je consacre l'essentiel des quatre-vingt-dix minutes à réfléchir à la distance qui nous sépare. Une quarantaine de centimètres, peut-être plus. J'éprouve une nervosité certaine, pourtant je ne cherche pas à me rapprocher.

Lui non plus.

Je repense à ce qui s'est passé. Lui me disant qu'il me trouve belle. Cet après-midi aux allures de long rencard, l'air saturé d'une tension indéfinie. Je ne sais pas ce qui se passe à l'écran, même si je présume que c'est l'histoire de deux gars nommés Harold et Kumar qui se donnent beaucoup de mal pour se rendre dans un fast-food *White Castle*, tandis que Neil Patrick Harris, qui incarne une version imbuvable de lui-même, n'arrête pas de leur mettre des bâtons dans les roues.

Pour couronner le tout, une question ne cesse de me trotter dans la tête : pourquoi est-ce que Noah ne se penche pas pour m'embrasser ? J'ai passé toute la route à me demander ce que je ressentirais. Sa bouche sur la mienne, ou la mienne sur la sienne, en espérant que la nature fasse bien les choses et que je sache de quel côté tourner la tête, ainsi que Cat me l'a promis il y a bien longtemps. Se pourrait-il que cet instant reste gravé dans ma mémoire, comme notre jeu de regards au *Burgerler* ? Parce que les premiers baisers sont censés être indélébiles.

Je ne place pas la barre très haut. Par définition, une première est une première. J'espère une gêne légère, le temps de comprendre comment cela fonctionne, en espérant réussir à retenir un rire nerveux. Pourtant, parfois, il y a de la magie dans l'imperfection.

J'envisage de me tourner vers Noah, de me rapprocher de lui. Au lieu de quoi, je reste tétanisée.

Peut-être que je me suis trompée sur toute la ligne.

Peut-être qu'il n'a aucune envie de m'embrasser. Peut-être qu'il me trouve « belle » en tant qu'amie, qu'il s'agissait d'une simple remarque en l'air, pas d'un changement radical dans notre relation.

Ou peut-être que c'était une simple manipulation, une manière de me dissuader d'abandonner notre projet.

À moins que la présence de Noah ne me rende finalement pas si courageuse.

Chapitre quarante-quatre

Noah

— Donc Abbi et toi êtes restés assis là à mater *Harold et Kumar* ? Tu te fous de moi ?

Je regrette aussitôt d'avoir tout raconté à Jack. On est chez moi, et il est juché sur le comptoir de la cuisine tandis que je farfouille dans les placards en quête d'un truc à grignoter. Généralement, ma mère planque les bons produits derrière les biscuits de régime de Phil. Je lui tourne le dos, mais je l'entends ricaner.

— Vous êtes allés jusqu'à la fin, quand ils parviennent enfin au *White Castle*, et vous avez regardé John Cho et Kal Penn bouffer leur sandwich ? C'est tellement triste, mec.

— Fous-moi la paix, je riposte.

Je mets finalement la main sur des chips à l'oignon et à la crème. Je repense à Abbi sur mon canapé. Ses yeux marron. Ses jambes croisées, ses orteils pailletés. J'ai eu tellement envie de lui toucher la cuisse. De l'embrasser. De repousser une boucle derrière son oreille, un geste que j'ai toujours voulu tenter mais que je n'accomplirai sans doute jamais. Parce que je suis un froussard. Et un imbécile.

— Tu devrais l'inviter demain pour regarder les suites. Tout le monde adore les mauvaises comédies planantes vieilles de dix ans. Le top du romantisme.

— C'est pas drôle.

Mon agacement se mue immédiatement en colère. J'ai envie de balancer un coup de poing dans le mur. Ou de remonter le temps et de m'en faire pousser une paire. J'aimerais devenir quelqu'un de radicalement différent.

— T'es un vrai boulet, mon pote, s'esclaffe Jack.

Et il rit cette fois si fort qu'il en tombe du comptoir. Je ne fais aucun effort pour l'aider à se relever.

Maman : Qu'est-ce qu'il y a ?

Moi : Rien. Jack est là

Maman : Qu'est-ce qui s'est passé ?

Moi : Rien !

Maman : Il s'est passé quelque chose. Instinct maternel. J'en suis sûre

Moi : Détends-toi

Maman : Je suis ta mère, et on a vécu tous les deux dans ce taudis pendant dix ans, alors je te connais mieux que tu ne te connais toi-même. Alors ne me dis pas de me détendre, ça ne fait que m'inquiéter un peu plus. Je te téléphone

Moi : Ça va. Journée de merde. STP, n'appelle pas

Maman : Depuis quand c'est si horrible que ta mère te téléphone ?

Moi : J'ai juste pas envie d'en parler
Maman : Puisque tu es déjà de mauvaise humeur, autant te prévenir que Phil veut t'emmener au golf vendredi
Moi : Pas moyen
Maman : Allez. Il veut juste se rapprocher de toi
Moi : Je travaille au camp
Maman : En fin de journée
Moi : Déjà des trucs prévus
Maman : Avec Jack ? Ça ne compte pas
Moi : Avec Abbi
Maman : Baby Hope ?
Moi : Elle s'appelle Abbi
Maman : Je ne savais pas que tu la fréquentais
Moi : Et alors ?
Maman : C'est intéressant. C'est tout. C'est un peu l'incarnation du 11 Septembre
Moi : Personne n'est l'incarnation du 11 Septembre. C'était une attaque terroriste, pas une pub pour un magazine
Maman : Arrête ton char
Moi : C'est mon amie
Maman : Tu n'es pas obligé d'être ami avec tout le monde
Moi : Tu me disais l'autre jour de sortir un peu
Maman : S'il te plaît… fais attention avec elle
Moi : Attention à quoi ? Dis-moi. De quoi tu as si peur ?
Maman : De rien. Je n'ai peur de rien
Moi : Maman !
Maman : Laisse tomber. Il faut que j'y aille. Il y a des lasagnes au congélateur

Chapitre quarante-cinq

Abbi

On avait dix ans quand ils ont identifié l'une des côtes du père de Cat. On faisait notre millième partie de pouilleux d'affilée. C'était avant qu'on devienne amies avec Kylie et Ramona, on n'était donc que toutes les deux, à l'époque. C'était au début du mois de décembre, et l'école était fermée à cause de la neige. Une réaction démesurée, puisqu'on n'avait eu que quelques flocons, donc au lieu de passer l'après-midi à faire des bonshommes de neige, ainsi qu'on l'avait initialement prévu, on était plutôt restées en pyjama confortable à jouer aux cartes et à faire les andouilles chez elle.

Quand la sonnette a retenti, on a cru que c'était l'employé d'UPS, Larry, qu'on aimait bien en dépit de sa moustache de pervers et de sa fourgonnette de kidnappeur d'enfants. Toutefois, quand on a couru ouvrir la porte d'entrée, les deux hommes qui sont apparus n'avaient pas de moustache et étaient habillés tout en bleu.

Plus tard, tandis que la mère de Cat se balançait d'avant en arrière sur le canapé, dans un état second, exactement comme elle le faisait quand elle berçait Parker sur ses genoux, les policiers sont repartis, et le plus âgé des deux, celui qui avait parlé, nous a demandé à Cat et à moi d'être « particulièrement gentilles avec votre maman ce soir ». Il avait un accent du Sud, alors qu'ils auraient dû envoyer un New-Yorkais ou au moins quelqu'un du New Jersey pour porter des nouvelles pareilles.

Quand Mel nous avait demandé de monter, avant même que les flics aient ouvert la bouche, Cat et moi nous étions précipitées dans la cuisine pour espionner avec excitation. On ne pensait pas qu'il pouvait s'agir de quelque chose de grave ; puis on a entendu les mots, et il était trop tard pour disparaître ou les oublier. Je me rappelle m'être tenue derrière Cat, le menton atteignant à peine son épaule, et avoir éprouvé l'envie soudaine de lui boucher les oreilles. D'encaisser cette nouvelle moi-même pour lui éviter cette peine.

Le policier a expliqué que certaines familles trouvaient un certain réconfort quand on découvrait des restes – c'est l'expression exacte qu'il a employée, *découvrir des restes*. Comme si la côte du père de Cat était un vestige – un bibelot –, une bonne affaire de vide-grenier.

« Les gens aiment avoir quelque chose à enterrer, même tant d'années après, parce que ça leur permet de faire le deuil. »

Apparemment, le protocole voulait qu'en cas de nouvelles avancées, si d'autres parties du squelette venaient à être mises au jour, Mel ne bénéficie pas d'autre visite à domicile – ils manquaient de personnel pour ça – mais d'un simple coup de téléphone. Certaines familles en recevaient un tous les mois. Une côte, puis un péroné, peut-être un morceau d'orteil.

Après leur départ, Cat s'est précipitée dans sa chambre, en larmes, et je n'ai pas su si je devais la suivre à l'étage ou rester en bas. Parker, qui était encore tout petit, était roulé en boule au pied de Mel, comme un chien. Il était terrifié et confus ; il pensait qu'avoir la visite de policiers serait un événement. Quelque chose d'amusant. Comme un carnaval à domicile.

« Est-ce que le papa de Cat est remort ? » a-t-il demandé, car il savait déjà qu'il n'avait pas le même père que sa sœur, que le père de Cat était mort à une époque qu'il ne pouvait pas imaginer, parce que personne ne peut clairement envisager le temps avant ou après sa propre existence. Ce que je n'avais pas encore compris jusqu'alors, c'est que Parker avait raison : les gens peuvent mourir deux fois.

Mel l'a regardé et s'est mise à pleurer. J'ai pris le petit Parker dans mes bras et suis allée lui chercher des cookies et un verre de lait à la cuisine. Puis j'ai appelé ma mère depuis le téléphone fixe et je lui ai expliqué ce qui s'était passé. Je me souviens d'avoir pris conscience que c'était mon premier aperçu de la vie d'adulte. Ça ne m'a pas plu. Du tout.

Ma mère est venue directement. Elle a mis Mel au lit, nous a mis le DVD de *Dinosaure* – même si Cat et moi étions évidemment bien trop vieilles pour ça, ce qui ne nous a pas empêchées de le regarder – en attendant le retour de Stewart, qui avait quitté le travail plus tôt que d'habitude pour prendre le relais.

Une semaine plus tard, et neuf ans après la mort du père de Cat, la famille Gibson-Henderson avait organisé de nouvelles obsèques. Cette fois, il y avait un cercueil, même si je savais qu'il ne contenait qu'une côte.

Je ne pouvais pas m'empêcher de penser à combien elle allait s'ennuyer, toute seule sous terre, pendant l'éternité.

Chapitre quarante-six

Noah

— Bon, c'était le matin du 11 Septembre, paradoxalement le plus beau jour de l'année – imagine un ciel parfaitement bleu, du bleu, du bleu, que du bleu. Pas un nuage en vue. Je me dirige vers *Century 21*, un grand magasin discount au centre-ville. J'ai besoin d'une cravate pour un entretien d'embauche, rien d'important. Tout est normal. J'ai mon appareil photo avec moi, comme toujours. Puis j'entends un bruit – puissant, indescriptible, du métal contre du métal. Le premier avion vient de percuter la tour, et mon instinct prend le dessus. Je retire brusquement mon cache et me mets à courir vers le lieu de l'accident.

Vic Dempsey raconte la scène avec expertise, s'emballe au moment approprié, comme si on devait se préparer pour la suite. Le photographe qui a réussi le cliché de Baby Hope a manifestement resservi son histoire des dizaines de fois, ce qui est à la fois compréhensible et horrible.

Jack et moi nous trouvons dans son petit studio de Maplewood, dans le New Jersey, et Vic parle tout en contemplant une série de photos disposées sur une table éclairée. Sur les images, une grande femme mince en tailleur porte un bébé dans un élégant sac à main en cuir. Ses cheveux partent dans tous les sens, comme si elle se tenait devant un ventilateur. Je ne comprends pas du tout ce que je vois : elle semble à la fois à bout de nerfs et sereine, et le bébé paraît sur le point de tomber. J'imagine que je devrais en déduire quelque chose, mais je ne sais pas quoi.

— Après l'explosion, vous vous êtes rapproché, au lieu de décamper. C'est complètement dingue, je commente.

J'ai beaucoup réfléchi à ce que j'aurais fait si je m'étais trouvé sur place. Et quel que soit l'endroit où je me situe – au trente-neuvième étage de la tour Sud, au deuxième étage de la tour Nord, ou à plusieurs rues de là –, je n'imagine pas autre chose que prendre la fuite. C'est comme ça que je visualise la scène : comme dans un rétroviseur. Quelque chose qui se passe derrière moi.

— Incroyable, s'extasie Jack.

— Je suis câblé comme ça, déclare Vic, tout à fait détendu et naturel.

Il doit approcher de la soixantaine ; son crâne dégarni est rasé à blanc et ses yeux sont profondément cernés. Il porte une chemise en jean aux manches retroussées jusqu'aux coudes, proprement rentrée dans son jean bleu délavé. *Il est bel homme*, a chuchoté Jack à notre arrivée, mais je ne vois pas ce qu'il lui trouve. Jack a tendance à confondre la dégaine avec l'apparence.

— Mon instinct me pousse à immortaliser les choses, et je vais là où j'aurai la meilleure prise de vue. Je ne pouvais pas *ne pas* prendre de photos. Il *fallait* que le monde voie ça.

— Auriez-vous par hasard des nouvelles des autres personnes sur la photo ? Comme le type avec la casquette bleue, par exemple ?

Jack marmonne « Pas ton père » suffisamment bas pour que Vic ne puisse pas l'entendre.

Jack a toujours estimé que ces recherches étaient une mauvaise idée. Une lubie idiote. Il a peut-être raison, mais il est trop tard, désormais.

— Nan. Mon boulot est de prendre des photos. Ça s'arrête là. Je pensais que c'était de ça que notre pays avait besoin, à l'époque, d'espoir. Bien sûr, j'ignorais qu'elle s'appelait *Hope* ! Parfois, le hasard est curieux.

Son *nan* m'a empli de désespoir.

— En fait, Hope est son deuxième prénom, intervient Jack.

— Peut-être, mais ça a plu aux gens. Une sorte de raccourci sentimental. Ça simplifie les choses, explique Vic. Et puis, la photo respecte parfaitement une règle sacro-sainte chez les photographes : celle des tiers.

— Qu'est-ce que c'est ? demande Jack.

— À l'origine, ça remonte aux peintures de la Renaissance. L'idée étant que l'arrière-plan raconte une histoire, et que les yeux de celui qui regarde doivent se balader sur toute la toile. Ainsi, le point d'intérêt ne doit jamais se trouver au milieu de l'image. Celle-ci doit être découpée en tiers, tant horizontalement que verticalement, et les éléments les plus importants doivent se situer à l'intersection de ces lignes. Là, regardez. Baby Hope *démontre* la règle des tiers.

Vic nous indique une version encadrée, accrochée à son mur.

Il dessine des lignes invisibles pour découper la photo en un quadrillage et nous montre qu'Abbi ne se trouve pas au centre, mais sur l'axe de droite. Si on m'avait posé la question avant cet instant, j'aurais juré qu'elle était en plein milieu.

— Il y a aussi une règle des tiers en comédie, je déclare.

— On appelle parfois ça le trio comique, abonde Jack.

— Genre un Anglais, un Irlandais et un Écossais entrent dans un bar, et la chute concerne toujours le dernier. Ça ne serait pas drôle s'ils n'étaient que deux. Ça ne fonctionnerait pas.

Je me rends compte que la conversation est en train de dériver, mais je m'en moque éperdument.

— On a essayé, témoigne Jack.

— D'accord, conclut Vic en nous dévisageant comme s'il n'avait jamais rencontré personne d'aussi bête. Mais en art, c'est un outil narratif. Regardez cette femme, par exemple.

Il désigne Sheila, que j'avais baptisée « Femme en Tailleur » avant de connaître son nom, sa jolie maison gravée dans ma mémoire et son défunt mari que je ne visualise pas mais que j'imagine aussi formidable et drôle qu'elle le prétend.

— Sheila, dis-je.

Vic hausse les épaules, comme si ça n'avait aucune importance. Comme si son nom n'était qu'un détail insignifiant.

— Vous voyez comme votre regard se pose d'abord sur Baby Hope, avant toute chose ? Vous découvrez Sheila et vous vous demandez : à quoi elle pense ? qui est-elle ? qu'est-il arrivé à ses chaussures ?

Je considère à nouveau la photo, et pour la première fois, je ne regarde pas directement l'homme à la casquette de l'université du Michigan. J'oublie mes propres interrogations pour envisager l'œuvre dans sa globalité. Chaque personne est une constituante de l'histoire ; un peu comme nos interviews, quand on y pense. C'est tout l'inverse des avis de recherche placardés partout après le drame. Une autre espèce de collage.

Je contemple Connie, que je n'aurai jamais le privilège de rencontrer. J'aimerais pouvoir lui demander ce que cela lui a fait de sauver un bébé qui n'était pas le sien. Et s'il y en avait d'autres, qu'elle avait dû abandonner.

— C'est magnifique, commente Jack. Ce n'est pas une simple photographie. C'est de l'art. Et cela n'a rien de neutre.

J'examine à nouveau le cliché, en essayant d'adopter le point de vue de mon ami. Un instant unique d'atrocité transformé en une scène à couper le souffle. C'est incroyable de constater à quel point l'œuvre se module en fonction du regard qu'on lui porte. Il a complètement raison : elle n'a rien de neutre.

Que voit Abbi, quand elle tombe dessus ? Seulement le bébé au ballon, comme je ne voyais jusqu'alors que l'homme à la casquette ? Ou se sent-elle complètement étrangère à ceux qui l'entourent ? Une fois encore, l'image prime sur l'événement.

— Trois mille personnes sont mortes ce jour-là, déclare Vic. Trois mille. Cette photo est censée provoquer et inciter au souvenir. Cela me surprendra toujours de constater à quelle vitesse le monde oublie et reprend son cours normal.

Quinze ans. Cela me rappelle ce que Raj me disait, que ça lui paraissait à la fois très proche et très loin.

— Ce concept selon lequel il y aurait un avant et un après est un mythe, reprend Vic. Chaque fois que je vois un ciel parfaitement bleu, vous voulez savoir ce que je pense vraiment ? Qu'il n'y a que des après et des encore après.

Chapitre quarante-sept

Abbi

— Arrête de gesticuler, me dit Noah tandis que je prends la pose devant le mur rose.

Il s'agit évidemment de la première vue Instagram d'Oakdale. L'endroit est presque célèbre, aussi célèbre que puisse l'être un mur dans une petite ville du New Jersey.

— Désolée, je réponds.

Si on effectuait le circuit classique des réseaux sociaux, on se rendrait ensuite au *Blue Cow Cafe*, où ils dessinent des trèfles dans la mousse des *latte* et vendent de gros cookies aux pépites de chocolat maison, qui paraissent meilleurs qu'ils ne le sont. Mais ce n'est pas le but. Nous sommes devant le mur rose car Noah veut me tirer le portrait. Pas pour Instagram, Snapchat ou je ne sais quoi. Il veut que ma photo s'affiche sur son téléphone quand je l'appelle.

Mignon, n'est-ce pas ? Carrément mignon, même.

— Je ne vois pas ton visage, me dit-il.

On s'est arrêtés sur la route de chez Jamal Eggers, que j'ai toujours surnommé « le dernier sur la droite », ou parfois « sexy boy ». Parce que, vu le contexte – *il vient d'échapper à la mort* –, il est extraordinairement beau sur la photo de Baby Hope. Ses manches sont retroussées, sa chemise partiellement ouverte sur son torse hâlé et musclé, et il est en pleine extension. Si je pouvais lui rajouter une bulle au-dessus de la tête, il dirait : « Je gère. »

Si les gens n'avaient pas été attendris et émus par cette fillette d'un an tentant de retenir son ballon en pleine attaque terroriste, c'est peut-être Jamal qui serait devenu célèbre.

En réalité, il est devenu célèbre malgré tout, mais pour des raisons bien plus glorieuses : c'est un comédien réputé à Broadway.

— On doit être chez lui à 16 heures. On va être en retard, je signale.

J'ai passé les quarante-huit dernières heures à ruminer le fait que Noah et moi ne nous sommes pas encore embrassés. Je me demande comment j'ai pu laisser passer l'occasion, alors que tout le monde sait qu'aller regarder un film chez un garçon est synonyme de passage à l'acte.

Dans le même temps, j'ai tenté de me convaincre que je l'avais échappé belle. Je n'ai pas besoin d'une relation qui tourne au drame. Ce qu'il me faut, c'est de nouveaux amis. De vrais amis.

— D'accord, dit Noah sans toutefois bouger.

Il reste figé, son téléphone à la main.

— Quoi ? je demande.

— Rien.

— J'ai un truc entre les dents ?

Je me sens soudain toute petite, et méchamment exposée devant ce vaste arrière-plan rose. Généralement, il y a toujours d'autres personnes qui prennent des photos, on éprouve donc une forme de solidarité dans cette stupidité. Aujourd'hui, la façade semble étrangement vide.

Noah se dirige vers moi, tenant toujours son téléphone comme s'il s'apprêtait à prendre une photo, mais avec une expression étrangement déterminée sur le visage. Pendant une seconde inexplicable, je crains qu'il s'en prenne à moi.

— Trop près, je commente, supposant qu'il zoome pour réaliser un effet pseudo-artistique.

Je me cache la figure des deux mains. Il s'arrête à une trentaine de centimètres de moi.

Il range son téléphone dans sa poche, puis abaisse mes mains.

— Là, dit-il.

Il n'a plus son appareil. Il me regarde dans les yeux. Je me force à ne pas détourner les miens. Car si je baisse la tête, cela n'arrivera pas. Je n'y connais peut-être pas grand-chose, mais je suis au moins sûre de cela. Si je ne le regarde pas, si je ne me montre pas courageuse, on risque bien de passer le reste de ma courte vie à se demander si la suite d'*Harold et Kumar* vaut l'original, et ce n'est pas exactement ce que je souhaite.

Il se rapproche encore. Quand j'expire, nos poitrines se touchent.

Je ne fixe pas ses yeux, mais sa bouche. Il avance prudemment et me dépose un baiser léger sur les lèvres. Tendre et doux, si parfait que mes genoux flageolent.

— Qu'est-ce que tu en penses ?

Pour une fois, je reste sans voix. Je hoche la tête, ce qui se rapproche le plus de ce que j'ai réellement envie de répondre, façon Mary Oliver : *Je vous en prie, monsieur, poursuivez.* Noah lève alors la main droite vers mes cheveux, les repousse derrière mon oreille, puis m'attire vers lui et m'embrasse de nouveau, de façon plus assurée cette fois. Je lui rends son baiser, le dos plaqué contre le mur rose, et quand j'entends une voiture klaxonner, je le remarque à peine.

Un vrai baiser. Mon esprit divague. Je ne suis plus que sensations. Frissons, papillons et chaleur, le tout dans un tourbillon enivrant. Un léger gémissement s'élève, et j'ignore s'il provient de Noah, de moi ou de nous deux en même temps.

Je me rends compte que je ne veux pas partir en apothéose. Je me fiche bien de la postérité. J'ai eu tort de croire que j'attendrais tranquillement la fin. J'ai envie d'embrasser Noah tant qu'on me l'autorise. Honnêtement, si j'avais voix au chapitre, je dirais que c'est une façon spectaculaire de passer le reste de ma petite vie unique, délirante et précieuse.

Chapitre quarante-huit

Noah

Abbi craque dès qu'elle aperçoit Jamal Eggers. Je peux le comprendre. Il a l'air d'un acteur de film d'action – tee-shirt blanc, bras musclés, crâne rasé. J'ai montré des photos de lui à Jack hier soir – pas celle de Baby Hope, mais d'autres tirées de sa page IMDB –, et après avoir passé un temps certain sur YouTube à le regarder chanter sur scène ou jouer dans un film de Noël, Jack s'est exclamé : *Oh mon Dieu, je veux porter ses bébés.*

Je ne suis pas trop inquiet pour Abbi et Jamal. On vient de s'embrasser. Non, de *s'emballer* correspondrait mieux à la réalité, et si elle a aimé ça ne serait-ce qu'à moitié autant que moi, je suis tranquille.

— Je ne pensais pas que j'aurais l'occasion de te rencontrer en personne, déclare-t-il. Et pourtant, te voici. Tu as l'air heureuse. C'est génial.

Jamal saisit la main d'Abbi et en embrasse délicatement le dos. Comme avec Sheila ou même Chuck, cela pourrait paraître étrange ou glauque, voire les deux, mais pas du tout. Il s'exécute avec une tendresse de gentleman. Il faudrait qu'il me donne des cours.

— Je ne sais pas si d'autres te l'ont déjà dit, mais j'ai envie de te protéger. Comme si tu faisais partie de notre clan des survivants, tu comprends ?

— Je crois que oui, merci. Ça me fait encore bizarre, avoue-t-elle en rougissant adorablement.

— Je ne te prends pas pour notre mascotte ni rien de ce genre. Ça fait plaisir à un vieil homme de savoir que tu te portes bien, voilà tout. Tu comptes pour moi.

Nous sommes dans son loft d'Hoboken, et même si je ne remarque habituellement pas le mobilier, j'ai l'impression de me retrouver dans une page de magazine. Une sculpture futuriste se dresse près de la porte d'entrée. Des vases bleus délicats de tailles diverses trônent sur une table métallique. Les étagères, qui couvrent des pans de mur entiers, sont remplies de livres reliés triés par couleur.

— Merci. Ça va bien, effectivement. Enfin, j'ai… Ouais, non, ça va. Et puis, vous n'êtes pas si vieux.

Ne te laisse pas abuser par ses muscles, je songe. *C'est un dinosaure.*

— J'ai eu quarante ans il y a quelques mois. C'est là qu'on se rend compte qu'on n'est pas éternel. On pourrait croire que je l'aurais compris il y a bien longtemps, mais non.

Jamal s'assied et étend ses longs bras sur le dossier du canapé. Essaie-t-il de mettre en avant ses biceps ? Car c'est exactement l'impression que ça donne.

— Et vous, vous allez bien ? demande Abbi. Je veux dire, vous êtes en bonne santé ?

— Tu es au courant pour Connie ? s'enquiert-il.

— Oui.

— Je n'ai rien de tel. Du moins, pas encore, si c'est ce que tu veux savoir. J'ai de l'asthme, et j'ai attrapé une pneumonie l'année dernière, mais rien de trop grave. Mon mari estime que je faisais ma crise de la quarantaine. En toute honnêteté, j'aurais préféré m'acheter une Porsche.

On rit de bon cœur, et un mot que je n'ai jamais entendu en situation mais que ma mère adore me vient à l'esprit : *charisme*. D'une certaine manière, moi aussi, j'aimerais bien porter ses bébés.

— C'est bizarre. De se rendre compte qu'on y est presque, presque à la moitié de sa vie. Tout en sachant la chance que j'ai eue. Noah, tu disais avoir des questions. Demande-moi tout ce que tu veux. Je suis à ta merci.

— Dites-nous ce dont vous vous souvenez de ce jour-là, surtout à partir du moment où cette photo a été prise.

— Je n'ai pas cessé de courir jusqu'à atteindre le pont de Brooklyn. Par chance, à l'époque, je m'entraînais pour le marathon. Ça a été facile.

— Avez-vous pu parler aux autres personnes de cette photo ?

— Ce jour-là ? Sûrement pas. On prenait tous nos jambes à notre cou. Tu nous imagines comme un groupe parce qu'on a été immortalisés ensemble à cet instant précis, mais on ne se connaissait pas avant ça.

— Et après ? j'insiste.

— Quand on a commémoré le premier anniversaire des attentats, j'en ai croisé quelques-uns, et je me suis dit qu'on devrait constituer un groupe de soutien, ou quelque chose comme ça. Je pensais qu'on se comprendrait sûrement. Pendant quelque temps – un long moment, pour être honnête –, j'ai fait des cauchemars. Ça m'arrive encore, parfois. Tu étais trop petite, sans quoi je t'aurais invitée à te joindre à nous, précise-t-il en se tournant vers Abbi.

— Vous vous êtes réunis après coup ? Je veux dire, tous ensemble ?

Pour la première fois, j'ai le sentiment que ça pourrait aboutir, que je n'ai pas attiré Abbi dans ce foutoir sans raison.

— Seulement quelques-uns. La plupart n'étaient pas intéressés. Il y avait ce type, Chuck. Et, bien sûr, Connie. C'était il y a des années. C'était quelqu'un de bien, cette Connie. La meilleure. Chuck, je ne l'appréciais pas trop. Je me suis rendu compte qu'on n'avait finalement pas tant de choses en commun.

— Et le type à la casquette de l'université du Michigan ? Vous le connaissiez ?

— Pourquoi tu t'intéresses tant à lui ? Et la pauvre femme à la jupe entravée ? plaisante Abbi.

— Je m'intéresse à elle aussi, je me défends.

— Je ne sais rien d'elle, intervient Jamal. Mais de Casquette bleue, oui.

Quand il désigne l'homme sur la photocopie que j'ai apportée, un frisson me chatouille entre les omoplates, comme si un doigt froid traçait des lettres dans mon dos.

— C'est-à-dire ?

J'essaie de parler normalement, mais ma voix sonne à la fois tendue et étranglée.

— Je ne le connaissais pas personnellement, mais un ami d'ami le connaissait. Je ne l'ai appris que plus tard.

— Vous vous souvenez de son nom ?

— Non. Mais apparemment, il s'est arrêté pour aider quelqu'un. Puis il a fait demi-tour et y est retourné en courant. Personnellement, je n'ai pensé qu'à fuir. Je n'ai même pas ralenti pour aider Connie, alors qu'elle portait un bébé ! J'ai passé des années en thérapie à essayer de comprendre ça. Je suis sincèrement désolé, Hope.

— En fait, c'est Abbi, le détrompe-t-elle. Et il n'y a pas de quoi être désolé.

— On se dit que si un jour ça tourne mal, on se comportera en héros. Mais je ne l'ai pas fait. J'ai toujours eu tellement de chance. Tellement, tellement de chance. Je chante à Broadway ! Et toutes ces personnes formidables qui n'ont pas survécu… Tous ces pompiers, ces policiers, et ce type à la casquette bleue. Ils se sont tous jetés dans le brasier. Sans peur. J'étais tellement terrifié que je me suis pissé dessus. Littéralement. Je n'aurais peut-être pas dû dire ça.

Tant de mots qui se bousculent, articulés avec soin par un comédien professionnel… Et pourtant, je peine à les comprendre. Je n'entends qu'une seule phrase en boucle : *Il a fait demi-tour.*

— J'aimerais m'assurer d'avoir bien compris : vous savez de source sûre que le type à la casquette de l'université du Michigan y est retourné ? Et vous… euh, vous savez ce qui lui est arrivé ?

Je n'ai pas envie de le découvrir, pas encore. J'ai attendu une réponse tellement longtemps, et soudain, elle me semble trop proche. Ce n'était pas du tout ce que je recherchais. Tout ce que je voulais, c'était obtenir confirmation de mon espoir le plus fou et le plus ridicule : que mon père est encore vivant.

Je n'espérais pas des réponses, mais un miracle.

J'aimerais pouvoir remonter le temps de quelques heures. Au moment où ma plus grosse inquiétude était de savoir comment embrasser Abbi sans me ridiculiser. Ou juste après, lorsque je me suis félicité mentalement pour ce repoussage de mèche délicat. Au moment où je me sentais heureux, prêt à rester devant ce mur avec elle pour l'éternité.

J'ai adoré embrasser Abbi.

Je n'adore pas me trouver ici et découvrir que j'avais à la fois raison et tort.

Je n'adore pas avoir accompli ça. Volontairement. Divisé ma vie en un avant et un après. Quand je ne savais pas, depuis que je sais.

— Il est parti, répond Jamal.

La pièce se met à tournoyer, et je sens la sueur couler le long de ma nuque et derrière mes genoux. Je tâche de reprendre contenance en fixant du regard l'un des vases bleus. Sentant les larmes monter, je me mords la langue.

J'aimerais balancer ces vases contre le mur. L'un après l'autre.

— Il savait que c'était du suicide. On ne retourne pas dans un merdier pareil avec l'espoir d'en ressortir. Il savait ce qu'il faisait. Ce type me hante. Qu'est-ce qui a pu lui passer par la tête quand il y est retourné ? Qu'est-ce qui l'a poussé à faire demi-tour ? Qu'est-ce qu'on ressent, quand on sacrifie sa vie pour en sauver d'autres ? poursuit Jamal.

— Peut-être qu'il voulait partir en apothéose et laisser sa trace. C'est réussi, commente Abbi.

— C'est complètement débile, je lâche.

— Pardon ? s'exclame-t-elle.

Et malgré l'état second dans lequel je me trouve, je perçois la douleur dans sa voix.

— Ce n'est pas toi, qui es débile. Mais faire un truc pareil, ça l'est vraiment.

J'imagine les vases se briser dans une pluie de verre. J'entends le bruit qu'ils produiraient, semblable à une brusque explosion. Je visualise les tessons me pénétrer. Se ficher sous ma peau. Sans que je remarque tout de suite à quel point les plaies sont profondes.

Je vois du sang. J'en sens le goût.

— C'est un héros, affirme Jamal.

— Non, pas du tout. C'est un vrai crétin, je crache.

Chapitre quarante-neuf

Abbi

On roule dans un silence gêné depuis quinze longues minutes.

— Il faut que je rentre, déclare Noah.

Il n'y a pas eu de bonbons. Pas de blagues échangées. Pas un mot. J'imagine qu'il regrette profondément de m'avoir embrassée.

— On y est presque, je réponds.

Ma poitrine m'élance, comme si chaque inspiration venait irriter mes poumons douloureux. J'aimerais remonter le temps jusqu'au mur rose. Je regrette de n'avoir pas pris de photo pour le fil Instagram de mon esprit, même si cela me donnerait à présent l'impression d'un mensonge.

Qu'est-ce que j'ai mal compris ? je m'interroge.

— Tu crois que ma mère sera là ?

J'ai la sensation que Noah me parle espagnol, une langue que j'ai étudiée à l'école mais dont je ne connais que quelques rudiments, comme :

« Je m'appelle Abbi. Je suis allée à la plage. Il fait chaud à la plage ».

Je n'ai jamais rencontré la mère de Noah. Je n'ai pas la moindre idée de son emploi du temps.

— Tu as raison. Il est presque 17 heures. Elle doit être rentrée, se répond-il à lui-même.

Il regarde par la vitre. Il est perdu dans une galaxie lointaine, très lointaine.

— Pardon, je… je ne me sens pas très bien.

Noah n'a pas l'air malade. Son genou tressaute tandis qu'il s'arrache les petites peaux des doigts. Il est une fois encore animé de cette énergie que j'envie.

Une phrase me brûle les lèvres : *Tu n'as pas eu l'impression, tout à l'heure, que c'était le meilleur des départs ?*

Pendant une seconde, je me demande s'il est aussi bizarre à cause de l'interview. C'était pourtant la plus simple d'entre toutes, et de loin. Pas de larmes. Pas de deuil. Quand Jamal nous a pris dans ses bras pour nous dire au revoir, même son odeur était formidable, un mélange de lessive et de luxe.

En repartant, je me suis sentie plus forte, comme si tout irait bien pour nous tous. Comme si un *happy end* hollywoodien nous attendait.

Non.

Je me gare dans l'allée de Noah, me mets au point mort. Me force à le regarder.

— Ma mère est là, dit-il.

Il attrape son sac à dos et se précipite chez lui sans un au revoir.

Chapitre cinquante

Noah

— C'est toi, Noah ? me demande ma mère sans se retourner lorsque je pénètre dans la cuisine. Ne le dis pas à Phil, mais, ce soir, on va faire comme si les frites étaient un légume.

Elle est debout devant la cuisinière gigantesque, à remuer des casseroles. Depuis la rencontre avec Jamal, je suis sur pilotage automatique. La clé dans la serrure, le sac au pied de l'escalier, les chaussures dans l'entrée. J'ai le bout des doigts glacé.

J'ai l'impression de sortir du congélo.

— Tu savais ? je demande d'une voix si plate qu'elle semble passée au rouleau compresseur.

Trop d'émotions et de pensées se bousculent. Il faut que j'évacue.

— Alors ?

Ma mère se retourne. En découvrant mon expression, elle se précipite jusqu'à moi pour saisir mes mains tremblantes. Mon corps tout entier frémit.

Je me sens vidé. Je ne ressens presque rien.

— Noah, mon chéri ? Hé, qu'est-ce qui s'est passé ?

— Tu savais ? je demande encore.

Je refuse d'achever ma question à haute voix. Je ne devrais pas y être contraint. Si son intuition maternelle ridicule fonctionne réellement, qu'elle le prouve maintenant. Je ne devrais pas avoir à lui dire : *Hé, maman, est-ce que tu m'as menti toute ma vie ? Est-ce que tu sais depuis toujours que c'est bien papa sur la photo de Baby Hope ? Est-ce que tu sais qu'il y est retourné ?* Ou, pire encore : *Tu avais conscience que je le croyais vivant jusqu'à aujourd'hui ?*

Il s'avère que je suis la cible du canular le plus long de l'histoire. Je me trompais seulement sur la chute.

Elle me regarde droit dans les yeux. Je me rends compte subitement que je ne sais pas depuis quand je ne l'ai plus observée aussi attentivement. Une sorte de double menton s'est formé sur son cou, quelques poils blancs jaillissent de son sourcil. Elle porte ce qu'elle appelle sa « tenue d'intérieur », et qui n'est guère qu'une manière élégante de désigner un jogging. C'est toujours ma mère – bien que plus vieille et plus fatiguée –, et puisque c'est toujours elle qui m'a réconforté, je me détends naturellement à son contact. Je me rappelle alors ce qui se passe.

Je ne sais pas si je veux la serrer contre moi ou lui faire du mal.

— Oui, répond-elle. Oui, je le savais.

Chapitre cinquante et un

Abbi

— Il m'a embrassée et j'ai cru que je lui plaisais, mais il s'est enfui. Qu'est-ce que ça veut dire ?

Je suis assise sur la balancelle du porche en compagnie de ma grand-mère et de son aide, Paula. La première semble être dans un bon jour. Paula a un accent de Brooklyn bien prononcé et l'espèce de gouaille qui laisse supposer qu'elle assurerait en cas de crise ou dans un reality-show.

— Eh bien, je demande comme ça, mais comment était ton haleine ? m'interroge Paula, qui n'est manifestement pas ici pour se faire des amis.

Je mets la main en coupe devant ma bouche, souffle et renifle.

— Normale, je crois ? Mais c'était il y a plusieurs heures.

— Vous êtes des imbéciles, décrète ma grand-mère sans méchanceté, mais d'un ton pas spécialement affectueux non plus.

— Merci beaucoup, je réponds.

— Non, sérieusement. On sous-estime toujours le narcissisme de la jeunesse.

— M'inquiéter de mon haleine fait de moi quelqu'un de narcissique ? je m'étonne.

— L'ail reste longtemps, tu sais, m'avertit Paula. Quand je fais du pesto, mon mari me dit toujours que ça sent pendant une semaine.

— J'ai peut-être dit quelque chose ? je suggère, ignorant la réflexion de ma grand-mère pour m'adresser à Paula.

— Gloria Steinem se retournerait dans sa tombe si elle t'entendait parler comme ça, reprend mamie. Qu'est-ce qui te fait croire que *tu* as fait quelque chose de mal ?

— Gloria Steinem est encore bien vivante, je réplique.

— Peu importe. Dans ce cas, c'est juste le féminisme qui est mort.

— Très juste, signale Paula avec son accent si particulier.

Ma grand-mère et elle semblent déjà être tombées d'accord sur la façon dont les choses devaient se dérouler entre elles.

— Tu t'imagines que la réaction de Noah est liée à toi. Je peux le comprendre, mais c'est la définition même du narcissisme. (Ma grand-mère me lisse le haut du crâne de la paume de sa main, exactement ainsi qu'elle le faisait quand j'avais cinq ans.) Se concentrer sur soi est une part essentielle de l'évolution. Ce n'est pas complètement ta faute, si tu es si stupide.

— Honnêtement, je pense que c'était ton haleine, insiste Paula. Ça arrive.

— Ou peut-être que machin-truc était vraiment malade. Peut-être qu'il s'est rappelé qu'il avait oublié d'éteindre le gaz. Peut-être qu'il a reçu un message urgent. Il y a des milliards de raisons sans rapport avec toi qui ont pu le pousser à détaler comme ça, reprend ma grand-mère.

Puis elle croise les bras d'un air catégorique. Paula l'imite inconsciemment.

Mamie fait cet effet à tout le monde : depuis que je suis toute petite, j'ai toujours voulu m'asseoir à ses pieds pour apprendre.

— J'ai le don pour tout gâcher, je réplique. Ce n'est pas du narcissisme. C'est un fait.

— Ha ! Non seulement narcissique, mais aussi mélodramatique. Manque plus que les sautes d'humeur, et c'est le trio magique de l'adolescence !

— Tu es trop méchante, dis-je avec un sourire.

Je suis pleine d'amour pour ma grand-mère. J'ai envie de la serrer fort dans mes bras, de la plaquer au sol telle une punaise qu'on planterait sur une carte. Je veux lui prendre les mains, pour qu'elle m'immobilise elle aussi. C'est peut-être narcissique et mélodramatique, comme elle dit, mais trois mots me tournent en boucle dans le crâne : *Ne pars pas. Ne pars pas. Ne pars pas.* Je ne peux pas la perdre.

— Pardon d'insister, dit Paula en commençant à se faire les ongles à l'aide d'une lime qu'elle devait cacher dans sa poche. Mais, ma petite, tu devrais t'acheter du bain de bouche, ça réglerait ton problème tranquille pépère.

Chapitre cinquante-deux

Noah

Quelques heures plus tard, ma mère frappe à ma porte et entre sans attendre mon accord. Sans doute parce qu'elle savait qu'elle ne l'obtiendrait pas. Je suis allongé sur mon lit, les yeux rivés sur le plafond. Elle s'assied à mes pieds, sans me regarder.

— Tu te rappelles quand tu étais petit, quand on se faisait un câlin avant que je parte au travail ? me demande-t-elle. (Elle ramasse ma couverture froissée et la plie en un rectangle parfait.) C'est la seule chose qui me permettait d'avancer après avoir perdu ton père. Sentir ton petit corps blotti contre le mien. Tu m'empêchais de me retourner parce que tu voulais me voir en face. Tu débordais tellement d'amour. Tu me tenais par la main pour aller d'une pièce à une autre. J'avais l'impression d'être la personne malchanceuse la plus chanceuse du monde. Je l'avais peut-être perdu, mais je t'avais encore, toi. Tu te souviens de tout ça, Noah ?

Je ne réponds pas.

— Bien sûr que non. C'est le genre de souvenirs auxquels une mère se raccroche, pas un fils.

Elle hausse les épaules, écrase une larme sur sa joue. Puis elle s'éclaircit la voix et reprend, plus calmement :

— Ton père a sauvé six personnes, dont une femme enceinte. Sept, en comptant son bébé.

Je reste muet, car je ne suis pas sûr de pouvoir parler sans m'effondrer. La colère s'enracine. Je devrais plutôt éprouver du chagrin – même s'il est difficile de regretter une chose qu'on n'a jamais connue. J'ai envie de balancer un coup de poing dans le mur. J'ai envie de me faire saigner les jointures. J'ai envie de chiffonner cette fichue couverture.

— Il est passé si près de rentrer à la maison. Tellement près ! On le voit sur cette horrible photo, que je déteste, d'ailleurs. Que je *hais*. Chaque fois que je tombe dessus, j'ai l'impression de recevoir une gifle en pleine figure. Il court vers nous. Tu étais si petit, à l'époque. Avec ton petit cœur brisé. Dans cette couveuse minuscule, avec des câbles, des tubes et des bleus plein le corps. Cela aurait dû le convaincre de rester vivant. Cela aurait dû suffire. Pourquoi est-ce que ça n'a pas suffi ?

Ma mère se met à pleurer. Elle n'essaie même plus d'essuyer ses larmes. C'est une cause perdue. Je ne fais rien pour la réconforter.

— Il est parti travailler ce matin-là avec sa casquette porte-bonheur. « Je rentre très vite », m'a-t-il promis. « J'entre et je sors. » On avait tous les deux tellement peur pour toi. On était désespérés. Il se disait que sa casquette l'aiderait. Il avait besoin d'avoir l'impression de faire quelque chose.

— Tu m'as menti, dis-je.

Quatre petits mots. C'est tout ce que je parviens à articuler. Ils sortent comme un crachat.

— Je ne sais pas comment l'expliquer.

— Essaie, au moins.

Je ferme les yeux pour me priver d'un sens. C'est déjà mieux.

— Tu ne t'es pas contentée de me le cacher. Je t'ai posé ouvertement la question, et tu m'as menti.

— Je n'ai pas pu, Noah. Je lui en veux encore tellement. Tellement que c'en est injuste. Je le sais. Comment voulais-tu que je te parle de ces gens qui sont venus à notre porte pour nous remercier, comme si je méritais leur reconnaissance pour les actes de ton père. Comme si j'étais heureuse qu'ils aient eu le droit de vivre et pas lui. J'avais envie de leur claquer la porte au nez. Même à la femme enceinte, avec son gros ventre et ses yeux bouffis. Je lui en ai même voulu. « Dieu vous bénisse », m'a-t-elle dit, assise à la table de la cuisine, celle où on mangeait avec ton père ; je lui ai alors ri au nez, carrément, comme si c'était drôle, parce que j'avais envie de lui répondre : *Dieu n'a rien à voir avec ça. Dieu a quitté les lieux.*

Ma mère se lève, comme si on en avait terminé, comme si on n'avait pas seize années de mensonges à effacer. Puis elle se rassied et essuie ses larmes intarissables d'un revers de manche.

— On a croisé cette dame, un jour. Dans un centre commercial, juste en face du *Macy's*. Avec son bébé qui n'en était plus un. Il avait environ ton âge, dans les cinq ans, et vous vous êtes regardés, cachés derrière nos jambes respectives. Et avant qu'on ait pu dire un mot, elle s'est mise à pleurer, comme si *elle* avait le droit de pleurer et moi pas. Et oui, je sais que personne n'a le monopole de la douleur, mais quand même. Son fils avait une maman *et* un papa, et visiblement bientôt un petit frère ou une petite sœur. Elle ne se débrouillait pas toute seule. Alors je t'ai pris dans mes bras et j'ai couru jusqu'au parking. Une fois à la voiture, j'ai complètement craqué, et je te jure que je n'oublierai jamais ça : alors que tu étais attaché dans ton petit siège auto, tu as essayé de me faire rire. « Maman, tu sais ce que c'est un huit ? C'est un zéro avec une ceinture. » Tu étais déjà toi, Noah.

— Tu m'as menti, je répète, car tous les autres mots – *Pourquoi tu ne m'as rien dit ?* – sont encore trop difficiles à prononcer.

Je ne veux pas l'entendre parler de moi bébé. J'ai vu des photos. J'étais adorable. Quelle importance ? Rien n'est éternel.

— Je ne voulais pas que tu aies l'impression qu'il ne tenait pas assez à nous pour rentrer. Je ne pouvais pas le supporter. Je ne voulais pas que tu aies le moindre sentiment négatif à l'encontre de cette femme enceinte. Est-ce que c'est mal ? Parce que c'est la vérité : je ne voulais pas te contaminer avec mon impression de trahison.

— Ça n'a pas marché, je rétorque.

— Qu'est-ce qui n'a pas marché ? Qu'est-ce que tu veux dire ?

— J'ai cru qu'il était vivant. Pendant toutes ces années. J'ai cru qu'il était présent au World Trade Center, qu'il avait survécu mais avait décidé de ne pas rentrer à la maison, sans doute parce que j'étais trop malade. J'ai cru qu'il avait choisi de partir.

Je m'étrangle sur ces mots et me rends compte que je ne suis pas aussi mal-en-point que je le croyais, parce que la honte me déchire le corps.

— Je ne… Je ne le savais pas. Oh, Noah.

Elle tend les bras vers moi, mais je me retourne. Je ne peux voir la pitié déformer ses traits. Je me couvre la tête de mon oreiller, comme un petit garçon.

— Tu lui ressembles comme deux gouttes d'eau, dit-elle. Vous avez les mêmes yeux, la même bouche, la même curiosité insatiable et, grand Dieu, le même sens de l'humour. Tu cherches toujours à alléger les fardeaux, pas seulement pour toi, mais pour tout le monde. Peut-être encore plus pour les autres. Tu n'es qu'amour et magie, comme lui. Je n'avais jamais imaginé qu'en ne te disant pas la vérité, un autre mythe pourrait la remplacer. Je suis tellement désolée.

Je n'éprouve aucun soulagement. Ses excuses me laissent de marbre. Qu'est-ce que j'espérais, en me lançant dans ces recherches à partir de la photo de Baby Hope ? Découvrir que mon père était vivant ? Sérieusement ? Et même si ça avait été le cas, qu'est-ce que j'aurais fait ? J'aurais remonté sa trace ?

Les choses perdues le restent à jamais. Je pensais avoir retenu la leçon.

— Tu sais, il m'a fallu des années pour comprendre que ça n'avait rien à voir avec nous. Ton père n'est pas allé sauver tous ces gens pour éviter d'avoir à rentrer à la maison. Ni parce qu'on ne lui suffisait pas. Il y est retourné parce qu'il était comme ça. Extraordinaire. Un vrai héros. Il n'a jamais eu le choix.

— On a tous le choix, je réplique.

Puis je me lève et prépare mon sac.

Chapitre cinquante-trois

Abbi

Je la joue détendue quand je croise Noah sur le camp. *Coucou, quoi de neuf ?* super classique, comme si Paula, ma grand-mère et moi n'avions pas passé des heures hier soir à analyser sa réaction. Comme si je ne m'étais pas rejoué un million de fois la scène du baiser. Je peux me contenter d'une relation platonique. Sans rancune. Sans rancune du tout. Vraiment pas.

Mon cœur ne manque aucun battement. Ce n'est pas du désir que j'éprouve, juste de la faim.

Tout va bien.

Je vais bien.

— Salut, dit-il avec un hochement de tête viril.

Je m'attends à ce qu'il ajoute quelque chose, n'importe quoi, même un *On a fait une bêtise, hier, restons amis*, auquel cas j'ai ma réponse toute faite : *Complètement d'accord.* Il n'a pas l'air dans son assiette, ce matin, avec ses cheveux en bataille. Avant qu'il ait eu le temps de parler, oncle Maurice, l'intrépide chef du camp des chevaliers, allume son mégaphone et se met à beugler des instructions. Aujourd'hui marque le commencement de la guerre des couleurs, à laquelle il me tarde de participer depuis le premier jour.

— Tous les groupes doivent se scinder en deux, les bleus et les rouges, puis rejoindre les autres enfants de la même tranche d'âge, annonce oncle Maurice. Les apprentis doivent se mettre en binôme avec les autres apprentis. Les responsables avec les responsables.

J'entends Julia marmonner : « Merde. » À l'évidence, elle a à peu près autant envie de passer la journée avec Zach que moi avec Noah. C'est-à-dire pas le moins du monde.

Je n'ai même pas envie de le regarder – inutile d'affronter le visage du rejet –, je me tourne donc vers Zach, qui observe Julia, qui me fixe pour faire mine de ne pas avoir remarqué Zach. Ce petit jeu d'évitement se poursuit un moment.

— Je suis avec Abbi, déclare Livi.

En entendant ça, les autres filles se mettent en file derrière Julia. Les petites traîtresses.

On les répartit en deux groupes égaux. Oncle Maurice me tend dix tee-shirts rouges taille enfant et portant le logo du camp – un chevalier stylisé –, puis il marque une pause et m'en distribue un onzième, de la même taille. Je le passe pardessus mon débardeur et essaie de ne pas loucher vers Noah tandis qu'il retire son tee-shirt – un vieux morceau de tissu aux couleurs de l'université du Michigan –, qu'il plie précautionneusement.

Il enfile alors le maillot du camp, taille adulte. Ses abdominaux, loin d'être aussi taillés que ceux de Charles, ne sont pas aussi inexistants que je l'aurais cru. Il n'est pas impossible qu'il fasse de l'exercice quand il ne regarde pas un spectacle de stand-up. Ou peut-être *pendant* qu'il regarde.

— Hé ! me lance Noah.

Il s'approche de moi, si près que je sens son souffle sur mon oreille. J'essaie de réprimer l'espoir que je sens naître dans ma poitrine.

— À propos d'hier, je… On pourra en parler plus tard ?

Et voilà. Tout est terminé avant même d'avoir commencé. J'imagine que je devrais lui savoir gré de vouloir en discuter au lieu de me faire comprendre les choses en me snobant. Il ne me doit pourtant rien.

— C'est pas grave, je le rassure.

Je rougis légèrement en me souvenant que, ce matin, je me suis gargarisée non pas une fois, mais deux fois avec mon bain de bouche. Juste au cas où. Je surmonte la tristesse qui m'envahit, une douche froide et désagréable de déception.

— Amis ?

Je lui tends la main pour qu'il la serre, comme au début d'un entretien d'embauche. Il la considère un instant, puis me dévisage, comme s'il ne comprenait pas ce que ce geste signifiait.

— D'accord, dit-il en gardant les mains dans les poches. (Je finis par laisser retomber la mienne.) Très bien. Amis.

— Bon. La guerre des couleurs, j'annonce.

— La guerre des couleurs, fait-il en écho, comme pour me dire : *Je perçois ta gêne profonde et je n'ai aucune intention de t'aider à t'en sortir.*

Réaction plutôt mesquine de sa part, étant donné que c'est quand même lui qui s'est enfui hier, pas moi. C'est lui qui veut « parler ». S'il voulait qu'on soit ensemble, on n'aurait pas besoin d'avoir une conversation. On aurait repris là où on s'était arrêtés.

— On va écrabouiller les bleus jusqu'à ce qu'ils soient tout morts ! s'exclame Livi, interrompant notre étrange duel. (Tout son petit corps tremble d'excitation.) On va les gagner.

— J'apprécie ton enthousiasme, mais on n'est pas censés écrabouiller l'autre équipe, et encore moins la, euh, tuer, lui dit Noah, charmé par la fillette, ce qui m'attendrit malgré moi.

— Pas les tuer pour de vrai, lui explique Livi. (Puis elle se fend de quelques coups de poing et de pied en l'air.) Mais boum, pim, vlan, tchac !

— Tu es super forte en onomatopées, la félicite Noah avec un sourire.

Il s'interrompt une demi-seconde avant de me décocher un faux coup de poing dans l'épaule.

On est redevenus potes. Je me dis que ça n'est pas grave. Qu'on ne peut pas perdre une chose qu'on n'a jamais vraiment possédée.

Les bleus vont dérouiller. On est en plein milieu d'une partie âprement disputée de chaises musicales – il s'avère que je suis plutôt douée –, et je me distrais en me laissant complètement emporter par l'esprit de compétition. J'ai de la peinture rouge plein la figure. Mes mains me brûlent encore depuis le tir à la corde. J'ai la voix cassée à force de crier. Officiellement, il y a égalité, et on est à quelques instants de découvrir qui sera le vainqueur de cette première journée de la grande guerre des couleurs.

Après un septième tour particulièrement brutal, la plupart de mes coéquipiers rouges ont été éliminés. Livi, Noah et moi sommes les derniers survivants de notre équipe. En face, il y a Zach et deux garçons dont j'ignore le prénom mais que j'ai bien l'intention d'écraser, même s'ils n'ont que quatre ans et sont trop mignons.

La musique redémarre et on recommence à tourner de plus en plus vite, marchant en canard afin que nos fesses soient prêtes à se poser sur la chaise la plus proche. La chanson accélère en même temps que mon rythme cardiaque. Pour la première fois de ma vie, je comprends les fans de sport qui pleurent lors des grands événements. Je dois le reconnaître : j'ai envie de gagner. Plus que jamais dans ma vie.

L'enjeu me semble bien plus important qu'une première journée de guerre des couleurs au camp de vacances. Il s'agit de donner à Livi le goût de la victoire, alors que personne ne voulait d'elle dans son équipe. Il s'agit de me donner à moi aussi le goût de la victoire. Une forme de signe cosmique m'annonçant que tout ira bien maintenant, que mon cœur brisé se ressoudera bientôt, que je survivrai à la fin de l'été.

La musique s'arrête. Je m'empare de la chaise la plus proche, prenant de vitesse les deux garçons bleus, dont l'un finit sur mes genoux.

— Éliminé ! je lui crie en laissant éclater ma joie.

Je me rends alors compte que Livi et Noah sont restés debout eux aussi. Mince. La finale aura lieu entre Zach et moi, et la victoire ne repose plus que sur mes épaules. Une foule s'est formée autour de nous – un groupe d'enfants plus âgés, et même Charles-le-Sauveteur. Les acclamations se font plus nombreuses.

Je peux y arriver, je m'encourage. *Je vais y arriver.*

Je pense tactique. Je suis deux fois plus petite que Zach, je ne peux donc pas le vaincre par la force brute. Je vais devoir me montrer rapide et sournoise.

La musique démarre – une chanson féministe, une de mes préférées, sur laquelle j'ai maintes fois dansé dans ma chambre avant le début du camp, une qui me promet que je me porterai mieux sans lui. On se met à tourner autour de cette unique chaise. J'ai le souffle suffisamment court pour sentir la brûlure de mes poumons étriqués. J'ignore la douleur.

— Allez, Abbi ! Allez ! s'exclame Livi.

— Tu gères, déclare Noah d'un ton à la fois calme et assuré.

— Écrase-le ! hurle Julia en fendant l'assemblée pour m'encourager.

J'observe les genoux poilus de Zach tandis qu'on tourne, les oreilles aux aguets. Je connais cette chanson, j'ai suffisamment joué de l'air-batterie dessus pour savoir si l'absence de musique appelle un nouveau battement ou signifie la fin du jeu. Puis, alors que la chanteuse promet de revenir plus forte, plus bruyante, plus affirmée, je perçois cette pause d'une milliseconde. Zach s'abaisse vers la chaise, je n'ai donc d'autre choix que de me glisser en dessous de lui et d'atterrir la première.

J'ai gagné.

La foule est en délire. Tout le monde s'égosille. Zach s'assied sur moi, mais je suis si excitée que je le remarque à peine. La chaise et cette victoire m'appartiennent. À moi seule.

Au bout d'un moment, je le pousse pour le forcer à se relever, mais il ne bouge pas. Je pousse encore.

Soudain, mes poumons déloyaux estiment que le moment est venu de se révolter. Ils ne me laissent même pas l'occasion de savourer quelques minutes. Je suis prise d'une violente quinte de toux, qui me fait souffrir comme aucune quinte de toux n'est censée faire souffrir. J'ai l'impression de m'être déplacé un organe.

— Dégage de là ! hurle Noah devant Zach.

Je tousse encore. Je sens les vaisseaux éclater sur ma figure. J'ai trop chaud.

— Tu lui fais mal ! insiste Noah.

— Sérieux, pousse-toi, renchérit Julia tandis que Noah chope Zach par le col pour le faire décoller.

— Du calme, mon pote, on s'amuse, réplique Zach. Je me suis à peine posé sur elle. Elle va bien.

Et même si je suis enfin libérée, je n'arrive pas à respirer. Ma toux coquelucheuse se fait sifflante. Tout se trouble, et je vois des explosions de lumière.

— Au secours ! panique Noah. Elle fait de l'asthme !

— Quoi ? s'inquiète Zach.

— Appelez une ambulance, insiste Noah.

Une ambulance ? Non. Ce n'est pas possible. *Je vais bien*, j'ai envie de dire. *On a gagné la guerre des couleurs ! S'il te plaît, ne va pas tout gâcher.*

J'ai envie de dire : *Ça va passer. Ça finit toujours par passer.*

J'ai envie de dire : *Je sais ce que c'est.*

J'ai envie de dire : *Il me reste encore un mois.*

Aucun son ne franchit mes lèvres. Je suis piégée dans l'un de ces cauchemars où on ne parvient pas à crier.

J'essaie de m'accrocher à quelque chose de tangible en me sentant tourner de l'œil, et Noah me saisit les mains.

— Tout va bien, dit-il en les serrant fermement. (La panique pointe derrière son calme apparent.) Ils arrivent. Mets la tête entre les jambes. Je te promets que ça va aller. Respire. Abbi, s'il te plaît, respire. Respire.

Je me penche en avant. L'air afflux par petites doses forcées, comme si chaque bouffée était solide, épaisse, impossible à avaler. Je n'en ai pas assez. J'ignore depuis combien de temps je suis assise ici. Je pense à mon inhalateur dans mon sac, à des centaines de kilomètres de distance. Une immensité nous sépare.

— Respire, insiste Noah. Je suis là. Respire.

— Qu'est-ce qui se passe ? demande Livi. Abbi a mangé de la peinture rouge ?

C'est la dernière chose que j'entends avant que tout s'éteigne.

Chapitre cinquante-quatre

Noah

J'ai du sang d'Abbi sur mon tee-shirt et mes chaussures, et je ne sais plus comment il est arrivé là. J'appelle Jack depuis la salle d'attente des urgences. Ma main tremble si fort que j'ai du mal à appuyer sur les boutons.

— J'arrive, répond-il.

— Ils ne veulent rien me dire. Ils l'ont emmenée derrière les portes battantes et m'ont dit d'attendre. Comment veulent-ils que j'attende ?

Je fais les cent pas, enjambant les malades aux yeux troubles. Un petit garçon avec un coquard fait rouler une petite voiture sur le dossier de sa chaise, tandis que sa mère se tortille pour essayer de lui plaquer une poche de glace sur la figure. Je fais mine de ne pas voir l'infirmière qui ne cesse de désigner le panneau signalant l'interdiction des téléphones portables. Il règne ici une ambiance postapocalyptique.

Je sens l'adrénaline déferler dans mes veines, et enrage à toute cette énergie inutile. J'aimerais l'*aider*, bon sang.

— Abbi va s'en remettre, me dit Jack.

N'importe quoi. Une phrase qui a autant de valeur que quand des gens apprennent que mon père est mort et disent : *Je suis désolé, je ne savais pas.* Comme si leur ignorance changeait quoi que ce soit à l'affaire.

— Il y avait du sang partout. J'ai cru qu'elle allait crever sur-le-champ. Je n'avais jamais rien vu de pareil.

Je n'avoue pas à Jack que j'ai prié silencieusement, que j'avais ce besoin de différencier quand Abbi allait bien de quand ça n'allait plus. Lorsqu'elle s'est évanouie, j'ai pensé : *Ça y est. C'est à ça que ça ressemble quand les gens meurent.*

— Elle va s'en remettre, insiste-t-il.

— Elle était bleue. Dans l'ambulance…

— Noah, me dit-il. Respire.

— J'ai cru qu'elle allait mourir. Sérieux. D'ailleurs, ça peut encore arriver. Si ça se trouve, elle est même déjà morte.

J'entends poindre l'hystérie dans ma voix, qui se brise sur ce dernier mot. Dans l'ambulance, elle a ouvert les paupières pour me regarder, et je lui tenais la main en répétant : *Tu vas t'en remettre, Abbi.* Je me demande si elle a ressenti la même chose que moi quand Jack m'a dit ces mêmes paroles : que ces mots sonnaient aussi creux que des mensonges.

— J'arrive dans trois minutes, m'informe-t-il. Assieds-toi. Détends-toi. Je suis presque là.

— Je vais étrangler Zach à mains nues. Lui péter les bras. Il ne pourra plus jamais faire un de ses poiriers ridicules.

— Je te promets qu'on se le fera à deux, façon catcheurs. Mais en attendant, assieds-toi.

— Elle m'a dit qu'elle voulait qu'on reste amis.

Je ne peux pas mieux contrôler le flot de mes paroles que le tremblement de mes mains. Je ne lutte pas contre la pression qui croît derrière mes yeux.

— Abbi t'a dit ça ?

— Non, ta mère. Bien sûr, que c'est Abbi ! Je suis vraiment un raté. Mon père était un héros, et qu'est-ce que je fais quand je me retrouve confronté à ma première situation périlleuse ? Je panique.

Je m'appuie contre un mur et me plie en deux. La tête sur les genoux. Une prière qui n'en est pas une, plutôt une repentance.

— Je ne sais pas. J'ai l'impression que tu as fait ce qu'il fallait.

— J'ai failli dégobiller dans l'ambulance. Personne ne le sait. Ne le répète surtout pas.

— Les ambulances donnent mal au cœur. Ça tourne et ça remue dans tous les sens. Et puis, on est souvent assis en sens contraire, me rassure Jack. Tu étais assis en sens contraire ?

— Heureusement que je n'ai pas gerbé.

— Mec, tu te plantes dans cette histoire de héros. On s'en fout, que tu aies gerbé ou pas. Tout ce qui compte, c'est que tu sois monté dans cette ambulance, sachant qu'il y avait un risque que tu dégobilles sur la fille dont tu es secrètement amoureux. Il faut être courageux, pour ça.

— Tu es en train de courir ?

— Ouais. Je peux dispenser des petites bombes de sagesse tout en courant. Moi aussi, je suis un héros.

— Dis-moi qu'elle ne va pas mourir. Elle ne va pas mourir, hein ?

— Non. Impossible. Ça n'arrivera pas, me certifie Jack.

— Comment tu peux en être si sûr ? Des gens meurent sans arrêt.

— Pas Baby Hope.

— C'est des conneries.

La mère et le garçon à la petite voiture me décochent tous deux un regard noir. *Désolé*, j'articule silencieusement.

— Bon, écoute-moi bien. C'est statistiquement impossible qu'en moins de vingt-quatre heures tu sortes avec une fille cool, tu retrouves la trace de ton père, tu découvres que, alors que tu le croyais vivant depuis des années, il est bel et bien mort et que c'est un vrai héros, puis que ta quasi première petite amie meure alors qu'elle-même est une sorte d'héroïne nationale. C'est trop gros, même pour toi, Noah.

— Ça m'aide vraiment, merci.

— Tant mieux. J'entre, lance Jack.

Et avant que j'aie pu le remercier à nouveau, il me serre dans ses bras aussi fort qu'il le peut. Je me mets à pleurer sans bruit.

Chapitre cinquante-cinq

Abbi

La première chose à laquelle je pense en revenant à moi, juste après *Je ne suis pas morte*, c'est *J'ai saigné partout sur Noah*. Je ne suis pas fière que ce soit là que mon cerveau décide de m'emmener, et non vers un *Mes parents doivent être dévastés* bien plus logique et compatissant. Ma grand-mère n'a peut-être pas tort de me trouver narcissique.

J'ai un tube dans le nez et une perfusion plantée dans le bras. Je suis en blouse d'hôpital, même si je ne me rappelle pas m'être changée. Je me souviens en revanche d'avoir été transportée d'une salle à une autre. Radio, scanner. Je ne sais pas trop quand je me suis endormie. Je suppose qu'ils m'ont filé des médicaments, qu'il y en a peut-être même dans le goutte-à-goutte qui m'alimente.

Ma mère est debout près du lit et m'observe intensément. J'ai la nette impression qu'elle se tient dans cette position depuis un moment. Peut-être des heures.

— Abbi ? Oh, ma puce. (Le visage crispé de ma mère se détend, se relâche.) Comment tu te sens ?

— Je ne sais pas. Honteuse, je crois.

Ma mère rit en reniflant, car elle est aussi en train de pleurer.

— Physiquement, je veux dire.

— Ah. Fatiguée. Mal au crâne. Où est papa ?

Je pose cette dernière question surtout pour qu'elle cesse de me dévisager.

— Papou est là, me dit-il, et le fait qu'il se surnomme *papou* alors que c'est *papa* depuis maintenant si longtemps me remue intérieurement.

Je tourne lentement la tête vers lui, craignant d'arracher mon équipement médical. Je constate que ses yeux sont aussi gonflés que ceux de ma mère. Si je pouvais, je sauterais hors du lit pour leur faire un numéro de claquettes, histoire de les rassurer. De leur prouver que je vais déjà mieux. Mais quand je respire, je sens comme un hématome qui se compresse. Je serais incapable de me tenir debout.

— Devine quoi ? Tu as gagné la guerre des couleurs, dit ma mère.

Elle a décidé d'opter pour sa façade joyeuse, en dépit de ses joues mouillées de larmes. Ça me va. J'ai l'habitude. C'est toujours mieux que l'inverse.

— Bien joué, renchérit-elle.

— Comment tu le sais ?

Ma voix est limpide, bien qu'un peu éraillée. Comme si j'étais en fin de rhume, non à l'article de la mort.

— Il y a des tas de gens du camp ici, m'explique ma mère. Si tu voyais la salle d'attente… (Puis elle se met à les énumérer sur ses doigts.) Il y a Julia et son petit ami, je dirais ? Une maman et sa fillette trop mignonne sont venues déposer une pile de dessins qu'elle a faits pour toi. Un garçon assez fringant qui n'arrêtait pas de s'excuser. Il a même demandé à tout le monde de se donner la main pour t'envoyer des ondes positives, ce qui était assez curieux.

Ma mère bavarde en se promenant dans la chambre, ramasse divers objets et les repose presque aussitôt. Une écritoire à pince. Un vase. Une télécommande.

— Voyons, quoi d'autre ? Tu as reçu une tonne de fleurs.

— Noah et Jack attendent dehors, ajoute mon père. Ils ont passé l'après-midi ici. Ils ont l'air gentils. Ils n'ont pas arrêté de nous proposer d'aller nous chercher du café. Ils m'appellent M. Goldstein. Et puis leur copain tatoué est arrivé. Il a apporté des cookies !

Apparemment, mon père est aussi nerveux que ma mère. Tout en diarrhée verbale.

Je suis dans un lit d'hôpital. Mes parents semblent effrayés, épuisés et profondément tristes.

On y est, donc.

— Écoutez, je voulais juste vous dire… je suis désolée. Tellement, tellement désolée. (Les sanglots prennent naissance derrière mes poumons défectueux et tentent de faire surface.) J'aurais dû vous en parler. Je voulais passer un dernier été…

— Oh, ma puce, ne pleure pas. Ça va aller. Tu devrais bientôt pouvoir rentrer à la maison. Ils n'ont plus qu'un examen à faire.

Ma mère s'assied près de moi et joint ses mains aux miennes. Son visage est à nouveau mouillé de larmes. Et pourtant, elle sourit.

— Mais tu vas t'en remettre. Je le sais. C'est…

— Attends, l'interrompt mon père. Tu aurais dû nous dire quoi ?

J'envisage de changer de sujet, de m'intéresser aux fausses promesses de ma mère. Il n'est pas vraiment utile d'avouer. Je suis à l'hosto. La vérité – ma maladie – n'est plus secrète. Quelle différence cela fait-il, que j'aie su que cela me pendait au nez ?

Et pourtant, je me rends compte que je ne veux pas être comme Cat : je ne veux pas me satisfaire de demi-vérités et de phrases détournées, me contenter d'une image retouchée au lieu de la réalité crue.

— C'est… ça dure depuis un moment. La toux. Le sang. Je ne voulais pas vous inquiéter, je déclare.

— Nous inquiéter ! s'écrie ma mère.

Mon père et moi sursautons tous deux. Ma mère ne crie jamais. Elle est passée de la compassion aimante à la rage en quelques secondes à peine. Je sens la terreur me remonter l'échine vertèbre après vertèbre.

— On parle de ta santé. Tu es sérieuse ? Tu ne nous as rien dit exprès ?

— Maman…

— Combien de temps ?

Je hausse les épaules.

— Ce n'était pas si grave. Enfin, si, mais non ? Je ne pensais pas qu'il était utile d'en parler avant…

— Avant quoi, ma puce… ? veut savoir mon père, mais ma mère l'interrompt.

— Dis-le-nous, bon sang ! Les médecins doivent savoir. Combien de temps ?

Elle s'est remise à faire les cent pas, les poings serrés. Je me tourne vers mon père, qui a plongé la tête dans ses mains.

— Ne vous mettez pas en colère, j'implore.

Je savais qu'ils seraient contrariés, mais je m'étais dit qu'ils prendraient la chose avec leur flegme habituel, en bons martyrs. Et puis, et il m'en coûte de l'admettre, je pensais que le fait de me *voir* malade les empêcherait de se mettre en rogne. À cause de ma faible espérance de vie.

— Abbi, ma puce, s'il te plaît, dis-nous combien de temps, essaie mon père.

Les trémolos dans sa voix trahissent son calme apparent.

— Je suis désolée. Tellement désolée. Pas longtemps. Peut-être cinq ou six semaines ? Mais ce n'était pas très grave. Je comptais vous le dire à la rentrée. J'avais besoin de passer l'été tranquille. Je n'étais pas prête. Ne me détestez pas.

— Évidemment, qu'on ne te déteste pas, m'affirme mon père à l'instant même où ma mère déclare :

— Il y a une tumeur.

Je sens le monde s'écrouler.

Il s'avère qu'il y a une immense différence entre savoir et *savoir*.

— Je croyais qu'on était d'accord pour discuter de la meilleure approche… commence mon père.

Mais ma mère n'en a cure. Il n'est plus possible de la retenir. Sa colère éclate entre les quatre murs. Je la sens, tel un puissant courant.

— Tu as une idée de ce que ça signifie ? Les tumeurs grossissent. Plus on les traite tôt… Oh, mon Dieu, tu aurais dû nous le dire !

Ma mère cesse subitement de s'agiter, se plie en deux. Elle me rappelle Sheila Brashard évoquant son mari, mais en mille fois plus hystérique.

— Je suis désolée, je répète. Ce n'était… je n'ai pas réfléchi.

Je parle comme une petite fille. C'est peut-être à ça que ressemble la mort. Remonter le temps jusqu'à n'être plus là. Jusqu'à disparaître complètement.

— On n'en sait encore rien, intervient mon père. (Puis il recouvre ma mère de son corps, se ratatine sur elle, comme pour s'emparer de sa douleur.) Ils doivent faire une biopsie. Il ne faut pas tirer de conclusions hâtives.

— Oui. Pas de conclusions hâtives, je répète, pleinement consciente de mon hypocrisie.

On sait tous d'où je tiens cela. On sait tous comment l'histoire s'achève. On n'est pas dans un conte de fées. Dès l'instant où j'ai vu du sang, je n'ai jamais imaginé qu'il pourrait en être autrement. On ne survit jamais deux fois. Jamais.

Une tumeur.

Ma mère se libère de l'étreinte de mon père. Me contemple, allongée dans mon lit. Parcourt lentement du regard mon petit corps, depuis le haut de mon réservoir d'oxygène, en passant par le tube qui me rentre dans le nez et jusqu'à la pointe de mes orteils. Elle secoue la tête.

— Je ne peux pas revivre ça, dit-elle. Je suis désolée.

Elle sort alors de la pièce.

Chapitre cinquante-six

Noah

Ma mère m'appelle vingt-sept fois. Je la renvoie systématiquement vers ma boîte vocale. Puis elle se met à m'envoyer des textos. Évidemment.

Maman : DÉCROCHE TON TÉLÉPHONE. STP. Je suis inquiète. Tu n'es pas rentré depuis HIER !!!
Maman : Noah ! Tu peux m'en vouloir et avoir malgré tout l'obligeance de m'envoyer un signe de vie. Je ne réclame pas la lune
Maman : S'il te plaît, renvoie-moi au moins deux lettres : OK
Maman : Je craque. Sérieusement. Ne me fais pas un coup pareil
Maman : J'ai vu les infos. Abbi va bien ? Toi ? Qu'est-ce qui se passe ?

Phil : Ça va, fiston ? Ta mère est en panique
Phil : Noah ? STP, dis-nous que tout va bien. Je m'inquiète aussi

Phil : Ce n'est pas drôle. Nous sommes tes parents, et nous sommes effrayés. Appelle. Envoie un message. Un signal de fumée. N'importe quoi

Moi : ...

Phil : Ces trois petits points signifient que tu es là, hein ?

Moi : Tu as fait une blague ?

Phil : Quoi ?

Moi : L'histoire des signaux de fumée. C'était une blague

Phil : Plus ou moins. Pas très bonne. Ça va ? Tu peux répondre en morse si tu veux

Moi : Encore une blague

Phil : Je fais ce que je peux

Moi : Je suis à l'hôpital, j'attends de voir Abbi

Phil : Ta mère est effondrée. Elle s'est fait un sang d'encre toute la nuit

Moi : Dis-lui que je lui en veux encore

Phil : Elle dit qu'elle comprend. Tu as toutes les raisons d'être en colère

Phil : Pour ce que ça vaut, elle ne m'en avait pas parlé non plus

Cela me calme un peu. Je pense à ma mère et Phil. Elle qui s'applique tous les soirs avant d'aller au lit une couche de crème pour les mains ; lui avec sa brosse à dents sonique ; elle qui lui sert presque tous les matins son bol de céréales spécial fibres. Je me dis que deux vies peuvent parfois être si fermement entremêlées qu'elles ne laissent même pas de place pour la vérité.

Ne le pensait-elle pas capable de gérer non plus ? Ou avait-elle conscience qu'en lui révélant tout et pas à moi, je me sentirais doublement trahi quand je découvrirais le pot aux roses ? J'ai l'impression que mon cerveau va entrer en combustion spontanée. Trop d'événements en une seule journée. J'ai encore le sang d'Abbi sur mon tee-shirt.

Phil : STP, rentre à la maison ce soir. Vous pourrez discuter de tout ça
Moi : Demande-lui si c'est vrai qu'il aimait les sandwichs aux cornichons ou si c'est encore un mensonge
Phil : Elle dit oui. 100 %. Elle dit aussi que ton père s'est un jour inscrit à un concours de calembours. Un truc sérieux, apparemment. Une compétition de jeux de mots
Noah : Quoi ?
Phil : Il semblerait que ce soit un peu comme de l'impro. Elle dit que ton père a été nul et n'a pas passé le premier tour, mais que c'était à la fois hilarant et atroce, et que tu aurais adoré ça. Elle dit qu'il y a un million d'autres choses qu'elle a envie de te dire sur lui, et que tu dois rentrer pour écouter au moins les trois premières
Noah : Je viendrai plus tard
Phil : Merci. Ça avait l'air d'être un mec bien. J'aimerais apprendre à mieux le connaître. Ta mère doit prendre sur elle pour arriver à parler de lui
Noah : C'est encore Phil ?
Phil : Ne parais pas si surpris. Je suis une thérapie depuis des années
Noah : Cette journée est décidément très déroutante

Chapitre cinquante-sept

Abbi

Mon père et moi regardons sans mot dire l'écran de télé fixé sur le mur de ma chambre d'hôpital. On en est à notre deuxième épisode de *Judge Judy*, un reality-show dans lequel une juge à la retraite tente de trancher des différends de la vie réelle.

— Je suis amoureux de ta mère, déclare-t-il soudain, venant rompre notre silence confortable.

Sa voix dégouline de détresse. Maman est partie il y a environ une heure. On ne sait ni où elle est allée, ni quand elle reviendra.

— Quoi ?

J'ai parfaitement entendu, mais j'ai besoin de quelques secondes pour analyser cette révélation qui, à bien y réfléchir, et à l'instar de l'annonce de ma tumeur, relève davantage de la confirmation que du véritable scoop. Je ne sais comment je suis censée réagir. Évidemment, les enfants de divorcés rêvent souvent de voir leurs parents se remettre ensemble – ça a été mon cas pendant des années –, même si tout le monde dit que cela n'arrive jamais et qu'il y a autant de chances de voir une personne ressusciter d'entre les morts. Et pourtant, nous voilà à mi-chemin de cet événement.

— Je suis amoureux de ta mère. À nouveau. Ou encore.

Mon père ne me regarde pas. À l'écran, Judge Judy hurle sur l'accusée en la désignant d'un doigt copieusement chargé en bagues. Je vois de la bave s'accumuler au coin de sa bouche, l'avantage de la regarder en HD. Je me demande pour la dixième fois si la juge fait semblant d'être en colère, si toute l'émission n'est que du chiqué, ou si elle se soucie réellement que la dame aux cheveux crêpés n'ait pas payé le pressing après avoir fichu en l'air la robe de mariée de sa cousine en vomissant du vin rouge dessus. J'aimerais leur crier d'arrêter de se disputer, leur expliquer que la vie est trop courte, puis je me rappelle avoir lu quelque part que les plaideurs étaient payés pour participer au tournage.

Comme à peu près tout dans la vie, rien dans ce spectacle n'est réel.

— Est-ce que maman t'aime aussi ? Enfin, je sais bien qu'elle t'aime, mais est-ce qu'elle t'aime de la même manière ?

Je ne sais pas pourquoi mon père a choisi cet instant, alors que je suis clouée à mon lit d'hôpital par ma perfusion et que ma vie est en jeu, pour aborder les détails intimes de la relation qu'il entretient avec ma mère. Je comprends alors que c'est peut-être parce qu'il sait que le temps presse et que, contrairement à moi, cette prise de conscience l'a rendu honnête. Peut-être qu'il adhère à la théorie de l'apothéose de Noah, et que c'est comme ça qu'on va tirer notre révérence : à force de grandes déclarations bouleversantes. Ou peut-être qu'il veut se remarier bientôt, dans l'espoir que je puisse y assister en suffisamment bonne forme. Je pourrais être demoiselle d'honneur.

Juste après le divorce, il n'y avait rien que j'espérais tant qu'une seule maison, une seule famille, un dîner dans de vraies assiettes qu'on mettrait ensuite au lave-vaisselle. Puis, vers l'âge de douze ou treize ans, j'ai cessé de gaspiller mes vœux d'anniversaire pour des absurdités pareilles. Je connais des gens dont les parents se sont séparés avec méchanceté et amertume et ne supportent plus de se retrouver dans la même pièce. Ceux-là doivent célébrer Thanksgiving à deux reprises pour ne pas faire de jaloux. J'étais heureuse que ma mère et mon père semblent encore s'apprécier. Je suis désormais soulagée de savoir qu'ils pourront se reposer l'un sur l'autre quand je ne serai plus là.

— Je ne sais pas. Ça a été… Il y a eu du nouveau entre nous, dernièrement. (Sa voix se brise alors.) Je ne devrais pas te raconter ça. J'ai peur. Je suis horriblement terrifié par ce qui se passe, et je sais que ta mère l'est aussi, et que ce n'est pas uniquement à cause de toi qu'elle s'est enfuie. Enfin, c'est essentiellement à cause de toi, mais pas complètement. Hier soir, je lui ai demandé si je pourrais revenir habiter à la maison. Super timing, n'est-ce pas ?

Il recommence à se perdre en bavardages nerveux et à m'en révéler plus qu'il ne le devrait.

— Qu'est-ce qu'elle a répondu ?

— Qu'elle allait y réfléchir. Que ça faisait beaucoup de changements d'un coup, en plus de ta grand-mère. On ne se doutait pas que, douze heures plus tard, tu ferais une hémorragie.

Il se fend d'un petit reniflement amusé. Nos vies ont toujours été absurdes.

— Je n'ai pas fait d'hémorragie, je me défends.

— Tu préfères l'expression *saigner abondamment* ?

— En fait, oui.

Cette fois-ci, on rit tous les deux, avec sincérité, et l'espace d'un instant, c'est comme au bon vieux temps, ou du moins avant aujourd'hui, quand on pouvait discuter librement tous les deux, sans avoir à faire mine d'être passionnés par *Judge Judy* pour éviter d'avoir à affronter ma mort imminente. Dans l'ensemble, les choses allaient plutôt bien avant aujourd'hui.

— Quand on a un enfant, c'est comme si notre cœur se promenait en permanence en dehors de notre corps. On ne s'y habitue jamais.

— Ça va aller, je réplique, ce qui est plus conforme à la réalité que : « Je vais m'en remettre ».

— Je sais que je devrais faire comme si je n'avais pas peur – c'est ce que feraient tous les parents –, mais j'en suis incapable. Abbi, le fait que tu sois malade ? Tu ne comprendras pas avant d'avoir toi-même des enfants, mais bon sang, c'est notre pire cauchemar. Donne-moi ta tumeur. Je t'en prie, passe-la-moi. Oublie les résultats. Même la biopsie me terrifie. C'est une opération.

Mon père m'observe, mais j'ai peur de le regarder en retour. Je découvre en revanche que *La Roue de la Fortune* a succédé à *Judge Judy*. Le présentateur et la femme qui s'occupe de tourner les lettres ont tous deux le visage horriblement figé. La jeunesse éternelle.

— J'ai été bien naïf de croire qu'on avait payé notre dû il y a toutes ces années. Qu'on avait eu de la chance. Qu'on avait épuisé d'un coup notre quota d'inquiétude. J'ai réagi complètement différemment de ta mère. Elle a toujours eu la trouille pour toi, m'avoue-t-il.

Sa voix chevrote une fois encore, et je fais comme si je n'avais rien remarqué. Comme si on n'était pas tous deux en train de se noyer dans notre peur. À l'écran, la femme en robe moulante dévoile un Z.

Parfois, même si c'est perturbant, je pense aux sauteurs du 11 Septembre. Deux cents personnes environ se sont jetées par les fenêtres des tours vers une mort certaine. À l'exception d'un couple, tombé en se tenant la main, tous les autres ont sauté l'un après l'autre, comme s'ils faisaient la queue dans une file d'attente inexplicable.

Il n'est pas du tout impossible qu'il y ait eu une telle file. Que la bienséance existe aussi dans les ténèbres.

Les sauteurs ont été, pour la plupart, complètement oubliés par l'histoire. Il existe une sorte de règle tacite interdisant de parler d'eux, mais je n'ai jamais trop compris ce tabou. Quand je pense à ces deux cents hommes et femmes, je ne pense qu'au courage qui leur a fallu pour passer à l'acte, pour reprendre en main ce qu'il leur restait de destin.

Le soir, quand je n'arrive pas à dormir, il m'arrive de songer à un article consacré à une femme qui, durant sa chute, a eu la présence d'esprit de tirer sur sa jupe pour ne pas s'exhiber devant les témoins en contrebas. Je regrette de n'avoir pas parlé d'elle à Noah ; *elle* aurait pu être notre trésor national, à la place de Baby Hope, car je me rends compte que c'est ainsi que j'aimerais partir. Pas selon mes critères – personne ne peut imposer ses conditions au sujet de sa propre mort – et pas en apothéose. J'aimerais disparaître aussi dignement que possible.

— N'aie pas peur. Je n'ai pas peur. Enfin, si, un peu, mais c'est la vie avec un grand *V*, non ?

J'exprime un courage que je ne ressens pas. Je considère l'énigme de *La Roue de la Fortune*, mais les lettres se troublent. Soudain, j'éprouve un agacement irrationnel à l'encontre du traitement de faveur accordé au *E*.

— Papa, je reprends d'une voix sérieuse.

Je décide qu'il n'y a pas à avoir peur des mots. Je cherche une honnêteté totale.

— C'est *encore* et *à nouveau*. Tu es *encore* amoureux de maman, et tu es *à nouveau* amoureux d'elle. Clairement.

Mes paroles sont ponctuées par le *tic-tic-tic* de la grosse roue qui tourne à la télé. On cesse de parler un instant, attendant de découvrir quelle case la flèche va désigner. Une femme nommée Tess et vêtue d'un corsage en imprimé léopard pousse un cri de joie en ajoutant un lave-linge séchant flambant neuf à sa cagnotte. Une case en carton incarne ce privilège. C'est mieux que la banqueroute, mais pas aussi bien que les vacances à Hawaï.

Ma mère m'a dit un jour que le plus déconcertant, pour les parents, était de ne jamais rien maîtriser complètement, car les enfants sont sans cesse remplacés par une autre version d'eux-mêmes qu'on ne reconnaît plus. Elle m'a dit qu'il lui arrivait de regarder de vieilles photos de moi en se demandant : *C'est qui, ça ?* Je m'interroge à présent sur l'impossibilité de percevoir sa propre croissance. Sa théorie pourrait m'aider à comprendre pourquoi je me sens si déconnectée depuis le début du lycée. Je suis à la fois moi et une version inconnue de moi. Comment ai-je un jour pu être amie avec Cat et ne plus l'être du tout ? Il y a quatre personnes complètement différentes : les deux moi, les deux Cat. Pour une raison ou pour une autre, nos nouvelles configurations sont irréconciliables.

Aussi, je me rends subitement compte que Baby Hope n'a existé que le temps qu'il a fallu au photographe pour capturer cette image.

— On va faire cette biopsie, et la tumeur va se révéler bénigne. Tout sera terminé. Mais il va falloir quoi qu'il arrive passer par la case chirurgie, et j'aimerais faire une avance rapide jusqu'à ta sortie du bloc, lance mon père en direction de la télévision.

Ça nous demande de gros efforts de ne pas nous regarder, de faire mine de se dire la vérité. Il veut accélérer le temps jusqu'à trouver une autre itération de moi.

Mais il ne sait pas si je vais vraiment m'en remettre. Nul ne le sait.

Mon cerveau remplit machinalement les cases manquantes à l'écran, et j'arrive enfin à résoudre la phrase mystère, même avant Tess.

Je crie ma réponse, comme pour m'approprier cette petite victoire amplement méritée.

Chapitre cinquante-huit

Noah

— Mets la quatre. Tu as vu ça ? je demande à Abbi.

Je suis chez moi, dans ma chambre, en pyjama. On se parle au téléphone, ce qui semble étonnamment intime. Je ne me souviens pas de la dernière fois où j'ai téléphoné pour de vrai, à l'exception du coup de fil à Jack quand j'étais aux urgences, mais j'avais besoin de l'entendre me dire qu'elle allait bien. Sa voix est plus faible et rauque que d'habitude.

« Nous n'avons pas encore tous les détails, mais selon des témoins, Baby Hope, rendue célèbre par une photo du 11 Septembre et qui se fait désormais appeler Abbi Goldstein, a été emmenée d'urgence à l'hôpital de Garden State après s'être effondrée dans un camp de vacances voisin. Elle est âgée de seize ans », explique Brittany Brady, la journaliste de terrain blond platine qui semble avoir toujours froid. « Pour replacer les choses dans leur contexte, la femme qui a sauvé la vie de Baby Hope, Connie Kramer Greene, est morte il y a moins d'un an d'un cancer du sein, une maladie que de nombreux spécialistes mettent sur le compte de son exposition à de nombreux produits chimiques le 11 septembre 2001. Au cours des cinq dernières semaines, deux officiers de la police de New York ayant participé aux opérations de secours après les attentats ont également succombé à des maladies liées au 11 Septembre. Rien n'indique pour l'instant que l'état de santé d'Abbi soit en rapport avec ces événements tragiques. L'une des meilleures amies d'Abbi, Cat Gibson, a gentiment accepté de nous accorder un entretien ce soir.

« Pouvez-vous nous dire ce que vous avez ressenti en apprenant qu'Abbi avait été admise à l'hôpital ? »

— Meilleure amie mon cul, marmonne Abbi.

« Ça m'a fait un vrai choc. Je connais Abbi depuis qu'on est toutes petites, et je ne crois pas qu'elle se soit jamais cassé quoi que ce soit. Je suis très inquiète », entends-je Cat dire dans le poste.

« A-t-elle été malade récemment ? s'enquiert Brittany Brady.

— Euh, je ne pense pas. Enfin, elle a toujours eu de l'asthme…

— Si Abbi nous regarde ce soir, qu'aimeriez-vous lui dire ? »

— C'est carrément une mise en abyme, puisque tu la regardes.

Abbi me fait taire.

« Je peux lui parler directement ? » demande Cat. Brittany Brady acquiesce. « D'accord. J'espère que tu vas t'en remettre, Abbi. Ma mère m'a parlé de ta conversation avec elle. Tu n'étais pas obligée de me couvrir, mais tu l'as quand même fait... malgré tout ça. Alors, merci.

— C'était Cat Gibson, en direct de... »

Mais Cat ne se laisse pas interrompre si facilement.

« Abbi, c'est toi qui es courageuse, pas moi. Toujours à étreindre ces inconnus. Et pourtant, c'est difficile à vivre quand la personne qui est censée te connaître le mieux te regarde et ne voit que celle que tu étais. Rentre vite, d'accord ? »

La journaliste s'efforce de conserver un air placide, tout en récupérant son micro de force.

« C'était Brittany Brady, en direct devant l'hôpital de Garden State. »

Le reste des infos est consacré aux derniers tweets du président, qui émet des menaces de guerre nucléaire et donc de destruction de l'humanité. J'éteins la télé.

— Juste alors que je me sentais enfin capable de la détester, commente Abbi.

— Brittany Brady ? Elle m'a l'air sympa, mais il faudrait vraiment penser à lui acheter un manteau.

— Cat !

— Je rigole. Qui sait ? Tu es mieux sans elle. Je découvre peu à peu qu'il n'y a parfois pas d'explication simple pour justifier des actes des uns et des autres. Et puis, je crois parfois que certaines personnes ont l'impression de te protéger, alors qu'elles ne font que se protéger elles-mêmes.

Je considère le sol de ma chambre, jonché des cartons renfermant les affaires de mon père.

Ma mère a tout remonté du sous-sol, y compris une dizaine d'albums de photos dont j'ignorais jusqu'à l'existence. Elle voulait qu'on les parcoure ensemble pour, selon ses termes, qu'elle me *présente mon père*. Elle semblait si pleine d'espoir que je n'ai pas eu le cœur de lui dire que je ne pensais pas le trouver là-dedans. Comme dirait Sheila, l'image d'une chose n'est pas pareille que la chose en soi.

— Désolée de t'avoir mis du sang partout, reprend Abbi. J'aurais dû te prévenir avant. Je n'ai jamais été aussi gênée de toute ma vie.

— Ne t'excuse pas. Même si je me suis chié dessus, au sens figuré. Alors que Livi l'a fait au sens propre.

J'ouvre l'un des albums, et les photos de mariage de mes parents me dévisagent. Je referme la couverture. J'aurai largement le temps de les regarder plus tard. Je ne penserai plus à mon père comme s'il n'existait qu'en quantités si petites qu'elles doivent être rationnées. Il est certes mort, mais il a vécu trente-trois ans. J'ai beaucoup de retard à rattraper.

— Il paraît que Brendan est passé à l'hôpital ? m'interroge Abbi. Pitié, dis-moi que c'est une affaire qui roule entre Jack et lui. J'ai besoin d'une bonne nouvelle.

— Selon Jack, ils ne se sont pas contentés de discuter près des poissons surgelés.

— Yes !

— Je peux venir te voir demain matin ? Je… Ouais, je peux passer ?

Je me rends compte que ça n'a rien de délicat. Je ne serai jamais quelqu'un de délicat. Après tout, mon père faisait des compétitions de calembours.

J'ai un côté pauvre type profondément inscrit dans mon ADN.

— Bien sûr, répond-elle.

Je souris.

— Je suis tellement heureux que tu te sentes mieux, Abs.

— Merci.

— Oh, merde. Tu as échoué au test.

— Quel test ?

— Je viens de t'appeler Abs, et tu ne m'as pas repris. Je suis très inquiet.

— Tu m'as pratiquement sauvé la vie ce matin. Je crois que je peux laisser passer un « Abs ».

— Attends, ça veut dire que je peux t'appeler comme ça, maintenant ?

— J'imagine.

— J'en étais sûr ! On y est !

Je donne un coup de poing dans le vide, bien qu'elle ne puisse pas me voir.

— On n'est nulle part, insiste-t-elle.

— Je n'aurais jamais imaginé que le rite d'initiation était si complexe, je poursuis comme si de rien n'était. J'ai pratiquement dû me doucher avec ton sang pour avoir le droit de t'appeler Abs. Mais ça en valait la peine.

— Bonne nuit, Noah, m'interrompt-elle, faussement agacée.

— Bonne nuit… attends un peu…

— J'attends, répond Abbi.

— Bonne nuit, Abs. (Je pousse un soupir de contentement, suffisamment appuyé pour qu'elle l'entende.) Ça en valait tellement, tellement la peine.

Chapitre cinquante-neuf

Abbi

— Je suis là, dit ma mère alors qu'on faisait toutes les deux semblant de dormir depuis au moins une heure.

Elle est revenue dans ma chambre à l'heure du dîner, arborant d'un air penaud son sourire las de divorcée et rapportant un bouquet de ballons de baudruche. Désormais, elle est allongée sur un lit de camp près de moi. Même si j'ai assuré être assez grande pour passer la nuit toute seule, si j'ai affirmé que mon père et elle feraient mieux de rentrer pour discuter, je suis soulagée qu'elle n'en ait pas tenu compte. Je n'avais pas prévu que, quand la nuit tomberait, la peur s'emparerait de moi.

— Enfin, je suis là pour toi, précise-t-elle. Je n'irai nulle part. J'ai paniqué, tout à l'heure. Sans doute un syndrome de stress post-traumatique résiduel. (Elle marque une pause.) Non, c'est juste une excuse. Ça peut paraître idiot, mais je croyais réellement que si je m'en faisais suffisamment pour toi, il ne t'arriverait jamais rien. Comme ma mère peut le dire, quand elle se remet à parler en yiddish en cas d'urgence : *Kinehora.* Imaginer ton avenir risquait de te porter la poisse. Mais ce n'est pas comme ça que ça marche.

Je ne réponds pas. J'écoute le *bip*, *bip*, *bip* des machines. Je trouve un certain réconfort dans leur rythme infaillible.

— Quand le premier avion a frappé, papa et moi nous sommes précipités vers les tours. Pour retourner te chercher. Mais on n'a pas pu. Il y avait des policiers, et tous ces gens qui couraient dans l'autre sens, les routes étaient barrées… C'était impossible. Papa m'a assuré que Connie veillerait sur toi – que tu étais sa préférée. Et puis, elle était tellement excitée par ton anniversaire. Elle t'avait fabriqué cette couronne. Il n'y avait rien à craindre. Mais, bien sûr, c'était avant que les tours s'écroulent. On ne savait pas. Personne ne se doutait. (Elle se met à pleurer doucement.) Parfois, le pire se produit. C'est comme ça. Mais ce jour-là, pour moi, ça n'est pas arrivé. Enfin, je l'ai cru, ça a failli, ça aurait pu, mais tu as fini par rentrer à la maison. Mon bébé est revenu.

— Alors que tant de familles n'ont pas eu cette chance.

Je sens les larmes chaudes me couler sur les joues. Je n'ai pas besoin de me tourner vers ma mère pour savoir que son visage est humide également.

Demain après-midi, je serai sous anesthésie générale quand les médecins m'ouvriront pour tripoter ma tumeur.

Tumeur. Tumeur. Tumeur.

Vous pouvez répéter ce mot à toute vitesse, il ne perdra pas de sa signification. Croyez-moi, j'ai essayé.

Une chirurgienne va me découper un morceau de poumon et l'envoyer dans un laboratoire pour le faire analyser. Même si elle est maligne, la doctoresse – une femme entre deux âges et grisonnante, au pragmatisme cruel – nous a promis qu'il existait des *options*. C'est le terme qu'elle a employé – des *options*. Pas une d'elles ne me plaisait. D'autres médicaments, de la chimiothérapie, de nouvelles opérations. Elle a parlé de stades, ce qui m'a rappelé cette époque où Cat et moi ne mangions que de la nourriture pour bébés, et qu'elle regardait les étiquettes pour se contenter des pots qui indiquaient les chiffres 1 ou 2.

— J'ai l'impression que le pire – le fait que tu sois malade – est justement en train de se produire, et je ne sais pas quoi faire. J'ai tellement honte de ne pas avoir su te protéger. Ce n'est pas censé se passer comme ça. Tu es une enfant.

Ma mère recommence à pleurer, et je tends la main vers elle.

— Ce n'est pas ta faute. C'est l'une des raisons pour lesquelles je ne voulais pas t'en parler. Je savais que tu culpabiliserais.

— Je crois que ça me déprime encore plus.

— *Maman.*

— J'ai une idée, reprend-elle en s'éclaircissant la voix. Ce soir, on ne va avoir que des pensées heureuses. On n'est pas obligées de penser à demain. Ni au nombre de fois où je t'ai fait défaut, parce que, mon Dieu, je me suis sacrément plantée. Je vais fermer les yeux et essayer de n'avoir que des pensées positives. Comme la fierté que j'éprouve d'être ta mère. Ou le fait que tu sois la meilleure chose qui me soit jamais arrivée, même si je ne t'ai jamais méritée. Ou l'amour que je te porte.

— Je t'aime aussi.

J'estime que le déni n'a pas trop mal fonctionné jusqu'à présent. Alors pour l'heure, tant que c'est encore possible, je vais me gorger des bonnes choses. Ce qu'on ne pourra pas m'enlever, du moins pas tout de suite. Mes parents qui sont encore, de nouveau, toujours et éternellement là pour moi. Les moments passés sur la balancelle avec ma grand-mère. Noah et Jack me prenant les mains par pure amitié. La salle d'attente pleine d'amis que je ne pensais pas avoir. Un instant volé illuminé de rose.

Le matin suivant, j'enfile un jogging trop large et un tee-shirt à manches longues gris trop petit, et orné d'une licorne brillante, par-dessus ma chemise de nuit d'hôpital. C'est la tenue que mon père a sortie de mon placard pour me la rapporter. Je me passe un peu de baume à lèvres. J'ai ramassé mes cheveux en bataille en ce que j'espère faire passer pour une queue-de-cheval volontairement négligée. L'infirmière refuse de me libérer de ma perfusion, je ne peux donc rien faire à ce goutte-à-goutte flippant planté dans mon bras contusionné ni à mes cernes bleus liés au manque de sommeil.

Je dois empester l'hôpital et la trouille.

Et je dois avoir une tête en rapport avec ce que j'éprouve.

Même si Noah est pile à l'heure, je sursaute quand il frappe à ma porte. Mes parents, vautrés dans un coin, le saluent avec le même genre de sourire de lèche-bottes contrits qu'ils ont arboré avec le conseiller d'éducation quand il était question de mes inscriptions à la fac. Par chance, ils prennent vite congé pour aller se chercher un café.

— Pourquoi tu ne m'as pas dit que tu étais une pro des chaises musicales ? me demande Noah.

Et même si son ton est jovial, j'ai l'impression qu'il a répété sa phrase, comme s'il avait cherché en chemin un moyen de briser la glace.

— Coucou, dis-je sans répondre à sa question.

Je lui souris. La présence de Noah change l'atmosphère de la pièce, me fait à nouveau basculer dans la gratitude.

— Coucou toi-même, réplique-t-il en souriant à son tour. Bon, j'ai préparé tout un speech. Je me suis entraîné chez Jack hier, ça cartonne. Tu veux l'entendre ?

— Bien sûr.

En réalité, je n'ai pas envie de l'écouter discourir. J'aimerais qu'il s'asseye près de moi, du côté du lit où ne se trouve pas la perfusion, et qu'il entrelace ses doigts aux miens. J'aimerais qu'il me dise que s'il a survécu à une opération à cœur ouvert étant bébé, je peux bien supporter une biopsie du poumon.

J'aimerais qu'il me dise qu'on ne m'attribuera pas de stade. Que je me suis trompée. Que je vis dans une comédie, pas dans un drame. Une aventure idiote, comme *Harold et Kumar*, une histoire tout aussi absurde. Que j'aurai droit à ma fin heureuse de conte de fées.

Pour la première fois depuis que j'ai craché du sang et admis au fond de moi dans quel genre d'histoire je vivais, je m'autorise à croire à la possibilité d'une alternative.

Mais je sais que la vie n'est pas un livre dont on est le héros. Le genre d'espoir qui plane dans mon esprit est dangereux.

— Je peux m'asseoir ? me demande Noah en empruntant la chaise jusqu'alors occupée par ma mère.

Puis il se relève et décide plutôt de se poser au bout de mon lit.

— Tu n'es pas obligé de faire un laïus, je le rassure. Tout va bien. Écoute, tu peux m'appeler Abs. C'est déjà une belle réussite.

— Est-ce que je t'écrabouille les pieds ?

— Non.

— Tant mieux. Je t'ai apporté des oursons à la gélatine plutôt que des fleurs. Je trouvais ça plus commode.

Noah dépose les bonbons sur le chariot, puis se met à jouer avec le cordon de son sweat à capuche.

— Je déteste les hôpitaux, je lui dis. Regarde ce machin bleu, là-bas. C'est pour les déchets médicaux. J'ai passé la nuit à me demander quels trucs dégueu ils pouvaient bien mettre à l'intérieur, et j'ai imaginé ces matières suintantes fusionner et sortir de cette poubelle pour m'attaquer dans mon sommeil.

Je me rends compte que je ferais mieux de me taire, de laisser Noah déballer ce qu'il est venu me dire. On a mieux à faire que de causer déchets médicaux. Hélas, c'est ma personnalité, et je suis particulièrement nerveuse.

— Tu ne manques pas d'imagination, souligne Noah.

— En effet.

— Eh bien, moi non plus. C'est un peu de ça que je suis venu te parler.

— Tu es venu me parler de ton imagination fertile ?

Je me rattrape alors et fais mine de me sceller les lèvres.

Il s'éclaircit la voix.

— Depuis que je suis tout petit, je me raconte la même histoire. C'est un peu gênant à admettre, parce que ça me fait passer pour un imbécile, mais au bout d'un certain temps, j'ai fini par y croire. Je suis passé sans m'en rendre compte d'un soupçon à une conviction. Tu vois ce que je veux dire ?

J'acquiesce. Moi aussi, je me raconte des histoires. On le fait tous.

— J'ai un aveu à te faire : si je voulais interroger tous les gens de cette photo, c'était pour me prouver que j'avais raison. Ce n'était pas pour le journal de l'école. Du moins, pas complètement.

Tu vois le type à la casquette bleue ? Eh bien, c'était mon père. Il s'appelait Jason Stern. Et avant d'aller voir Jamal, j'étais persuadé qu'il était vivant.

Il toussote en prononçant le mot *vivant*. Comme s'il avait honte d'avoir espéré. Je comprends tellement ce sentiment, la gêne cruelle naissant du désir de ce qui ne peut pas être, mais qu'on ne peut s'empêcher d'éprouver. Je tends la main pour saisir la sienne, et serre. Il me dévisage, surpris.

— Je croyais… Ça a l'air tellement débile. Et Jack me le dit depuis des années. Je n'ai jamais voulu l'écouter. Je pensais qu'il s'était servi du 11 Septembre comme d'une excuse pour disparaître. J'ai cru qu'il n'avait pas supporté d'avoir un bébé malade. Toutes les autres personnes figurant sur cette photo ont survécu, alors pourquoi pas lui ?

Je considère nos doigts joints.

— Je suis désolée, Noah.

J'essaie de croiser son regard, mais ses yeux filent d'un bout à l'autre de la pièce, comme incapables de se poser sur mon visage. Je me demande si tout, et tout le monde, meurt deux fois. Si c'est comme ça que fonctionne le chagrin : de façon cyclique, jamais achevée. Les tours sont encore en train de tomber. Et de tomber toujours.

— C'est pour ça que je devais rentrer chez moi après qu'on a vu Jamal. J'ai compris que ma mère devait le savoir. Elle le savait depuis le début. Et ne m'en avait jamais rien dit. Mon père était un héros – il a *sauvé des vies* –, mais elle a gardé cette information secrète.

— Elle avait peut-être de bonnes raisons de le faire ? je suggère sans parvenir à en imaginer une seule.

Je lui accorde le bénéfice du doute, comme j'aimerais que mes parents le fassent avec moi – qu'ils comprennent que j'avais de bonnes raisons de ne pas tout leur révéler.

— En fait, je crois que oui. (Les yeux de Noah scintillent, et il se racle la gorge.) Je voulais te dire la vérité. Pas seulement parce que tu mérites de savoir pourquoi on a fait tout ça, pourquoi j'ai tant insisté, ce qui était horrible de ma part, mais aussi parce que je ne voulais pas que tu croies que c'était toi que je fuyais. Je suis désolé pour tout ça.

— Tu aurais peut-être raison de me fuir. J'ai une tumeur. Je suis mourante.

Oh non. Je n'avais aucune intention de lui dire ça. En réalité, j'avais même l'intention de *ne pas* lui dire ça.

— Quoi ? Arrête, tu ne vas pas mourir. D'ailleurs, plein de monde pense que tu as fait une overdose.

— Sérieux ? Je n'ai jamais pris de drogue de toute ma vie.

— Attends un peu. (Noah marque une pause, comme pour retrouver le fil de notre conversation.) Tu as une tumeur ?

— Au poumon. Ils vont me faire une biopsie, plus tard dans la journée.

Je m'exprime d'une voix calme, refusant de m'apitoyer sur mon sort. Si Noah peut supporter d'avoir perdu son père à deux reprises, je peux bien endurer un simple examen médical.

— Tu ne sais pas si tu es mourante. Enfin, tu n'en es pas *sûre*.

Il déclare ça avec assurance, comme si cela pouvait suffire à transformer la réalité.

— Personne n'ose en parler, mais je suis certaine que c'est à cause du 11 Septembre. Des tas de gens tombent malades. Apparemment, ces types de cancers mettent dans les quinze ans à apparaître.

— Certains survivants vont bien. La plupart, même. Je n'ai jamais vu personne en meilleure forme que Jamal, et il a quarante ans.

— J'ai une *tumeur*.

Mon ton implorant fait écho au sien. Je ne sais pas ce qui me pousse à insister là-dessus, alors que je ne comptais initialement pas en parler.

Tard dans la nuit, après que ma mère s'est finalement endormie, j'ai cherché *tumeur au poumon* sur Google. L'immense majorité d'entre elles sont malignes.

— Et si je te disais que je *savais* que tu allais t'en sortir ? Qu'est-ce que tu penses de ça ? me demande Noah.

— Honnêtement, j'aimerais que la décision te revienne.

Quelques minutes plus tard, après qu'on a allumé et éteint la télé dans l'espoir de dissiper toute cette gêne, Noah se lève, fait le tour de la chambre, puis revient s'asseoir sur le lit, près de moi. Comme s'il y avait mûrement réfléchi et avait finalement pris une décision.

— Il faut que tu ailles mieux. Tu sais pourquoi ?

— Pour que tu puisses me rendre folle en m'appelant Abs ? je le taquine.

— Parce que je ne veux pas être ton ami. Non. Désolé.

— Vraiment ?

— Vraiment.

— Tu n'es pas désolé, dis-je en souriant.

— Tu as raison, je ne le suis pas. Au fait, j'aime bien ton tee-shirt. Je trouve que les licornes sont à la fois sur- et sous-estimées, pour des créatures mythiques.

— Quoi ? Pourquoi ?

Je prends alors conscience que ce n'est pas le moment de me laisser emporter par une théorie de Noah. Même si j'aimerais, un jour ou l'autre, savoir ce qu'il pense réellement des narvals.

— Je ne veux pas non plus être ton amie.

Je soutiens son regard un moment. Puis Noah contemple mes lèvres et commence à se pencher. Pour la première fois de ma vie, je sais ce qui va se passer ensuite.

Noah ne semble pas perturbé par le fait qu'on se trouve dans l'endroit le moins sexy du monde, ni par l'annonce, moins de cinq minutes plus tôt, de ma mort imminente. C'est juste lui et moi, et notre baiser – un baiser qui n'a rien de normal. Par je ne sais quel miracle, on a atteint ensemble le niveau suivant : un baiser accompli, partagé par deux personnes qui savent exactement ce qu'elles font. Mon corps entier vibre de désir. Et de joie.

Je suis peut-être mourante, mais je me sens on ne peut plus vivante.

Les bips se font plus puissants et plus insistants, presque furieux, et Noah rompt le contact pour s'assurer que je vais bien. Je ne sais d'abord pas ce qui se passe, et je crains de revivre l'épisode des chaises musicales. L'afflux de sang et l'hyperventilation.

C'est alors qu'on en saisit la raison tous deux au même instant et qu'on éclate de rire. Parmi cette collection de câbles qui m'entravent, certains servent à mesurer mon rythme cardiaque.

Chapitre soixante

Noah

Ma mère demande à Phil de ranger son téléphone pour la soirée. On s'installe tous trois à table pour le dîner, devant une assiette de bœuf braisé. C'est à peine si on échange trois mots. Je suis désolé pour Phil que ce repas ne soit pas rentable, même si je ne serais pas surpris d'apprendre qu'il planque un dossier sur ses genoux. Ma mère est toute rayonnante, comme si on s'apprêtait à entrer dans un monde de grandes avancées familiales. Oh, merde. J'espère que je ne vais pas avoir un demi-frère.

— J'ai eu une meilleure idée que le golf, pour ce week-end, déclare Phil.

— C'est un miracle de Noël !

Je perçois l'acidité de mon sarcasme, et tente d'en corriger la méchanceté à l'aide d'un sourire. Ce n'est pas la faute de Phil si je déteste son loisir préféré. Ce n'est pas non plus sa faute si je fais semblant de manger alors que je suis mort d'inquiétude à cause d'Abbi. Et ce n'est même pas non plus complètement sa faute s'il est ce qu'il est.

— L'un de mes clients m'a filé deux billets pour une soirée stand-up à l'*Apollo*. Ça te dit ?

— C'est génial, je réponds. Oui. Mais pour info, j'étais déjà convaincu quand tu as parlé de ne pas aller au golf.

— On pourra aller au club avant le spectacle, me détrompe-t-il, et je laisse échapper un gémissement.

Je ne lui ai jamais caché combien je détestais son club de loisirs, plein de bourgeois blancs vivant dans une McMansion comme la nôtre. J'ai soudain très peur que mon avenir ressemble trait pour trait à mon présent, avec de la bedaine et quarante minutes de transport en plus.

— Je plaisante.

Jusqu'à hier, je n'avais qu'une seule crainte : ne jamais quitter cet endroit. Et aujourd'hui, Abbi est mourante. J'ai recherché tout à l'heure *poumons* et *syndrome du 11 Septembre* sur Google. Pas l'idée du siècle.

— Comment va Abbi ? me demande ma mère, qui semble capable de lire dans mes pensées.

— Elle est très malade, je réponds.

Ma gorge se noue quand je prononce le mot *malade*.

— Je suis navrée. Mais elle est toute jeune. Elle va s'en remettre.

Ma mère emploie sa meilleure voix de maman guérisseuse de bobos.

— Tu n'en sais rien.

— C'est vrai, admet-elle.

Et je me demande si elle l'aurait reconnu si facilement il y a encore une semaine ou quinze jours. Désormais, on avance un peu en terrain miné. Elle me traite comme si j'étais susceptible d'exploser à tout moment. Elle a sans doute raison.

— Ce n'est pas pour faire mon chieur, mais tu n'en sais rien, je répète.

Phil tente de calmer le jeu :

— Tu te fais du souci. Il y a de quoi. On comprend. On s'en fait aussi.

Je ne sais pas si cette nouvelle version de lui, sans iPhone et toujours force de proposition, existe depuis le début. Il est possible que j'aie confondu imperturbable et chiant. Il fait une cible tellement évidente, avec ses chemises amidonnées, son addiction au travail et son bol quotidien de blé déchiqueté.

— Mais je pense sincèrement qu'elle va s'en remettre.

— Ça ressemble beaucoup à un vœu pieux, et j'ai assez donné avec ça.

Je découpe ma viande en tout petits morceaux que je n'ai pas l'intention de manger. Je trace des ornières dans ma purée à l'aide de ma fourchette. J'envisage de construire un bonhomme de patate. N'importe quoi qui m'éviterait de relever la tête.

— C'est peut-être simplement du bon vieil optimisme, insiste Phil. Parfois, ça suffit à faire la différence.

— Merci pour les billets, dis-je.

Je lui suis soudain reconnaissant d'être ici avec nous.

— Attends, tu as bien compris que je venais avec toi, hein ? s'inquiète-t-il.

Chapitre soixante et un

Abbi

Alors qu'ils m'endorment pour m'opérer, six heures après l'horaire prévu, je me sens sombrer rapidement. Dans mon rêve, je tombe la tête la première vers le sol. Mon corps s'aligne avec le bâtiment derrière moi dans un synchronisme parfait, et je n'ai pas besoin de me retourner pour savoir où je suis. La tour une du World Trade Center fume au sommet, telle la pointe d'une cigarette délicate. Des feuilles volent autour de moi en une tornade de documents : des dossiers personnels, des reçus en tout genre, des contrats. Ces choses conservées dans des classeurs, autrefois importantes, désormais futiles.

En dehors du rugissement du vent, tout est calme, presque paisible ; la décision a été prise. Je n'ai d'autre choix que de l'accepter et de laisser mon corps chuter.

Bien sûr, nous sommes le 11 Septembre.

Bien sûr, je suis L'Homme qui tombe.

Le sol se rapproche à une vitesse vertigineuse, et juste avant que je le percute, l'image se transforme à nouveau. De la cendre tourbillonne, me recouvre la figure, comme si je nageais dans la mélasse. Suis-je La Dame de poussière ? Ce serait la suite logique de ce cauchemar de photos iconiques. C'est alors que j'aperçois Connie, qui court auprès de moi, tout sourire. Vivante ! Elle me fait signe de la suivre d'un geste du pouce. Je suis redevenue Baby Hope, sauf que, cette fois, je ne suis plus un bébé. Je suis la moi de seize ans, qui fuit à toutes jambes avec un goût de mort sur la langue, tel un résidu de toux.

De la main droite, j'attrape la ficelle d'un ballon rouge, toujours ce foutu ballon, sauf que je ne suis cette fois pas assez forte pour le retenir. Cependant, j'ai beau essayer de toutes mes forces, je n'arrive pas à le lâcher, et il me fait m'envoler vers ce ciel parfaitement bleu. Tandis que je m'élève, Connie rétrécit de plus en plus, jusqu'à n'être plus qu'une tache sur le sol. Une simple particule de poussière, que quelqu'un d'autre ingérera.

Puis je suis moi aussi perdue au ciel.

Et j'ai terriblement peur de ne jamais me réveiller.

Chapitre soixante-deux

Noah

~~Baby Hope, mon père et dix-neuf djihadistes entrent dans un bar…~~

Toujours pas de nouvelles d'Abbi ni de ses parents.

Chapitre soixante-trois

Abbi

Quand j'ouvre les yeux, ma grand-mère est assise près de mon lit, et Paula, son aide-soignante, dort dans ce que je considère déjà comme le fauteuil de mon père. J'ai l'impression que ma poitrine a été charcutée, ce qui, étant donné les circonstances, semble parfaitement cohérent. Le creux de mon coude, où la perfusion est enfoncée, palpite. Et j'ai beau être enfouie sous les couvertures, j'ai froid.

— Où est maman ? je demande.

J'ai besoin de voir son visage. Tout de suite. Je suis larguée et perdue, et je me fous d'avoir l'air d'un bébé geignard en réclamant ma maman.

— Tes parents sont sortis prendre l'air. Ils vont être furax. Ils ont attendu ton réveil pendant des heures, m'explique ma grand-mère en m'étreignant fermement les mains. Je ne sais pas à quoi tu joues avec cette affaire d'hôpital, mais pour ta gouverne, je suis la seule ici à avoir le droit de mourir.

— Mamie, dis-je.

Puis mes paupières se ferment, et je dérive un instant. Je rouvre les yeux.

— Je vais dire des mots qui font peur, surtout maintenant, mais qui doivent être dits, d'accord ? reprend-elle. Je serai toujours avec toi, même quand je ne serai plus là.

— Quoi ?

Où est-ce qu'elle va ? Et pourquoi j'ai l'impression d'avoir léché l'intérieur d'une cuvette de W.-C. ?

— Tu sais ce que je me dis, parfois ? Je me dis que tous les petits morceaux de moi que je sème retrouveront un jour leur chemin jusqu'à toi. Comme s'ils étaient… comment dit-on ? tangibles. Des choses tangibles capables de crapahuter de ma chambre jusqu'à la tienne pour que, pendant que je deviens moins moi, tu deviennes plus toi, et que je puisse continuer à avancer à tes côtés même quand je ne serai plus moi du tout. Tu vas continuer à grandir. Comme prévu.

Je sens l'odeur de ma grand-mère, perçois les nœuds de ses doigts. Ses paroles s'ajoutent à un sentiment. Un renflement.

— C'est la vie, avec un *v* majuscule. Elle n'est pas toujours rose.

Puis elle part de ce rire qui a égayé mon enfance, quand on portait des passoires en métal sur la tête tout en émincant les légumes du jardin. Un souvenir fait surface : elle me laissait toujours utiliser des couteaux d'adulte.

— Mais tu le savais déjà.

— Mamie ?

— Oui, ma chérie ?

— Je vais m'en sortir, hein ?

Je sais qu'il est injuste de lui demander de me promettre une chose qu'elle ne maîtrise pas et dont elle sera bientôt privée. Et pourtant, je lui pose la question.

— Bien sûr que oui, me répond-elle en me caressant la joue. Bien sûr que oui.

Et cette fois, je m'autorise à m'endormir en sachant que je vais bel et bien me réveiller.

J'ignore combien de temps s'est écoulé, mais mes parents entrent dans ma chambre, les bras chargés de fleurs. Mon père coince avec son coude une bouteille qui ressemble à du champagne.

— Abbi ! s'exclament-ils à l'unisson.

— Coucou, dis-je en balayant la pièce du regard. Où est mamie ?

— À la maison.

— Ah bon ? Je ne l'ai pas entendue partir.

— Papa a apporté du jus de pomme pétillant, parce que c'est un dingue qui vend la peau de l'ours avant de l'avoir tué, déclare ma mère. (Ma mère se penche sur moi pour me déposer mille baisers sur le visage, ainsi qu'elle le faisait quand j'étais petite.) Le docteur va venir nous parler dans un instant.

— Maman ! Arrête !

— Pardon. Tu pues, de toute façon.

Son sourire vacille avant de se stabiliser.

Elle est terrifiée.

Moi aussi.

Il y a un véritable abîme entre savoir et *savoir*. Ce sont même deux états radicalement différents.

J'aimerais rester ici, dans mon avant confortable.

— Ça va aller, m'assure mon père.

— Attendons de voir le médecin, temporise ma mère. Mais quoi qu'il en soit, Abbi, tu es une battante.

Si ma pauvre mère n'était pas au bord de la crise de nerfs, je roulerais des yeux. Je me suis un jour accrochée à un ballon de baudruche pendant qu'on me *portait*. Je ne vois pas en quoi cela a pu me préparer à ce qui m'attend.

— Ne lève pas les yeux au ciel, me dit-elle.

— Je n'ai rien fait !

— Tu l'as fait dans ta tête. Tu as ton tic d'adolescente que tu crois que je n'ai pas remarqué. Je sais ce que tu penses, Abbi Goldstein. (Elle se laisse tomber sur le lit près de moi et désigne ma poitrine.) Tu *es* une battante. Je ne savais pas que tu étais malade. Tu as bien caché ton jeu, sur ce coup. Mais l'histoire avec Cat et les filles ? Tu as été tellement forte. Je savais que tu avais le cœur en miettes, mais tu as continué à avancer sans te plaindre. Bien sûr que tu aurais dû nous dire que tu n'allais pas bien. C'est nous qui sommes censés te protéger, pas l'inverse. Dès que tu seras sortie d'ici, on fera les choses autrement. Tu es la fille la plus coriace que je connaisse.

— Tu te sens mieux ? demande mon père.

— Non, répond maman. Mais j'ai pris plein de Xanax.

— Je parlais à Abbi.

— C'était un sacré discours d'encouragement, dis-je en levant ostensiblement les yeux au ciel, afin de m'assurer que mes deux parents le remarquent.

Puis une vague de panique déferle. Le Dr McCuskey est là. Ses cheveux sont remontés en un chignon, maintenu en équilibre précaire par un crayon. J'espère qu'elle portait un chouchou et une résille pendant l'opération.

— Je vais aller droit au but. Comme vous pouvez le constater, Abbi a parfaitement supporté l'anesthésie. Tant qu'on y était, nous avons décidé de l'excision totale de la masse pulmonaire, essentiellement à cause de la gravité des symptômes – par exemple, les expectorations sanglantes.

Elle marque alors une pause. Elle observe attentivement ma mère, puis mon père et enfin moi, exactement comme j'ai contrôlé chacun de mes rétroviseurs le jour de l'épreuve de conduite. Prend-elle volontairement tout son temps ?

Si j'étais médecin, ce n'est pas comme ça que je m'y prendrais pour annoncer de grandes nouvelles. Au contraire, je déboulerais dans la chambre et m'écrierais aussi vite que possible, dans une langue compréhensible : *Bénigne ! Maligne ! Stade 3 !*

Inutile de nous laisser mijoter.

Et puis, c'est quoi au juste des expectorations ?

— Nous avons retrouvé des vaisseaux autour de la grosseur, ce qui permet d'expliquer les saignements, poursuit le Dr McCuskey.

Puis les machines se mettent à biper. Mon pauvre cœur. Encore l'un des risques de l'optimisme béat. Entre mon réveil et maintenant, j'ai laissé s'insinuer en moi l'éventualité d'aller mieux. Je comprends à présent combien c'était stupide.

— Nous n'avons cependant pas trouvé trace d'autre tumeur. Et les analyses de sang semblent bonnes.

— D'accord, dis-je comme pour l'encourager à cracher le morceau.

— Chut, fait ma mère en me couvrant la bouche de sa main.

— En bref, la biopsie montre une tumeur *bénigne* sans métastases sur le poumon. Comme d'habitude, nous avons envoyé un échantillon au laboratoire pour vérification, mais il semble très improbable que les résultats annoncent autre chose, conclut le Dr McCuskey.

— *Yes !* s'exclame mon père en brandissant un poing victorieux, comme si son équipe chérie des Jets venait de marquer un *touch-down* lors du Super Bowl.

— Je ne comprends pas, dis-je. (J'ai du mal à traduire ses mots en anglais courant.) Qu'est-ce que ça signifie, exactement ?

— Ça veut dire que ça va aller. Ça veut dire…

Ma mère s'interrompt en pleine phrase et se recroqueville sur elle-même. Elle cache sa tête entre ses genoux. Son corps tout entier est secoué de sanglots. Elle entame une mélopée, un mot dont je ne saisissais pas exactement le sens jusqu'à cet instant.

Mon père se tourne vers elle et fond à son tour en larmes.

Le Dr McCuskey se racle la gorge. Mon père s'essuie le nez dans un mouchoir sorti de sa poche arrière. Ma mère se redresse et tâche de se ressaisir.

— Abbi devra avoir un suivi régulier. Je vais commencer par vous prescrire une radio des poumons tous les trois mois, puis une tous les six mois, parce que ce genre de grosseur ne se manifeste pas toujours avec des symptômes. Évidemment, si elle devait se remettre à tousser de façon inexpliquée ou à avoir une respiration sifflante, il faudrait revenir consulter immédiatement. Vous avez compris ?

Je hoche la tête.

— Ça veut dire que je ne vais pas mourir ? Pour de vrai ?

— Tu ne vas pas mourir. Du moins, pas à cause de ça, me rassure le Dr McCuskey.

— Bien sûr que tu ne vas pas mourir, s'exclame mon père d'un ton teinté de rage. Tu ne vas jamais mourir.

— Ce n'est pas tout à fait exact, n'est-ce pas ? signale le Dr McCuskey avec un éclat de rire gêné.

Elle retire le crayon de ses cheveux, et ses longues boucles grises dégringolent au ralenti. Ce n'est pas le genre de docteur que j'aurais choisi pour l'adaptation de ma vie au cinéma.

— Vous venez de dire qu'elle allait bien, insiste mon père.

— Oui. Mais ne nous voilons pas la face, d'accord ? La plupart des enfants de seize ans n'ont pas de tumeur au poumon. Enfin, cela peut arriver, mais statistiquement, ils ont beaucoup plus de risques de prendre la foudre, par exemple. Je pense raisonnable de supposer que cela a un lien avec le fait que tu aies été exposée à des produits chimiques étant bébé. Bien sûr, le syndrome du 11 Septembre est extrêmement complexe et pas encore tout à fait compris. Il peut se présenter sous différentes formes – problèmes respiratoires, cancers… – et nous ne savons pas encore prédire comment ni quand il se manifestera. Si toutefois il se manifeste un jour. Je vais inscrire Abbi au programme de santé du World Trade Center. Elle pourra bénéficier des…

— Donc vous êtes en train de dire qu'elle ne va *pas* bien ? cherche à comprendre ma mère.

— Si, elle *va* bien, la détrompe mon père.

— Permettez-moi de reformuler, reprend le Dr McCuskey avec lassitude.

Je comprends ce qu'elle ressent. C'est souvent l'effet que produisent mes parents.

— Abbi n'a plus de tumeur. Celle que nous avons retirée était bénigne. Nous devons désormais suivre l'évolution de son état de santé avec une extrême prudence, tout en étant conscients des risques qu'elle encourt. Ce genre de chose pourrait survenir de temps à autre, et cela pourrait potentiellement être grave. Nous avons eu de la chance cette fois, mais nous ignorons ce qui va se passer ensuite. D'où le suivi médical. Et ses soins seront intégralement pris en charge. C'est plus clair ?

— Donc vous dites que je peux dormir tranquille, mais pas tant que ça ? l'interroge ma mère, au bord de l'hystérie.

— Tu peux dormir tranquille. Nous pouvons tous dormir tranquilles. Nous devons simplement rester vigilants, explique mon père. On peut y arriver, non ?

— Donc, en clair, je ne suis pas mourante ? je demande encore.

Le Dr McCuskey hoche la tête, sans que je sache s'il s'agit d'une marque d'agacement, d'acquiescement ou d'une espèce de réponse générale à toutes nos interrogations, puis elle quitte la pièce.

C'est alors que je comprends, et la bonne nouvelle m'atteint si vite et si fort que j'en ai subitement la tête qui tourne. L'étourdissement cède bientôt le pas à un bonheur pur, limpide, profond, envahissant. Je ris et je pleure en même temps, une puissante éruption de larmes, de hoquets et de gémissements presque animaux.

Je ne vais pas mourir. Pas tout de suite.

Ce refrain tourne en boucle dans ma tête. La housse mortuaire dans laquelle je me sentais enfermée s'ouvre, et le monde et ses innombrables possibilités s'engouffrent à l'intérieur, la vie venant combler tous les espaces vides en moi.

— Ce médecin devrait vraiment apprendre à parler à ses malades, déclare mon père avant de s'asseoir tout contre moi.

Ma mère s'installe de l'autre côté, et tous deux referment leurs bras autour de moi.

On s'embrasse, on pleure et on crie de joie jusqu'à en avoir la voix cassée et la gorge rêche. Et encore, seule l'irruption d'une infirmière mécontente nous contraint à nous taire.

Chapitre soixante-quatre

Noah

Il est 22 heures, et Jack et moi sommes au restaurant 24/24 pour boire des milk-shakes à la santé d'Abbi, même si elle n'est pas présente pour nous voir. J'ai mal aux joues tellement je souris.

— Je trouve que les tumeurs portent mal leur nom, dit Jack. Quand tu en as une, *tu meurs* pas tout le temps.

— Pas drôle. On change de sujet.

— Alors Brendan est passé à la maison l'autre jour, et ma mère a flippé.

— Pourquoi ? je m'étonne.

— Elle était genre : « Oh, mon Dieu, où est Noah ? »

— Très marrant.

— Je suis tellement soulagé qu'Abbi aille bien. Enfin, je le savais depuis le début, mais c'est rassurant d'en avoir confirmation. Tu sais, les choses ont l'air de s'arranger pour nous. Si ça se trouve, cet été ne se résumera pas à toi, moi et YouTube.

— Ça serait un sacré rebondissement, je réponds.

— Non, on va tous les deux déchirer, réplique Jack.

Chapitre soixante-cinq

Abbi

Trois jours plus tard, je suis de retour à la maison, dans mon propre lit, à contempler le plafond. Sauf que, cette fois, Noah est allongé auprès de moi. La porte reste grande ouverte, règle de dernière minute imposée à ma grande surprise par ma mère. Je suppose que m'imaginer coucher avec garçon ne posait pas de problème tant que cela relevait purement du domaine de l'hypothétique.

— Je n'arrive toujours pas à y croire, dis-je en faisant courir doucement mes doigts sur ma cicatrice. Un docteur a carrément découpé quelque chose en moi.

— Personne n'a dit que tu délirais, me rassure Noah en se retournant pour me regarder.

On est désormais face à face, redressés sur un coude. Le reflet l'un de l'autre.

— C'était quand même un peu le cas, je le détrompe. J'étais convaincue que j'allais mourir.

Pour de vrai. Et maintenant, on dirait que ça va aller.

— Bien sûr, que ça va aller, affirme-t-il.

Et pendant un instant, il ressemble atrocement à mon père.

— C'était pourtant vrai. Ça s'est vraiment passé. Baby Hope survit un jour de plus.

Je perçois l'ironie qu'il peut y avoir dans le fait que j'aie à nouveau survécu.

Je pense à la tumeur, à son goût de sang, de peur et de mort, jour après jour, un mélange à la fois métallique, bilieux et rance, au fait que j'aie eu tort. Elle ne va pas envahir ni conquérir mon organisme pour me réduire en poussière. Du moins, pas cette fois. C'était un coup de semonce : *Fais plus attention*, voulait-elle dire. *Tu ne peux pas te payer le luxe de me négliger.*

Mon avenir m'a été rendu, cadeau retourné à l'envoyeur. Mon cœur prisonnier d'un poing repose désormais sur une paume ouverte. Mais il se passe quelque chose lorsque l'histoire qu'on se raconte s'avère ne plus nous appartenir. Il faut trouver comment la remplacer. Il faut combler le vide qu'elle laisse.

Le courage, peut-être. Voilà ce qui pourrait me remplir.

— Ce sont mes vannes préférées. Les trucs qu'on ne voit pas venir. Quand on s'attend à ce que la chute soit A ou B, mais que le comédien parvient à inventer un C qui tient la route. Je ne dis pas que ce qui t'est arrivé est une blague, hein. Mais tu vois où je veux en venir.

Il a raison, je le comprends. C'est agréable de pouvoir plaquer une règle globale sur tout cela. J'aime réfléchir en termes de récit ou de poésie. Pour lui, c'est la comédie. Mais au bout du compte, c'est la même chose.

Noah fait aller et venir son index sur mon bras, une caresse lente et tendre qui résonne sous ma peau.

— Comment tu vas ? je lui demande.

J'ai conscience de ne pas être la seule à avoir subi les événements cette semaine. L'effondrement de ces satanées tours tourne en boucle pour tout le monde. Il n'a pas été épargné.

— J'ai eu une longue conversation avec ma mère. Ça s'est étrangement bien passé. Il s'avère que mon père n'est pas simplement mort. Il est parti avec un grand coup de latte de ninja qui déchire tout. Il a carrément sauvé une femme enceinte. J'ai des gènes particulièrement grandioses, m'explique-t-il avec un sourire à la fois fier, timide et triste.

— Ça, j'aurais pu te le dire, je réplique d'une voix faussement charmeuse.

Puis je tends la main pour lui caresser les cheveux, car j'ai complètement le droit de le faire. Il me récompense d'un léger baiser sur le nez.

— J'ai cherché la définition scientifique de *tumeur bénigne* hier soir. Ça signifie littéralement qu'un truc inoffensif a grossi ou est en train de grossir, déclare Noah.

— Quoi ?

— Eh oui. Quand on y pense, c'est la nature. C'était de toute façon censé nous arriver.

Nos regards se croisent et une vague de chaleur déferle en moi. Comme s'il me serrait contre lui rien qu'avec ses yeux.

— Bref, reprend-il, j'avais tout faux, à la fête de l'autre soir. J'ai dit que je pensais que quand on quitterait Oakdale, nos perspectives allaient se développer de façon exponentielle. Mais je pense que ça peut arriver même sans partir d'ici. On n'est pas obligés d'attendre.

— On peut enfiler nos capes tout de suite, je réplique.

— Exactement, confirme-t-il.

Il m'embrasse.

Chapitre soixante-six

Noah

Jack et moi jouons aux jeux vidéo dans son sous-sol, et, comme d'habitude, sa petite anarchiste aux cheveux bleus me ridiculise. Je laisse tomber en pleine attaque de dinosaure et ramasse mon téléphone.

Moi : Je sais que je viens de partir de chez toi, mais tu me manques déjà. C'est trop tôt pour dire des trucs comme ça ?

Jack met le jeu en pause et vient s'asseoir près de moi pour lire par-dessus mon épaule.

— Oui, il est beaucoup trop tôt. Essaie de la jouer cool au moins quelques minutes, me conseille-t-il.

Moi : Ah oui, et tu te rappelles quand tu étais en train de mourir ? C'était marrant

— Beaucoup trop tôt aussi, crétin, balance Jack avant de m'assener un coup de coussin sur la tête.

Je continue d'écrire malgré tout.

Moi : Trop tôt ?

Moi : Désolé. Bien sûr que c'est trop tôt

Moi : Abs ?

Comme je ne reçois pas de réponse, je sens mes mains devenir moites. Est-ce que j'ai déjà tout gâché ? Tout ça pour une blague pas particulièrement drôle ? J'aurais dû lui demander comment elle se sentait, comme une personne normale.

— Tu aurais dû lui demander comment elle se sentait, comme une personne normale, déclare Jack, qui lit dans mes pensées.

Et si je ne le savais pas capable de me tuer d'un geste, tant à l'écran que dans la vraie vie, je le frapperais. Mon téléphone m'annonce la réception d'un nouveau message.

Abbi : Ah ! Je suis carrément d'accord ! Jamais trop tôt. Tu me manques aussi. Ça m'a amusée de te laisser mariner un instant

— Putain, c'est comme une Noah fille, s'exclame Jack. J'ai complètement envie de regarder cette romance jusqu'à la fin.

— Ferme-la et va-t'en, je rétorque.

Moi : Tu es diabolique

Abbi : C'est moi qui viens de me moquer de quelqu'un qui souffre potentiellement d'un cancer ?

Moi : Je croyais qu'un peu d'humour…

Abbi : Je plaisante ! J'ai compris

Moi : Je t'ai déjà dit que je rêvais de trouver la blague parfaite sur le 11/9 ?

— Révéler l'une de tes particularités. C'est courageux. Bravo ! s'exclame Jack. Savoir se montrer vulnérable est la clé. J'ai raconté à Brendan l'histoire de mon *coming out* hier, même si j'ai dû, bien sûr, enjoliver la vérité.

— Je crois que ta mère t'appelle, je mens en lui désignant l'étage du dessus.

Sans surprise, il ne remue pas un sourcil.

Abbi : Sérieux ? Une blague sur le 11/9 ? C'est tellement bizarre et tellement toi que ça me semble complètement logique, espèce de barjot de la comédie

Moi : Je n'ai encore rien trouvé. Je crois que le problème est que je vise trop grand. C'est pas une blague qui va sauver le monde

Abbi : Peut-être pas. Mais ça pourrait sauver quelqu'un

Moi : Tu penses ?

Abbi : Peut-être même la personne qui la raconte

Moi : Je vois que tu élabores des théories, toi aussi

Abbi : Au fait, dis à Jack que j'ai hâte de rencontrer Brendan

— Laisse-moi répondre, dit Jack en m'arrachant mon téléphone des mains.

Moi : Abs ! C'est Jack. Écoute, quand tu rencontreras Brendan, interdiction formelle d'évoquer la sirène à gros seins

Abbi : Est-ce que tu m'as sauvé la vie, Jack ? Est-ce que je t'ai autorisé à m'appeler Abs ?

Moi : S'IL TE PLAÎT, DIS-MOI QUE JE PEUX T'APPELER ABS. Je serai ton meilleur ami. Tu peux demander à Noah. J'ai des références

Abbi : OK. D'accord. Mais seulement parce que je cherche justement un nouveau meilleur ami. Et donc, qu'est-ce qui se passe si le tatouage vient naturellement dans la conversation ?

Moi : Ça n'arrivera pas

Abbi : Et si je disais accidentellement à Brendan : « Oh, j'adore les tatouages. Tu sais ce que j'ai toujours rêvé d'avoir ? Une femme torse nu avec une queue en écailles. À ton avis, d'où me vient ce besoin trop bizarre d'avoir cette image tatouée en permanence sur le corps ? »

Moi : Je te déteste

Moi : C'est re-Noah. Je ne te déteste pas. Pas même un petit peu

Abbi : Je ne te déteste pas non plus. Pas même un tout petit peu

Je me surprends à sourire comme un imbécile, complètement incapable de m'en empêcher. Avant que Jack puisse dire quoi que ce soit, je récupère ma manette et relance le jeu. Je mets le feu à un chef extraterrestre et balance une roquette. Je garde les yeux rivés à l'écran et m'occupe les pouces en attendant qu'il se moque de moi ou de mon mal d'amour éhonté. Ce qui est normal, inévitable et parfaitement mérité.

Mais pour une fois, Jack se retient. Au contraire, à ma grande surprise, l'anarchiste virtuelle interrompt son carnage et se penche vers moi pour me taper triomphalement dans la main.

Chapitre soixante-sept

Abbi

— Voici les rumeurs qui courent sur toi, par ordre de fréquence : une, overdose ; deux, tu as été renversée par un bus ; trois, tu as fait une tentative de suicide ; et quatre, ma préférée, tu as fait une mauvaise réaction à cause d'une injection d'hormones de croissance, m'avise Julia à mon retour au camp, alors qu'on distribue les gâteaux que j'ai apportés pour les filles.

J'espère que mon évanouissement et mon départ sur une civière ne causeront pas de traumatismes durables chez ces enfants. Je suis restée absente une semaine, soit un mois en temps sur le camp, consacrée exclusivement à regarder la télé en envoyant des textos à Noah et Jack. Et même si ces deux activités me passionnent, je suis contente de revenir travailler.

— Tu aurais dû voir les lieux le lendemain. Ça grouillait de journalistes.

— Mon pire cauchemar.

Je suis tout de même soulagée que l'engouement médiatique des premiers jours se soit tari. À la demande de mes parents, le Dr McCuskey a publié un communiqué informant que j'étais sortie de l'hôpital et que je devrais me remettre complètement. En dehors de quelques rumeurs scandaleuses et des mèmes de Baby Hope apparus sur Twitter et Facebook – et de la blague dont j'ai fait l'objet au *Daily Show*, et que Noah a adorée –, la plupart des gens semblent m'avoir oubliée pour l'instant. Ce qui me convient tout à fait.

— Pour info, ce n'était rien de tout ça.

— Je sais. Je suis contente que tu ailles bien. (Puis elle me passe un bras autour du cou et me serre contre elle.) Ce n'était pas pareil ici, sans toi.

— Ah ouais ?

— Carrément. J'ai dû ramasser au moins trois flotteurs.

— Très marrant.

— Qu'est-ce que ça fait d'être Baby Hope ? J'ai envie de te poser la question depuis le deuxième jour du camp, fait-elle en contournant la table pour tend des serviettes.

Elle en donne deux à Livi, hésite un instant, puis lui en tend une troisième.

— Attends, tu étais au courant ?

— Bien sûr que oui. Comme tout le monde.

— Sérieusement ?

— Je ne sais pas si tu connais, mais il y a un truc trop cool qui s'appelle Internet ? Il paraît que certains l'ont même sur leur téléphone, aujourd'hui.

Tu es une icône chez moi. Mon père est prof d'histoire à Princeton, et il donne un cours sur cette photo, en expliquant en quoi sa popularité correspond à notre amour pour le mythe de la résilience américaine. Et puis, ma petite sœur et ta meilleure ennemie Cat travaillent ensemble à *Pizza Pizza Pizza*, sur Mapleview.

— Pourquoi tu n'as rien dit ?

— Tu ne voulais manifestement pas en parler. Je ne partage pas les théories de mon père, à propos. Tu étais un bébé trop mignon avec un ballon. Tout le monde adore les ballons.

Julia hausse les épaules et croque une bouchée de gâteau, comme si le fait que je sois Baby Hope n'avait guère d'importance. Comme si qui j'étais ne changeait rien et n'avait jamais rien changé.

— Moi aussi, mes potes m'ont laissée tomber quand j'étais en première. Ça arrive. J'ai trouvé ça nul. Il n'y avait pas vraiment de raison. Elles se sont subitement passionnées pour le hockey sur gazon, et je ne faisais pas partie de l'équipe ni rien. Tu veux savoir comment j'ai pris ma revanche ?

— Comment ?

— Je me suis fait de meilleures amies. De *vraies* amies. Des amies à la vie, à la mort.

— Pour répondre à ta question, je ne sais pas ce que ça fait d'être Baby Hope. Enfin, j'ai connu ça toute ma vie. C'est comme si je te demandais ce que ça faisait d'être toi.

— C'est fabuleux, si tu veux tout savoir.

— Je n'en ai jamais douté, je réplique.

Et quand elle me propose de me montrer des photos de Charles-le-Sauveteur torse nu sur la plage et recouvert d'huile solaire, je ne dis pas non.

— Et maintenant, tu vas bien ? me demande Livi tandis que je l'aide à enfiler son maillot de bain avant de la tartiner d'écran total.

— Oui. J'ai reçu la carte que tu m'as faite. Je l'ai mise sur mon bureau, à la maison.

Je lui tends un mouchoir pour qu'elle essuie son nez qui coule en permanence. Elle préfère manifestement mon tee-shirt. J'envie son impudence.

— Tu m'as fait peur. Ne recommence jamais, d'accord ?

Elle fait la moue et pose une main sur sa hanche, de cette manière ostensible et travaillée qu'adoptent souvent les petits. Aucune subtilité.

— Je vais essayer, dis-je.

Et elle m'enveloppe dans un si gros câlin que j'en tombe à la renverse.

— Tu savais qu'il y avait une photo de toi bébé dans la salle de bains de ma maison ? me demande Livi.

— Ah bon ?

— Oui. Je te regarde quand je fais caca au pot. C'est fou, non ?

— Complètement.

Et je saisis joyeusement sa petite main morveuse pour guider mon petit groupe vers le plac.

Quand je regagne ma voiture en fin de journée, Noah m'attend déjà sur le siège passager. Je m'installe au volant, et il sourit.

— Ouvre la main, dit-il.

Dès que je m'exécute, il me lâche trois oursons en gélatine dans la paume.

— Puisqu'on en a fini avec cette histoire de Baby Hope, qu'est-ce que tu dirais de te lancer dans un nouveau projet ? je propose.

La nuit dernière, au lieu de dormir, j'ai contemplé le plafond en relisant le poème de Mary Oliver que j'y ai scotché. Son sens n'arrêtait pas d'évoluer, à l'instar d'une chaise qui, dans le noir, peut se transformer en monstre avant de redevenir chaise. Et pendant que je lisais et relisais, une idée a peu à peu germé.

— À quoi tu penses ? demande-t-il.

— C'est un peu étrange.

— C'est toi qui es un peu étrange. C'est pour ça que je t'aime bien.

— Pour être honnête : ça ne t'aidera pas à entrer à Harvard ; ça n'a rien à voir avec la comédie ; et tu ne pourras pas en tirer un article pour l'*Oakdale High Free Press*.

— Tu me vends du rêve, là. J'ai une question : est-ce que ça implique de passer du temps avec toi ?

— Absolument.

— Alors, vendu, répond-il en se penchant pour m'embrasser.

Je n'arrive pas à croire que tout cela paraisse aussi naturel : Noah assis à côté de moi, ses lèvres posées sur les miennes, cet inconnu devenu en quelques semaines ma bouée de sauvetage. Mes bras qui s'enroulent autour de lui comme si c'était leur position naturelle.

— Et Go ! j'ajoute. Ça implique aussi de passer plus de temps avec Go !

— Tu sais ce que je pense de Go ! et de son point d'exclamation complètement superflu, réplique-t-il en m'embrassant délicieusement le cou.

— Et aussi… avec ma grand-mère.

Noah s'interrompt immédiatement.

— Oh. On n'a pas exactement la même définition du mot *projet*, s'esclaffe-t-il.

Et même si ses lèvres ne sont plus sur les miennes, ses doigts continuent de tracer des cercles ravageurs sur ma cuisse.

— À quoi tu pensais ? je demande.

— Sans commentaire, fait-il. (J'éclate de rire à mon tour.) Mais sérieusement, dis-moi ce que tu as en tête.

— J'aimerais qu'on réalise une série d'interviews avec ma grand-mère et qu'on enregistre certaines de ses meilleures anecdotes avant qu'il soit trop tard. J'aimerais en faire des souvenirs tangibles. Tu crois que tu pourrais m'aider ?

— Carrément, accepte Noah, et mon corps tout entier se met à fourmiller. J'adore l'idée d'entendre les meilleurs moments de quelqu'un et non les pires, pour une fois.

Et cette fois, c'est moi qui me penche pour l'embrasser.

— Mais j'ai un service à te demander, d'abord, reprend-il d'une voix timide et nerveuse. J'ai encore une personne à aller voir. Tu veux bien m'accompagner ? S'il te plaît ? Tu n'auras pas à être Baby Hope. Tu pourras juste être Abbi.

— Bien sûr. Où tu voudras.

Chapitre soixante-huit

Noah

Nous sommes dans le salon de la femme enceinte, même si elle n'est évidemment plus enceinte. À l'instar d'Abbi, qui n'est plus Baby Hope. Seize années changent bien des choses.

Elle s'appelle Charlotte Dempsey, et elle a quatre enfants ; elle travaille à temps partiel à la bibliothèque de quartier.

— Ce visage ! Je le reconnaîtrais entre mille.

Au moment de nos interviews, tout le monde semblait tracer une ligne imaginaire entre le bébé sur la photo et la fille devant eux, mesurant ainsi la vaste distance qui les séparait. Cette fois, c'est moi que Charlotte relie à mon père, ce qui doit moins ressembler à une droite qu'à un triple saut.

— J'étais tellement heureuse de recevoir ton coup de fil. Je n'ai connu ton père que quatre minutes, mais j'ai malgré tout beaucoup de choses à te raconter sur lui.

On est installés face à face sur des canapés gris délavé, dans une maison joyeusement encombrée de jouets d'enfants.

— Merci, je réponds.

J'éprouve la pointe de jalousie que ma mère a dû ressentir quand elle a croisé cette dame au centre commercial. Sans le 11 Septembre, mes couchers auraient-ils ressemblé à des batailles d'oreillers avec une ribambelle de frères, au lieu d'un tête-à-tête avec ma mère et un livre emprunté à la bibliothèque ? Qui serais-je devenu, si nous n'avions pas été seulement deux ?

— Tu sais déjà que c'était un héros, cela va sans dire. Tout le monde fuyait dans un sens, et il a choisi de se précipiter dans l'autre, explique Charlotte.

— Moi, j'aime bien courir dans tous les sens, dit le plus jeune garçon en train d'assembler une Étoile de la mort en Lego.

Il nous regarde de derrière sa coupe au bol trop longue.

— J'en suis sûr, bonhomme, je réponds de ma voix de moniteur.

Il hoche la tête avec gravité.

— C'est Jaden, mon petit dernier. Il a cinq ans. L'aîné s'appelle Jason. Il a quinze ans. Entre les deux, il y a Joseph et John. Je suis clairement en minorité dans mon propre foyer.

Elle nous désigne le portrait de famille qui trône sur le manteau de cheminée. La photo a quelques années et semble avoir été prise dans une galerie marchande. Elle ne respecte en aucun cas la règle des tiers.

— On a choisi le prénom de Jason pour rendre hommage à ton père. Un ami nous a expliqué que, dans la tradition juive, on pouvait honorer un défunt en utilisant la première lettre de son nom. Nous savions que ton père était juif, on a donc décidé de continuer avec les *J*. Tous mes garçons lui rendent hommage. On voulait le remercier de toutes les manières possibles.

— C'est vraiment très gentil. Je suis sûr qu'il aurait adoré ça, je déclare, même si je trouve étrange de m'exprimer en son nom.

Je ne sais pas du tout ce qu'il aimait ou aurait aimé, en dehors de ce que ma mère m'a révélé : sa casquette de l'université du Michigan, les sandwichs aux cornichons, les mauvais calembours, notre famille et, apparemment, les actes d'héroïsme aveugle.

— Je suis sincèrement navrée pour son absence. Je l'ai dit à ta mère juste après le drame, même si je comprends à présent que j'étais sans doute la dernière personne qu'elle pouvait avoir envie de voir. Mais je n'ai jamais eu l'occasion de t'adresser directement mes condoléances.

— Merci, je réponds, et Abbi tend la main pour presser la mienne. Honnêtement, je ne sais même pas trop pourquoi on est venus. J'imagine que je voulais mettre un visage sur l'histoire qu'on m'a racontée. Merci d'avoir pris le temps de nous recevoir, Abbi et moi.

— J'ai une famille, quatre enfants merveilleux, parfaits et insupportables qui ne seraient jamais nés s'il n'y avait pas eu ton père. Chaque jour qui passe, je pense à ta mère et à toi, parce que j'ai parfaitement conscience que votre malheur a fait notre bonheur. Je ne vais pas prétendre ici qu'il y a une forme de justice. Je suis la dernière personne qu'il a sauvée. Il y en a eu d'autres avant moi, mais je suis la dernière.

— Cinq autres, répète Abbi.

Je ne me suis toujours pas fait à ce nombre. Et les quatre enfants que Charlotte a eus ? Faut-il les ajouter au bilan, ou sont-ils effacés par ceux que mon père n'a jamais eu l'occasion d'avoir avec ma mère ? Mais que veulent dire ces chiffres, de toute façon ? Mon père était un héros, que le nombre de personnes qu'il a sauvées se compte sur les doigts d'une main ou de deux.

— Quand ton père m'a trouvée, mes vêtements étaient en feu. Il s'est servi de sa veste pour éteindre les flammes. Il m'a enroulé comme un burrito, m'a prise dans ses bras et m'a sortie de cet enfer. Pendant qu'il me portait, il m'a demandé mon nom, et quand j'ai répondu Charlie, parce que c'est comme ça qu'on m'appelle, même si mon vrai prénom est Charlotte, vous savez ce qu'il m'a dit ?

On secoue alors la tête, car il va de soi qu'on n'en a pas la moindre idée. Qu'est-ce qu'on peut dire, dans un moment pareil ? *Enchanté, moi c'est Jason. Belle journée pour un footing.*

Je visualise alors la scène : mon père portant cette femme dans ses bras. On dirait un héros de film d'action. Son visage est couvert de suie. Le pourfendeur de dragon ultime.

Je me sens soudain gonflé d'orgueil.

— Il m'a dit, et je vous jure que je n'invente rien : *Vous avez le feu aux fesses, Charlie.* (Charlotte a un sourire larmoyant.) Le monde était en train de s'effondrer, je me pensais sur le point de mourir, j'avais peur de perdre mon bébé, et il a malgré tout réussi à me faire rire. Un rire hystérique, certes, mais un rire quand même.

Je me tourne vers Abbi, qui se tourne vers moi, et un immense sourire vient éclairer chacun de nos visages. J'éprouve une joie incommensurable.

— Ses derniers mots ont été : *Vous avez le feu aux fesses* ? Alors que votre pantalon était en train de brûler ? je répète, pour m'assurer d'avoir bien saisi ses propos. Il a dit ça ? À haute voix ? À vous ? Le 11 Septembre ?

— Oui, confirme Charlotte. Je sais que ça semble déplacé, mais je vous jure qu'il n'aurait rien pu trouver de mieux. J'étais terrifiée, et sa blague idiote m'a permis de reprendre mes esprits. De me sentir mieux. Il m'a rappelé que j'étais *vivante.*

Le mot *destinée*, qui a pointé le bout de son nez quand j'ai aperçu Abbi au camp des chevaliers pour notre premier jour de travail, me surgit à l'esprit, et cette fois, je n'éprouve pas la moindre pointe d'embarras ni de malaise.

Pour la première fois de toute ma vie, je sens un lien direct entre mon père et moi. Quand j'étais plus jeune, je le considérais comme une énigme. Récemment, il s'est transformé en super-héros de *comics*, ce qui m'apparaissait tout aussi inaccessible. Mais à présent, je me rends compte qu'il est injuste de le réduire à une simple décision – le fait d'y être retourné –, même si la trace laissée à cet instant est colossale.

— Waouh, commente Abbi.

— Je sais, je réponds.

— Ton père a été le premier à raconter une blague sur le 11 Septembre. Le *premier*.

— Et elle tue, je réplique, convaincu que de là où il est, mon père a dû adorer cet horrible calembour.

— N'importe quoi, commente Abbi, qui sourit néanmoins.

Je repense aux derniers mots de mon père. À peine plus drôles que déchirants, et basés sur la plus stricte vérité.

La vanne parfaite.

Je pourrais au choix rire ou pleurer.

Je préfère en rire.

Chapitre soixante-neuf

Abbi

Plus tard, à la maison, ma grand-mère et Paula mangent de la pizza à la table de la cuisine, tandis que ma mère est assise au comptoir. Mon père trône sur le tabouret devant l'îlot central.

— Vous préparez une intervention, ou quoi ? je leur demande en attrapant une tranche de pizza dans une boîte en carton ouverte. Qu'est-ce qui se passe ?

— Ton baume à lèvres est tout étalé, déclare mamie avec un sourire en coin.

— Il n'y a donc plus de problème entre toi et Noah, renchérit Paula.

— Quel problème avec Noah ? s'étonne ma mère. Pourquoi je suis toujours la dernière au courant ? Comment tu te sens, Abbi ? Pas de quinte de toux ?

— Rien de grave, je réponds, ce qui est la vérité.

Mon incision commence à guérir. J'arrive à envisager que mes poumons redeviendront de simples parties de mon corps, comme mon nombril ou mes genoux. Un truc auquel je ne pense pas, sauf quand je fais de l'asthme.

— Il n'y a pas eu de problème avec Noah. Seulement un malentendu. Tout va bien.

— Tout va bien, hein ? intervient mon père.

Puis il se tourne vers ma mère, rayonnant de fierté. Ils ont une conversation compréhensible sans échanger un mot.

Mon père : *Tu vois, tu t'inquiétais pour rien.*

Ma mère : *On devrait envoyer une bouteille de champagne au Dr Schwartz !*

— Écoute, je sais que ton père t'a un peu parlé de… nous… enfin, lui et moi, et je voulais te dire qu'il allait passer du temps ici, parfois, m'explique ma mère en choisissant ses mots avec soin, comme s'ils risquaient de nous exploser à la figure s'ils n'étaient pas manipulés avec suffisamment de précautions. Je sais que c'est un peu compliqué à comprendre.

— J'ai presque dix-sept ans, pas cinq. Ça n'a rien de compliqué.

Je prends une deuxième part. J'ai soudain une faim de loup. Sans doute à cause du baiser.

— Et donc, papa revient vivre à la maison ?

— On va y aller doucement, me détrompe ma mère. On ne veut rien précipiter.

— Vous vous rendez compte que vous avez déjà fait un enfant, hein ? Si vous vous remettiez ensemble, personne ne trouverait ça précipité.

— Si, ta mère, me corrige mon père.

— Ta mère est une femme prudente, intervient Paula. C'est éminemment respectable.

— Ta mère est stupide, claironne mamie.

On se tourne tous vers elle, sans trop savoir à qui on a affaire. Est-ce la malade qui nous parle, cette version de ma grand-mère que j'ai récemment surprise à danser avec mon grand-père mort au milieu du salon, ou s'agit-il réellement de ma grand-mère, qui même dans ses meilleurs moments ne mâche pas ses mots ?

— Quoi ? Pourquoi vous me regardez tous comme ça ? Je porte un pantalon, non ?

— Oui, et on t'en remercie, je confirme.

— On ne badine pas avec l'amour. Quand on le trouve, on s'y accroche. C'est aussi simple que ça, assène-t-elle.

— Rien n'est jamais si simple, la dédit ma mère, qui a cependant un air pensif, comme si elle réfléchissait aux paroles de ma grand-mère.

Elle boit une gorgée de vin, repose son verre sur le comptoir. Mon père l'observe, mais, pour une fois, reste silencieux.

Ça attendra.

— Peut-être que si, je suggère.

— Je dis ça comme ça, mais tu es amoureuse depuis combien de temps ? Cinq secondes ?

Le ton de Paula est taquin, pas malveillant.

— Je ne suis pas amoureuse, je rétorque, et tout le monde éclate de rire.

Je ne serais pas surprise qu'ils entonnent : « Hou ! La menteuse, elle est amoureuse. »

— Quoi ? C'est vrai !

— Dans ce cas, tu es aussi stupide que ta mère, tranche ma grand-mère.

ENCORE APRÈS

Abbi

Le seizième anniversaire du 11 Septembre – mon dix-septième – tombe un lundi, le jour le plus chargé de la semaine.

Un début.

La cérémonie commence à 8 h 46, comme chaque année, pour commémorer l'heure à laquelle le premier avion a frappé la tour Nord, pour symboliser l'instant où le monde a basculé. Je me suis levée tôt ce matin, je me suis séché les cheveux et verni les ongles d'un rose pâle d'adulte. Je porte une robe que ma mère vient de récupérer au pressing avec des escarpins, et je me ressemble tout en étant quelqu'un d'autre. Au dernier instant, j'ai ajouté mes boucles d'oreilles en forme de renard, pour arborer quelque chose de plus familier.

Cet été, j'ai compris que grandir revenait en bonne partie à abandonner les mythes qu'on avait peu à peu intégrés à son sujet. Ainsi, une photo de Baby Hope est désormais suspendue au mur de ma chambre. Pour moi, cela relève plus de la décoration d'hôtel de mauvais goût que d'une relique familiale. On entretient toutefois encore une relation malsaine, cette photo et moi, même si j'ai l'impression qu'on se dirige vers une trêve. Parfois, mon regard se pose dessus, et je parviens presque à l'observer comme le ferait un individu impartial. Je découvre fréquemment un détail que je n'avais encore jamais remarqué. Le bracelet argenté au poignet de Raj. Un coin de ciel bleu.

Néanmoins, avant de partir ce matin, je prends le temps de bien observer Baby Hope. Je vois un bébé d'un an immortalisé dans un instant terrible, et j'estime soudain que c'est injustement réducteur. Je sais qu'elle est bien plus que ça. Baby Hope est un symbole d'optimisme, un mythe de la frontière éclaté, l'idée de persévérer quand tout semble perdu.

Elle n'est en outre plus moi.

Il était une fois une fille prisonnière d'une photographie.

Ces quatre mots d'ouverture des contes de fées me parlent finalement – *il était une fois*. On peut être à la fois placé dans le temps et en dehors du temps. Celui-ci peut nous ployer à sa volonté et, si nous avons de la chance, nous pouvons le soumettre à la nôtre en retour.

À présent, cependant, une autre question me hante : que signifie *vivre heureux* dans un monde aussi brisé ?

Aujourd'hui, quand j'écouterai le nom des défunts, je tiendrai la main de Noah. Nous dirons silencieusement nos prières, chacun dans sa tête. Je me sentirai submergée par l'amour, le chagrin et la gratitude d'avoir eu une chance aussi insolente. Puis nous rentrerons à la maison ensemble, main dans la main, pour manger un gâteau d'anniversaire.

Je suis sûre à quatre-vingt-quinze pour cent que Noah m'a fabriqué une couronne.

Et je me dis que ceci, tout ceci, le plus terrible et le meilleur, pourrait incarner le *ils vécurent heureux* : un lundi. Un commencement.

Note de l'autrice

Même si l'histoire d'Abbi, de Noah et de la ville d'Oakdale me semble extrêmement réelle, ce livre est une œuvre de fiction. Il n'existe pas de photographie de Baby Hope, à part, je l'espère, celle qui vit désormais dans notre imaginaire collectif.

J'écris pour donner un sens aux choses – pour organiser mes pensées –, et je me suis longtemps interrogée sur ces instants qui scindent nos vies, qui nous divisent entre des *avant* et des *après*. Et il me semble qu'il n'existe pas d'*avant* et d'*après* plus partagés que le 11 septembre 2001. Comme le dit Noah, je pense souvent à « tous ces gens qui se sont réveillés [ce jour-là] sans savoir que tout était sur le point de changer, absolument tout, puis je pense à ceux qui se sont réveillés ce matin après s'être couchés dans un monde totalement différent de celui d'aujourd'hui ».

Même si les historiens (et les romanciers !) se sont débattus et se débattront encore avec les multiples ramifications politiques du 11 Septembre, je m'intéresse beaucoup plus aux héritages personnels du deuil. Comment ils s'immiscent encore dans notre quotidien pour le modifier d'un million de façons invisibles vingt ans après les faits, et inversement : comment la vie continue. Comment nous continuons de tomber amoureux (ou de retomber amoureux). En dépit des prévisions, comment nous parvenons encore à plaisanter et, bien sûr, à rire.

Je ferais preuve de négligence en omettant de préciser que, si Oakdale n'existe pas, la communauté de Middletown, dans le New Jersey, compte le plus grand nombre de victimes du 11 septembre 2001, la ville de New York mise à part. J'ai choisi d'inventer une autre ville pour nombre de raisons, notamment parce qu'il me paraissait présomptueux de me faire la porte-parole d'une véritable communauté, surtout alors que celle-ci n'a pas fini de panser ses plaies. Si vous souhaitez en apprendre plus sur Middletown, vous pouvez commencer par le récit de Gail Sheehy, *Middletown, America : One Town's Passage from Trauma to Hope*.

J'aimerais aussi souligner que *La Dame de poussière* est une véritable photo, et que son sujet a un nom : Marcy Borders. Malheureusement, Mme Borders a succombé en 2015, à l'âge de quarante-deux ans, à un cancer de l'estomac, une maladie due à son exposition à des produits chimiques toxiques le 11 Septembre.

Jusqu'à quatre cent mille personnes pourraient souffrir d'affections liées au 11 Septembre, et presque soixante-dix espèces de cancers différentes ont été liées à la présence des victimes à Ground Zero ; la plupart d'entre eux sont agressifs et difficiles à traiter. Même si on en parle rarement, plus de mille personnes sont déjà mortes depuis les attentats, et ce nombre n'a pas fini de croître.

Une génération entière est née depuis le 11 septembre 2001, et pour nombre de mes plus jeunes lecteurs, j'ai conscience que cette date peut paraître lointaine, renvoyant à un événement appartenant à leurs parents, à leurs grands-parents ou aux livres d'histoire. J'espère que ce roman les encouragera à continuer d'apprendre et à combler ce gouffre. Comme le dit Abbi : « Parfois, j'ai l'impression que ces deux tours tombent encore, et qu'elles ne cesseront jamais de tomber. » Je crois qu'il est de la responsabilité de chacun de continuer de témoigner.

Remerciements

J'aimerais d'abord et avant tout crier un énorme merci à Jenn Joel, l'une des personnes les plus vives et les plus brillantes que je connaisse, et qui fait de moi une meilleure écrivaine. Merci à Beverly Horowitz pour son zèle éditorial et de me soutenir en permanence. J'ai beaucoup de chance de l'avoir dans mon camp.

Un merci éternel à Elaine Koster, qui a amorcé toute l'affaire.

Des câlins géants à Jillian Vandall, attachée de presse incomparable à la personnalité hors du commun.

D'énormes remerciements à la merveilleuse équipe de Random House Children's Books : Barbara Marcus, John Adamo, Dominique Cimina, Kate Keating, Elizabeth Ward, Kelly McGauley, Hannah Black, Rebecca Gudelis, Cayla Rasi, Adrienne Waintraub, Kristin Schulz, Lisa Nadel et un million d'autres personnes géniales que je me détesterai d'avoir oubliées dès que ce livre partira à l'impression. Je suis profondément reconnaissante aux services des droits internationaux d'ICM et Curtis Brown, et en particulier à Roxanne Edouard. Merci aussi à Nicolas Vivas, le « Hatchery » et la « Fiction Writers Co-op ».

Des tapes dans la main aux incroyables Lola Wusu, Charlotte Huang, Lucy Kaminsky, et au reste de mon incroyable village. Vous vous reconnaîtrez.

Et enfin, le plus grand et giganténorme merci à tous les lecteurs qui me permettent d'écrire ces livres. Je vous suis tellement, tellement reconnaissante pour votre soutien.

De tendres pensées à mon père, à Lena (qui me manque cruellement), à Josh, à Leia, à mon adorable et magnifique neveu James (bienvenue dans notre monde, petit bonhomme ; on t'adore déjà), ainsi qu'à toute la tribu Flore. Un merci particulier à ma mère, Elizabeth Buxbaum, que j'aime et à laquelle je pense quotidiennement.

Et enfin merci, Indy, mon port d'attache, de rendre tout cela possible, et à Elili et Luca, mes amours, de donner de l'importance à toute chose. Je vous aime à l'infini et au-delà.

Ouvrage composé par
FACOMPO – 14100 Lisieux

Imprimé en Espagne par Liberdúplex
S32342/01

MIXTE
Papier issu de
sources responsables
FSC® C003309
FSC
www.fsc.org

L'éditeur de cet ouvrage s'engage dans une démarche
de certification FSC® qui contribue à la préservation
des forêts pour les générations futures.

Pour en savoir plus :
www.editis.com/engagement-rse/

PKJ • www.pocketjeunesse.fr
POCKET JEUNESSE

92, avenue de France – 75013 Paris